河出文庫

大阪

岸政彦・柴崎友香

kawade bunko

河出書房新社

はじめに

岸政彦

仕事に疲れ果てると(といっても座ってるだけの仕事だが)、よくマッサージに行く。

マッサージが好きだ。妙な話だが、揉まれていると地図が浮かぶ。なぜか大阪ではなく那覇の地図だ。背骨は五八号線で、その両側に一銀《いちぎん》通りや若狭《わかさ》大通りや沖映《おきえい》通りが広がっていて、位置関係はおかしいけど、背中を揉まれながら、那覇の街を歩いているような気分になる。

揉まれながら話を聞くこともある。よく喋《しゃべ》るタイ人のおばちゃんは大阪に来てもう二十年で、ちょっと片言だけど立派に大阪弁だ。娘が二人いて、下の子はまだ小学生だが、上の子はもう二十歳で、自分でバイトして「学校」に通っている。大学なのか専門学校なのかちゃんと聞かなかったけど、ひとりで学費も稼いでて偉いな、と言った。

大阪に来てから上の娘が生まれたのか、それとも娘ができてから大阪に来たのか。

父親が大阪の男だったのだろうか。

思わず自分の二十年を考える。二十年前はまだ結婚したばかりで、おはぎときなこという子猫を拾って、安アパートで暮らしていた。たいした業績もなく、大学教員として就職する可能性は限りなくゼロで、将来の見通しは真っ暗だった。

それでも毎日なんとか楽しく暮らしていたとは思う。そしてそのタイ人の彼女も同じ時期に大阪へやってきて、娘がふたりできて、そして今でも大阪のマッサージ屋で、毎日お客さんの背中を揉んでいる。

おばちゃんの二十年。私の二十年。

つい先日も、溜まりまくっていた仕事で疲れ果て、連れあいの齋藤直子（おさい）と一緒に、そのタイマッサージ屋に行った。

二つのブースに分かれて揉まれていると、奥から子猫の泣き声がした。

子猫の泣き声は、先端に鉤針《かぎばり》が付いていて、人の脳に刺さると、抜けない。気が気でなくなって、マッサージどころじゃなくなったけど、そのまま揉まれていた。

終わってからおさいがおばちゃんにいろいろ聞いてる。

「壁の中から出てきた」ということだった。

大阪の場末の、古いビルで、たまに天井裏でどこかの猫が子どもを生んでしまうらしい。その日も朝から子猫が必死に泣く声がして、いろいろ探したんだけど、いない。ついに近所のひとに頼んで壁に穴を開け、そこから救出したらしい。

豪快なことするなあ。

その子猫見たいって言ったら、見せてくれた。おばちゃんたちの控室に、その子がいた。

ひっくり返した小さな洗濯カゴをケージのかわりにして、そのなかに閉じこめられて、こちらを見上げて泣きわめいていた。声が脳にささる。

いったん店を出たけど気になって気になって、隣のコンビニでやわらかいキャットフードをたくさん買って、もういちどマッサージ屋に戻って、これあげてくださいってお願いした。

閉じこめられたカゴのなかには、牛乳を入れた皿があったけど、もちろんそんなもの飲まない。

あれは何だろう、「猫には牛乳」という都市伝説。というより、デマといってもいいと思う。昔の日本の学校の、スポーツ中に水を飲むなというデマと同じぐらい有害だ。

トムとジェリーの影響だろうか。

猫には牛乳ではなくちゃんとキャットフードをあげなければいけない。

子猫に食べものをたくさん差し入れして、あとはおばちゃんたちに任せて、とにかく牛乳なんか意味ないからちゃんとごはんあげてね、とお願いして、子猫の写真を撮って、家に帰ってFacebookに載せたら、すぐに友だちから連絡があって、実は可愛がって飼っていた猫が一歳にもならずに病気で亡くなって、また子猫がほしいと思っていたところに私の投稿を見て、これも何かの縁なので、ぜひ引き取りたいと言ってくれた。

次の日、私もそのタイマッサージの店に行って、友人と待ち合わせをした。また子猫を見せてもらった。前の日に差し入れしたごはんを少しもらって、自分であげてみた。子猫は必死に食いついてきて、信じられない量のごはんを平らげた。「ちゅ〜る」を一袋平らげてもまだ満足できないようで、力まかせに私の指に噛《か》みついてきた。子猫のあま噛みなので痛くない。

よっぽどおなか減ってたんだろうな、ずっと。

子猫は無事に、友人の家にもらわれていった。毎日インスタに写真と動画があげられていて、溺愛されているようだ。そして毎日元気に、飼い主の指に噛みついているらしい。おなかを減らしているときに、噛み癖がついてしまったようだ。

だから何、という話でもないが、タイ人のおばちゃんが二十年前に大阪にやってきて、ふたりの娘を育て、私は一文無しの院生から大学に職を得て本を書くようになり、そして壁から生まれてきた子猫は友人のところへもらわれて、元気に指をあま噛みしている。

先週、もういちどそのタイマッサージ屋に行って、また揉んでもらった。三連休のあいだに学会が二つ、研究会が二つ、トークイベントが一つあり、すべてオンラインで、すべて主催者だったり理事だったりシンポの登壇者だったり出演者だったりして、気が休まることがなく、疲労困憊して、また揉まれに行ったのだ。

店長のおっちゃんと、あのときにいたタイ人のおばちゃんに、友だちがインスタにあげてるその猫の写真を見せた。

その古い雑居ビルでときどき子猫が生まれると引き取って、その店長の家にはもう三匹も猫がいるらしい。

こんどあの店長さんの生活史聞きたいなと思った。

*

柴崎さんは二〇〇五年に大阪を出て東京に行った。「出て東京に行った」といっても、柴崎さんご自身は大阪から出ていったという感じではなく、いまも変わらず大阪にいて、ただ東京に「長期出張」してるだけみたい、と言っていた。

私は一九八七年に大学進学のために大阪にやってきて、そしてそのまま居着いている。三十年以上も住んで、家も建てて、本籍も移したが、それでもやはり大阪は私にとっては生まれ育った街ではなく、「あとからやってきた街」だ。

柴崎さんの作品で、『わたしがいなかった街で』という、とても好きな小説がある。このタイトルを真似していえば、柴崎さんにとっては大阪は「わたしがいなくなった街」で、私にとっては大阪は、「わたしがやってきた街」である。

そして、柴崎さんは、本書の一四六ページで、「鉄男」という映画を扇町《おうぎまち》ミュージアムスクエアで見た、と書いている。驚いたことに、私も同じ映画を同じ場所で見ているのだ。だから大阪は、「わたしたちが出くわしていたかもしれない街」でもある。

大阪とは何だろうか。大阪を書く、ということは、どういうことだろうか。なにをすれば、大阪を書いたことになるのだろう。

私たちはそれぞれ、自分が生まれた街、育った街、やってきた街、働いて酒を飲んでいる街、出ていった街について書いた。私たちは要するに、私たち自身の人生を書いたのだ。私は、そしておそらく柴崎さんも、大阪という街そのものがどういう街で、それをどう言葉にすればよいのかわからない。ただ言えることは、柴崎さんはここで生まれ育ち、大学を出て、仕事をして、小説を書くようになった、ということだ。そして私は大阪へやってきて、大学を出て大学院に入り、職を得て、論文や小説を書くようになった。そのあいだに二人とも、たくさんの人びとと出会い、さまざまな体験をして、数多くの映画や音楽や文学を知り、そうすることで、自分の人生を築いてきた。

大阪を語る語り方が「コテコテ」から遠く離れたのは、いつからだろうか。いまではもう、たこ焼きやヤクザや吉本で大阪を語るものはほとんどいない。

柴崎さんがここで書く大阪は、貧しくなる前の大阪、そこらじゅうに小劇場やミニシアターやライブハウスがあり、いつもどこかでアート展や演劇やお笑いライブが開催され、洋書や写真集や画集が並ぶ書店にはいつも人がいっぱいで、チェーン店ではなく個人が経営する美味しい店が並んでいて、すこしバイトをすればぜいたくはできないが飯は食っていける、そんな大阪だ。

そして、私が見てきた大阪は、そういうものがほとんどなくなり、すてきな小物が並んでいた雑貨屋やセレクトショップもばたばたと倒れて、焼け野原になったところにコンビニとユニクロとイオンがまるで墓標のように立ち並んでいく、そんな大阪だ。

それでも私は、そしてもちろん柴崎さんも、そんな大阪を愛している。

私がはじめて書いた小説は「ビニール傘」という短編で、此花《このはな》区や大正《たいしょう》区や港区が舞台になっている。私はこの小さな作品のなかで、あの大阪の「左半分」の、埋め立て地に特有の、すこし寂しく、静かで、だだっ広い感じを書きたかった。そして柴崎さんもこのあたりのご出身で、だから私の小説の書評で、ここで描かれた風景には見覚えがある、と書いてくださった。

私はあの、すこし寂しく、静かで、だだっ広い大阪が好きだ。あの風景が、この三十年のあいだに私が見てきた大阪だ。

私も柴崎さんも、大阪を書くことを通じて、大阪で生きる自分の人生を書いた。大阪とは、あるひとつの、「そういう空間」のことだが、私と柴崎さんにとってはそれは、暮らしていた街、暮らしにきた街ということでもあり、だからそれは、「そういう時間」のことでもある。大阪とは、単なる地理的な位置や境界線のことを指すのではなく、そこで生きている時間のことでもあるのだ。

大阪という空間、大阪という時間。

だから、街は単なる空間なのではなく、そこで生きられた人生そのものでもある。ただ単に空間的に人びとが集まっているだけではなく、人びとの人生に流れる時間が、そこには集まっている。

大阪が好きだ、と言うとき、たぶん私たちは、大阪で暮らした人生が、その時間が好きだと言っているのだろう。それは別に、大阪での私の人生が楽しく幸せなものだった、という意味ではない。ほんとうは、ここにもどこにも書いてないような辛いことばかりがあったとしても、私たちはその人生を愛することができる。そして、その人生を過ごした街を。

そういうことが、大阪が好き、街が好きということなんだろうと思う。

大阪　目次

大阪

地元を想像する

岸政彦

大阪で子どもを育てたかった、と思う。

つい先日、住吉《すみよし》区と阿倍野《あべの》区を散歩した。新婚のときに七年ほど住んでいた場所だ。このあたりは、昔ながらの大阪的な、落ち着いた、静かな、昭和な住宅地で、我孫子《あびこ》や長居《ながい》といったマンションや団地が並ぶ町もあれば、帝塚山《てづかやま》から北畠《きたばたけ》にかけてのような、古くから地元に住む人びとのための高級住宅地もある。

結婚したのは私も連れあいも大阪市立大学の大学院生だった頃で、もう二十年以上も前のことだ。住吉区の大学の近くに安いアパートを借りて、おはぎときなこという猫を拾って、二〇〇六年に就職が決まるまでそこで暮らしていた。

それから十三年ほど住吉区を離れている。連れあいはいまでも大阪市大で教えていて、毎週通っているのだが、先日、久しぶりに私も大阪市大に行く用事があり、そのあと二人で、昔住んでいた街を散歩した。十年以上経つと、街はかなりその姿を変える。こんな建物あったっけ、あれここ前はあれじゃなかったっけ、そういえばあれどこだっけ、などと話しながらゆっくり散歩した。

路地裏をぶらぶらと歩くうちに、いつのまにか帝塚山のあたりまで行ってしまい、歩き疲れたので、阿倍野に向かう路面電車に乗った。小さな小さな路面電車のなかには、住吉高校の生徒たちがたくさん乗っていて、留学やホームステイの話をしていた。

子どもができなかった私たちだが、そのかわり二人とも死ぬほど仕事をしていて、そしてこのまま死ぬほど仕事をして、いつか本当に死んでしまうんだなと思う。でも、路面電車のなかで、それほど楽しそうでもだるそうでもなく、ごくごく普通のテンションで会話をする高校生たちを見て、こうやって大阪で生まれて、大阪の地元の子として大阪で育っていく自分たちの子どもの成長を身近で見たかった、とは思う。

住吉高校は大阪の公立高校のなかでも、歴史が古い名門高校で、いまだにリベラルな校風を守っていて、生徒たちはみんな私服だ。自由で、賢くて、そして話が面白い大阪の子たちが路面電車で通っている。路面電車は阿倍野につながっていて、天王寺《てんのうじ》や阿倍野は大阪ディープサウスの中心地として、ハルカスや１０９ができてしまったあとでも、下町の風情を残している。

路面電車に飛び乗ったのは十八時ごろで、かろうじて日の名残が西の空に残っていて、穏やかに寒く、お腹が減っていた。生徒たちもお腹が減っていたと思う。これから路面電車で阿倍野まで行って、そこから近鉄《きんてつ》や、地下鉄や、JRで、それぞれの家に帰るのだろう。親や兄弟姉妹が待っているだろうか。一緒に夕食をとるのだろうか、それとも両親も働いていて、ひとりで晩ご飯を食べるのだろうか。猫や犬もいるだろうか。マンションだろうか、一戸建てだろうか。そういうところに、難しい時期を迎えた思春期の息子や娘が、不機嫌な顔をして帰ってきて、ものも言わずに帰ってくるなり自分の部屋にとじこもり、でも食事になると出てきて、飼っている犬や猫のことは心から可愛がっていて、家族はそれほど仲が悪いわけでもない。ネイティブの大阪弁を喋り、学校の教師の陰口を言い、友だちと喧嘩したといっては泣き、くだらないYouTubeの動画に夢中になり、親が渋々買い与えたスマホの奇妙なアプリを使いこなして、どこの誰ともわからない誰かと複雑なやりとりをする。やがて大阪の地元の高校を卒業すると、大阪市大、関西大、近畿大などの、大阪ローカルの「そこそこ」の大学に通って、半年ぐらい留学したかと思ったらすぐ帰ってきて地元で就職し、恋人を見つけてさっさと結婚する。

そういう姿を見ることなく、私たち夫婦は、二人で死ぬほど仕事をして、そのまま死ぬのだと思う。

先日、沖縄出身の大学院生と酒を飲んでいて、彼女が「琉球大学を出ると女として負け組」という話をしていて、とても面白かった。沖縄はわりと階層格差が大きなところで、民間では零細サービス業が多く、労働条件も悪い会社がたくさんあって、だから例えば琉球大学や内地の一流大学を出て、沖縄県庁や那覇市役所などで公務員になること、あるいは学校の教師になることが「勝ち組」とされている。戦後すぐに米国民政府によって設立された琉球大学は、これまでずっと、沖縄のエリートを輩出してきた。琉大を出て公務員になる、というのが、沖縄ではもっとも恵まれた、安定した人生のコースのひとつなのだ。

しかし彼女は、違うんです、と言う。沖縄の女子は、琉大なんか出ちゃったらダメなんです。それは「女子として可愛くない」んですよ。だから、琉大とかじゃなくて、地元の公立高校から沖縄大学あたりを出て、地元で介護の仕事とかに就いて、地元で彼氏を見つけ、地元で結婚するのが、いちばん沖縄の女子としての理想なんですよ。そして、いちばん大事なのが、「彼氏のおばあちゃんから可愛がられる」っていうことなんですよ。

彼女は内地の名門大学を卒業して関西で暮らしていて、だから地元と切り離されてしまっている。

地元の公立の小中学校では、成績のよい女子というものは、居場所がない。女子としてハバを利かせているのは、きれいで可愛くて派手で、性格もきつめの子たちで、そういう子たちはだいたいはヤンキーになる。そういうヤンキーの女の子たちは、おとなしくて成績が良い子たちにマウンティングしてくるし、いじめてくることもある。だから彼女は、十代でできちゃった婚をするような女子が苦手なのだが、苦手であると同時に、うらやましいとも思っていて、だからほんとうは次生まれ変わったら「地元で生きたい」んです、という話で盛り上がっていた。

大阪で生まれて、住吉高校などの地元の公立高校に通って、関西大学や近畿大学に通うのも、おそらくは「大阪の子」としては充実した人生なのだろう。

私は名古屋の生まれで、大学から大阪に来た。東京ではなく、大阪をわざわざ選んだのだ。それからもう三十年以上が経つ。本籍もこちらに移し、家も建て、人生の大半を大阪で生きてきて、自分としては大阪人のつもりだが、しかしここは自分の地元ではない。

子どもができない、ということは、地域社会に根をはれない、ということでもある。他の街から移り住んだ人びとが、どうやってそこを自分の地元にしていくかというと、ひとつは子育てを通じて、である。子どもを育てるということは、学校、町内会、子供会、ＰＴＡなどの活動に参加する、ということであり、そうやって親同士もつながっていって、そこが地元というものになっていく。私たちには、それがない。自分の人生に悔いなど何もないが、心から愛する大阪という街で生まれた子どもを育て、大阪の子として成長していく姿を見たかった。

三十年のあいだにいちどだけ大阪市を出て、他の街で暮らしたことがある。といっても高槻《たかつき》なので、大阪は大阪なのだが。

二〇〇六年に最初に就職した大学は滋賀県の山奥にあって、通うのがとても大変だった。実際に通いだす前からもう、通勤が大変だろうと思っていたので、なるべく職場の近くに住もうとして、しかし大阪から出るのは嫌だったので、ぎりぎり大阪府の中でももっとも京都寄りの、高槻市というところに住んだ。高槻は、関西でも住みやすい、ちょうどよい規模の小都市で、とても人気のある街だが、大阪市内に長年住んでいた私と連れあいにとっては、そこはやはり少し田舎町だった。私たちはすぐに、大阪市内に家を買って引っ越した。結局、高槻には一年半ほどしか住まなかった。

私たちが住んでいたのは、高槻のなかでも外れの方で、住宅地ではあったけれども、歴史のない、寂れた、貧しいところだった。小さなスーパーの小さなフードコートのマクドで食事をしている小さな男の子が、阪神タイガースのロゴの形に頭を丸刈りにされていた。週末になると若い夫婦が改造した軽自動車に赤ちゃんを乗せて、量販店でいちばん安い発泡酒を箱買いしに来る。国道沿いには大手チェーンのファストフードとパチンコ店が並んでいて、一本裏に入ると田んぼをつぶして開発された小さな建て売り住宅が並んでいる。そういう町だった。

借りていたアパートは、もともと新幹線の工事のために作られた飯場で、六〇年代は地方からやってきた大勢の男たちが住んでいたらしい。すぐ隣にはバラックが並んでいて、汚いスナックが軒を連ねていた。男たちが集まる街には、女たちもやってくる。

アパートのなかではよく夫婦喧嘩や家族喧嘩の声が聞こえてきていた。一度、ベランダで夕涼みをしていると、真下の部屋のベランダから、扇風機が外に向かってまっすぐ飛んでいったことがあった。夫婦喧嘩をしていて、どちらかが投げつけたのが、そのまま窓から飛び出していったのだろう。扇風機はくるくると回転しながら落ちていった。

隣の部屋には一人暮らしの女性が住んでいた。かなり歳はとっていたが、いつも身ぎれいにしていた。ある日、私の部屋の玄関をノックする音が聞こえた。出てみると、ふたりの、いかにも刑事らしい刑事が立っていた。ひとりは老人で、ひとりは若かった。

警察の方ですか？

そうです。あの、隣に住んでる人について、ちょっと聞きたいことがあるんやけど。

いやあ、警察の方に、ご近所さんのことをお話しするわけにはいきません。

そうでっか。そらそうですな。

年寄りの方の刑事は、拍子抜けするほど物分りがよかった。そらそうですわな、えらい失礼しました、と言って、すぐに帰っていった。

その夜、隣の女性が、いつもより派手な服をきて、きれいに化粧をして、手にはスーパーの大きな袋をぶら下げて帰ってきて、部屋に入るところで私と出くわし、あらこんばんわ、あ、どうも、今夜はごちそうですか？　ほほほ、そうですねん。うれしそうに部屋に入っていった。

彼氏か、旦那か、遠いところにいて、長い間留守にしていて、彼女はずっとひとりでその部屋で待っていたのだろうか。そして、その夜、待ち焦がれた男が、帰ってきたのだろう。

次の日、隣の部屋には、誰もいなくなっていた。それから私たちがアパートを出るまで、その部屋には誰も帰ってこなかった。

そういえば先日、このあたりも歩いたのだった。たまに昔住んでいた場所を歩くと、とても懐かしく、すこし寂しくて、楽しい。ここを離れていまの場所で暮らして十三年になるが、その間に三回ほど訪れて散歩している。あいかわらず、人口は多いはずなのに街灯が暗く、巨大な国道以外はあぜ道のような路地で、それもすぐに行き止まりになり、すこし広めの道はすべて裏道や抜け道になっていて、歩道もないのに自動車やトラックがスピードをあげて通っていく。

堺《さかい》、岸和田《きしわだ》、東大阪、茨木《いばらき》、高槻……。同じ大阪府でも、これらの街は、住吉区や阿倍野区のような大阪市内の住宅地に比べると、いくぶんハードな光景が広がっている。しかしやはりここにも、当たり前のことだが、生まれ育った人びとがいて、地元というものがある。タイガースのロゴの形に頭を刈られていた小さな男の子も、いまでは二十歳ぐらいになっているだろう。大学に進学しただろうか、高校を出てすぐに働いているだろうか。専門学校で何かの資格を取っただろうか。同じ中学の女の子と付き合い、十八ぐらいで父親になっているかもしれない。あの、刑事が訪ねてきた部屋に住んでいた女性は、いまどうしているだろう。

市内でも郊外でも、大阪の、流動性の少ない、昔から住んでいるひとばかりの街に生まれ育って、そこで根をおろして暮らしたかったと思う。中学校の同級生の女子がやっているお好み焼き屋かスナックで、安酒を飲みたかったと思う。二十歳そこそこで結婚して、たくさん子を育て、休日はミニバンかSUVで、白浜あたりに出かけたかったと思う。子どもの頃に通った駄菓子屋のおばちゃんも歳をとって店を閉め、そのシャッターを見て懐かしい気持ちになりたかったと思う。自分でもどこかの場所を借りて飲食業に手を出し、失敗したかったと思う。ちょっと恐くて鬱陶しいけど悪いひとじゃない先輩とかと、たまに銭湯で出会いたかったと思う。同級生と同じ年に子どもをつくって、子ども同士も同級生になればよかったのにと思う。

でもたぶん、大阪で生まれ育って、ここが地元だったら、私は東京あたりの、別の街に逃げていただろう。私は十八で名古屋から脱出して、大阪に来た。私は大阪に、「出て来た」のだ。もし大阪で生まれ育ったとしても、その地元はおそらく、女たちが殴られ、泣かされ、働かされ、ただ我慢を強いられる街だったに違いないし、すこし「進んだ」考え方を持った子どもや、塾にも行かずにただ家にこもって本を読んでいるような子どもは、からかわれ、罵られ、仲間外れになるような街だったに違いない。

住吉区も、高槻市も、そしていま住んでいる街も、若い人口の多い街で、だから子どもや生徒も多くて、十二月の寒い夕方、中学生や高校生たちが、五時ぐらいでもう真っ暗やなと言いながら、GUあたりで買った安いコートにマフラーを巻き、自転車を並べてだるそうにどこかにあるだろう家に帰っていくのを見ると、そのうちの誰かひとりが私の家に帰ってきて、汚い大阪弁でひとしきり喋ったあと、男の子なら飯くれと言い、女の子なら片時もスマホを手から離さず、ああもうこいつらも反抗期をとっくに過ぎて、思春期なんやなと思いながら、今日はかあちゃんが大学の会議やから、俺が飯作るけど何がええ？と聞いているところを想像する。

私は自分の親兄弟とも縁を切っていて、そして子どもも生まれなかったので、まるで真空から生まれてやがて真空に還っていくような人生なのだが、それでも夜中に論文を書き上げて、寝ている連れあいに一言声をかけ、近所のショットバーを飲み歩いたりするときには、地元も家族もない自分自身の自由が愛おしくなる。こういう人生も悪くないと思う。

級友が全員、医学部や東大や早稲田や慶應に行くような高校だったのだが、それに背中を向けて、自分ひとりで大阪に来た。ありきたりのコースを歩くのが嫌だったし、それにバブル当時の大阪は、みんな我儘《わがまま》で、金を持っていて、かっこいい街だった。女の子たちも派手で、ノリがよく、とにかくたくさんの酒を飲んだ。そしてその大阪、自由で、反抗的で、自分勝手で、無駄遣いが好きで、見栄っ張りな大阪は、この三十年で完全に没落してしまった。完全に没落、という言い方は大げさかもしれないが、とにかく私にとっては三十年前の大阪はもう、その面影すらない。それは実際に大阪の社会的・政治的・経済的地位が下がったせいもあるだろうし、私自身が歳をとった、というせいでもあるだろう。

港へたどり着いた人たちの街で

柴崎友香

いちばん古い記憶は、台車と砂だ。

わたしは、酒屋がビールケースを運んでくる台車に乗っていて、その下の地面が動いている。団地の棟と棟の隙間にわずかな遊具のみの公園の地面は、表面に薄く砂があるだけで固かった。

その静止画が、「いちばん古い記憶は」と聞かれたときの、わたしの答えだ。台車を押しているのは、近所のちょっと年上の子供たち。しかしそれがほんとうに記憶で、実際に見た景色なのか、あとのいつかの時点で成立したイメージなのか、わからない。実際にあったことで、それを記憶しているのだとしたら、生まれたときに住んでいた団地でのことだから、二歳ごろということになる。

二歳なら、一九七五年、昭和五十年あたり。

生まれたときに住んでいた市営住宅は、大阪市大正区の南の果てにある。

大正区という場所は、西が大阪湾に向かって開けた大阪市の、海側にある。北を上にした地図なら、大阪の中心部から左下へ。尻無川《しりなしがわ》と木津川《きづがわ》の二つの川に囲まれている。北から流れてきた安治川《あじがわ》の支流と、東から流れてきた道頓堀川《どうとんぼりがわ》が、大正橋《たいしょうばし》の付近で交差し、それぞれ尻無川と木津川という名前に変わる。そこから大阪港に流れ込むまで、約四キロメートルだけの短い川だ。

大正橋とJR大阪環状線がかろうじて通る北の端をなすびのヘタと見立てると、大正区全体は左にちょっとまがったなすびみたいな形をしている。その先は大阪湾だ（「なすび」は、共通語ではないらしいが、それがわかっていても自分にとってどうしてもこれでなければという言葉の一つなので、「なすび」と書いた。「な」ではなくて「す」にアクセントがある）。

区の南端にある、運河に区切られた区画は住居はなく工場だけ。大規模な製鉄所がある。他の地域も川沿いは工場や運送会社が並ぶ。鉄工所や造船所への大型船が通るために、尻無川にも木津川にも、橋がほぼない。区の真ん中あたりを国道四十三号線と阪神高速が通っているが、それも川を渡るときは三十メートル以上の高さになる。

歩行者も渡ろうと思えば渡れるが、高速道路の高架の下にへばりつくように設けられた歩道橋を通るしかない。歩道橋の出入り口周辺も、工場や撤去された放置自転車の置き場に囲まれていて人通りがほとんどない。そこから近い高校の通学には使われているが、暗くなれば少なくともわたしは絶対に通らなかった。昼間でも、知らない男につきまとわれたりしたことが何度かある。

もう少し南、西成《にしなり》区南津守《みなみつもり》とをつなぐ千本松大橋《せんぼんまつおおはし》も、土地の狭い場所で三十三メートルの高さを確保するために螺旋状に上る。上から見たときの形から「めがね橋」と呼ばれている。二十五年ほど前にできたなみはや大橋《おおはし》や千歳橋《ちとせばし》も、やはり徒歩で渡るには向いていない。見かけるのはフードを被って孤独にランニングする男性くらいで、阪本順治が監督した赤井英和《あかいひでかず》の初主演映画『どついたるねん』でも、彼が演じるボクサーが復帰に向けて体を鍛えるのに「めがね橋」を走っている場面がある。

橋がないから、渡し船がある。

子供のころからは二か所減ったが、それでもまだ大正区には七か所ある。道路の一部だから無料。昼間は十五分に一往復、ラッシュ時は随時。エンジンがついた平べったい船に、自転車ごと乗る。渡し船のあるところは住宅街からは離れているから、歩いてくる人はほとんどいない。よほどそれが行き先への近道でなければ、渡し船は使わないで大正駅まで大回りするが、ほんの数分でも水の上を揺られて開けた空の下で普段とは違う風景を見るのは、とても気持ちがいい。

なすびのヘタの大正駅を大阪環状線がかすめるように通っている以外は、区内に鉄道はない。念願の地下鉄が一九九七年に大阪ドームの開業に合わせて延伸されたが、大正駅までしか来なかった。その代わりに市バスが充実している。工場への通勤者のために急行のバスもあるが、普通のバスに乗ると、大正駅から終点の鶴町《つるまち》四丁目までは三十分くらいかかる。

その終点近くに並ぶ五階建ての市営住宅。そのどこかの棟の一階が、わたしが生まれたときに住んでいたところ。

建てられたのは一九六〇年代後半だろうか。この時期にできた棟には、風呂はない。のちにはベランダに簡易のシャワー室を住人が作った部屋がたくさんあるが、当時は皆、風呂屋に通っていた。

母の話によれば、近所のおばちゃんたちが、わたしを風呂によく連れていってくれたのだという。母はわたしが産まれてからも美容師の仕事を続けていたから、近所の人たちがよく面倒を見てくれたのだ。残念ながら、わたしにはその記憶はない。

おばちゃんたちは、とても賑《にぎ》やかだった。二歳でそこを離れて、区内の別の市営住宅に移ったあとも、わたしは父母とときどき遊びに行ったし、おばちゃんたちがうちを訪ねてくることもあった。おばちゃんたちは、長崎や鹿児島の出身の人もいて、イントネーションの少し違う大阪弁が懐しく思い出される。

大正区は沖縄出身の住民が多いことで知られているが、それは工場などの働く場があり、港が近いので、仕事を求めて船でやってきた人が住んだからだろう。不便だから大阪市内のわりに家賃も安い。だから、九州や四国の出身の人もたくさんいた。近所で仲のよかった同級生は、奄美の徳之島《とくのしま》が田舎だった。

学校や近所の人には、沖縄の苗字の人がたくさんいた。新聞やテレビのニュースで沖縄の地名が出てくると、あ、同級生といっしょやと思ったし、その後、沖縄に関する本を読むと、この名前も沖縄の人やってんや、と思った。隣の区ではそうでもないことを知ったのは、高校に入ってからだった。

大正区の商店街で売られていた野球のボールみたいなドーナッツも「丸ドーナッツ」や「砂糖天ぷら」と呼ばれていたから大阪の食べものだと思っていて、サーターアンダギー（砂糖＋揚げたものの意味）という名前を知ったときには不思議な感じがした。

わたしの父は香川県の小豆島《しょうどしま》、母は広島の呉《くれ》の出身。子供のころは、隣の港区の弁天埠頭《べんてんふとう》からフェリーに乗って小豆島に行き来していた。

どこかの港から、島から、船に乗って、瀬戸内海の奥のこの港へ。

海から大阪へ来て暮らしている人たち。

普段の生活の中で、海が近いことを意識することはなかった。海は見えないし、海までたどり着いたとしても、「海」という言葉でまずイメージするような、砂浜とか明るい青い波とか、そういうものはまったくなかった。コンクリートの岸壁と錆びた鉄と、深緑色の動きのない水面でできた風景。石やスクラップを積んだ大型トラック、ミキサー車、フォークリフト。隣の港区は「波除《なみよけ》」「夕凪《ゆうなぎ》」「磯路《いそじ》」「港晴《こうせい》」「築港《ちっこう》」「朝潮橋《あさしおばし》」と、海っぽい地名がたくさんあるが、なぜか大正区には全然ない。風景としては似たようなものなのだが、旅客船の埠頭がある港区はやっぱり「海」の情緒がある。西端の大阪港は今では海遊館や観覧車や観光船ですっかり「海」の観光地になっている。一方で安治川を遡った先にあった弁天埠頭は、もう二十年以上も前にフェリーの航路が廃止されて、ターミナルビルは会社の事務所が入っていたり、一時はアートっぽいイベントをやったり風変わりな喫茶店があったりしたけれども、ほとんど廃墟みたいになっていた。最近取り壊されたらしいが、長らく近くには行っていない。父は、小豆島へ帰りやすいから大正に住んだのかもしれないが、弁天埠頭からの大型フェリーがなくなってからは姫路《ひめじ》か岡山まで車で行かなければならなくなった。

わたしが三歳になる前に、区内の新しくできた別の市営住宅へ引っ越した。バスに乗らなくても駅までどうにか歩いて行ける距離だった。

引っ越してすぐの光景が、わたしの頭の中にある。夜で、十一階建ての真新しい棟が並ぶ間の道路を家族で歩いている。父と、弟の手を引いた母が前にいる。

それが、二番目に古い記憶だ。

だけど、一歳半年下の弟が歩いているから、時期が合わない。これもわたしがあとから創り出したイメージなのか、時期が違うだけなのか、わからない。ただ、そのときのわたしがとてもはしゃいでいる感覚が、そのイメージには貼りついている。

わたしにとっては、大阪を書くことは、自分の生きてきた時間と場所と、関係のある人を書くことに、どうしてもなってしまう。三十二歳になる直前まで大阪に住んでいたが、身近な人以外とは、そんなに話したこともないし、たとえば飲み屋で隣合わせただけの人と話すなどということは、もしかしたら一度もなかったかもしれない。

四歳で保育園に入った。

できたばかりの私立の保育園で、わたしは一期生だった。いわゆる「団塊ジュニア」と呼ばれる世代で、一九七三年（昭和四十八年）生まれは、いちばん人数が多い。小学校でも中学校でも教室が足りなくて増築工事になり、それぞれ一年ずつプレハブの仮教室で過ごした。保育園や幼稚園も、そのころ新設が続いたのだろう。わたしが住んでいた棟の一階にも大阪市立の保育所があった。高校で仲良くなった子がここに通っていたらしい。

わたしが入った保育園は、歩いて五分くらい、区を南北に貫く大通りを渡った向こう側にあった。一階と二階に教室が二つずつ、三階は遊戯室、屋上にプールがあり、狭い園庭の隅に桜の木とブランコがあった。

保育園は、ちょっと変わったところというか、イレギュラーなところだったので、覚えていることがたくさんある。

冬は乾布摩擦、夏は冷水摩擦を園庭で毎日やったし、運動会やら生活発表会という学芸会みたいなのや、行事も多くてやたらと熱心だった。

とりわけすごく鮮明に記憶があるのが、肝試しと桜の木の毛虫。

肝試しは、一年目は保育園で、二年目は大阪府のいちばん北にある能勢町《のせちょう》のお寺で実施された一泊保育の夜にあった。

一年目の保育園でのときも、三階のだだっぴろい遊戯室に一人で入り、こんにゃくで撫でられるなどの関門をくぐり抜けなければならない、けっこうな本気度だった。しかし、二年目に比べればたいしたことはなかった。

能勢（東京でいうなら奥多摩《おくたま》っぽい感じだろうか）は、狭小住宅がひしめく下町育ちの子供にとって夜が暗くて静かというだけでたいへんに怖ろしい。それなのに、まずはお堂で怖い話、頭から握り飯を食べる「食わず女房」がやまんばだったという話を雰囲気たっぷりに聞かされ、さらにそのやまんばはまだこの辺を逃げ回っていると脅された。その状態で一人ずつ、お寺の中を歩かされるのだ。泣いている子もいたが、どちらかというと冷めているというか、現実的な子が多く、脅かしてくるのはどうせ○○先生やで、などと言っていて、実際、指定された部屋に入ると部屋の隅で布団を巻いて顔を下から懐中電灯で照らしていたのは年少組の担任だったので、「知ってんで、よでんせんせいやろ」とわたしは言ったが、よでんせんせいはおばけであるという設定を崩さなかった（このとき、別の子も近くにいて、よでんせんせいがんばってな、とか言っていたような記憶もあるので、一人ずつではなかったのかもしれない）。最後の関門は渡り廊下で、そこを走り抜けるときになにかが飛んできて首から顔あたりにくっついた。ゴールに着いて、周りの子たちと確かめ合うと、糊だった。洗濯糊か工作に使う「フエキ糊」みたいなものが乾いてかぴかぴになっており、それを「もう、めんどくさいなあ、やめてほしいわ」などと言いながら友だち同士で剝《は》がしあったものである。

もう一つの思い出は、桜の木の毛虫。いつのまにかずいぶん減った気がするが、中学か高校のころまでは、桜といえば毛虫だった。桜の木の下には毛虫がいっぱい落ちていたし、触ってかぶれることもあった。

毛虫に関心を持つ園児が増えたため、先生が、みんなで育てて蝶になったら飛ばそう、と言い出し、みんなも賛成した。わたしは、蛾《が》になるのにええんかなー、と思いつつ、虫取り用の透明プラスチック籠にたくさん入れられた毛虫を、毎日眺めていた。先生や他の子たちが、それが蝶になると思っていたのか、蛾になると思っていたのかはわからない。

ほどなく、毛虫は蛹《さなぎ》になり、無事に羽化した。

狭いプラスチックの中を、茶色い蛾がたくさん飛び交っていた（今検索してみたら、モンクロシャチホコという蛾だと思う。しかしそもそも蝶と蛾に明確な境界はない。言語によっては区別しない）。みんなで屋上へ上がって、蓋を開けると、蛾たちは広い空へ向かって飛んでいった。

植えたばかりで頼りなかった桜は、今はかなり立派な木になっている。子供を通わせている同級生の話を聞くと、園内や行事の様子も随分と違う。それはそうだ。四十年も経ったのだから。

高校生のときだったか、保育園の近くを自転車で通ったとき、カレー粉の工場があるのを見つけて、あっ、と思った。

保育園のことを思い出すと、カレーのにおいがいっしょについてくることがあって、これのせいだったのか、と、謎が解けた気持ちになったからだ。

「工場」は、人と話していてイメージがずれてる、と気づくことの多い言葉だ。

このカレー粉の工場は、他の住宅や小規模なマンションと並んで同じように建っている間口の狭い建物の一階の、作業場的なところだ。川沿いや港の近くには大規模な製鉄所やスクラップ工場があったが、家の周りにあるのはだいたいそのタイプの工場だった。一階が工場や作業場で、その奥や二階に家族が住んでいる。

大正区ではないが大阪市内の、二十代のころの友人の家は「〇〇鉄工鋲螺《びょうら》部」というかっこいい名前だったし、『わたしがいなかった街で』の「なかちゃん」のモデルになっている友人は、「○○金属」と家業の社名の入ったごついトラックでときどきうちを訪ねてきた。

おれんち、いつでもめっちゃ現代音楽やで、と「なかちゃん」は言った。金属を削る音が一日中響いているから。

「なかちゃん」のモデルになっているのはどういう人なの、と、小説を読んで彼の定職を持たない生活に興味を持った人に聞かれたことがあった。聞いた人は、関東の文化人が多く住む落ち着いた住宅地で生まれたときから暮らしている。「なかちゃん」の家は工場をやってて、と言ったとたんに、ああ、とその人は急に納得したように頷いた。自分の知り合いにもそういう人がいたよ、家に遊びに行ったら郊外ではあるけど何百坪もあって、車が何台も停まってて、ぶらぶらしてても親御さんはおおらかでさ。大きな工場を経営する裕福な家だから働かなくていいのだろう、とその人は思ったようだったので、そういうのじゃないです、家の一階が作業場で、そんなに大きい家じゃなくて、とわたしは説明したが、あまりぴんとこないようだった。

小学校の近くにあった同級生の家も、金属加工を生業《なりわい》にしていた。その子のお父さんとおじいちゃんがガラス戸の向こうで金属を削っていて、道にはくるくると巻いた金属の削りかすが落ちていた。

小学校の下校途中は、鰹節《かつおぶし》のにおいだった。いっしょに下校してきた子たちと別れるあたりに、鰹節の、あれは工場ではなくて卸業の作業場があった。鰹節の入った一斗缶が積み上げられていた。

通学路にはほかにも、木工所に鉄工所。おが屑のにおい、鉄を削るにおい、機械油のにおい。水溜まりは機械油が滲んでメタリックな虹色に光っていた。きれいだった。そういうところが、たくさんあった。

もう一つ、はっきり映像を覚えている古い記憶は、病院の診察室で、自分の腕と窓の外のトラックだ。

わたしは冬のツイードかコーデュロイの焦げ茶色のコートをまくって、腕の内側にいくつも注射を打たれている。喘息の治療に合う薬を探すためにアレルギー反応を調べる注射で、腕には小さな丸い腫れが規則正しく並んでいた。

「げんかんさ」、と言われていて、それがアレルギー物質を少しずつ体内に入れて慣らす「減感作」療法だと知ったのは、もう喘息の発作がなくなって何年も経った大学生のころだった。

これも、注射をするならコートぐらい脱いだに違いないから、あとから変形した記憶映像なのだろう。

窓の外は、大阪の冬らしい灰色の曇天《どんてん》で、砂埃《すなぼこり》と騒音を立てて大型のトラックが行き交っている。小児科の診察室は、区を南北に貫く何車線もある道路に面した一階で、横断歩道を渡った向こう側は運送会社だった。

　いくつもあった運送会社も、今はマンションや小さな区画の建て売り住宅、駐車場になったところが多い。

　一九八一年公開の『男はつらいよ　浪花《なにわ》の恋の寅次郎《とらじろう》』は、大阪が舞台になっている。

　寅さんが、瀬戸内海の小島で出会った、松坂慶子演じる「ふみ」と大阪で再会する。宗右衛門町《そうえもんちょう》あたりで芸者をしているふみが、幼いころに生き別れた弟を探しに行くのが、港区の安治川沿いの運送会社だ。画面に映るそこは、大正区の川沿いと風景はそっくりだ。大阪環状線の鉄橋が映っている。その先にあるのは、銀色の鉄骨が特徴的な工場で、わたしも環状線に乗るたびに、弁天町《べんてんちょう》から西九条《にしくじょう》のあいだでこの工場が見えるのを、特に夕日に輝いている姿を楽しみにしていた。調べてみるとそれは関西電力春日出《かすがで》発電所で十五年ほど前に取り壊されて、今はホームセンターになっている。

　映画の中で運送会社があるのは、堤防の外側の場所だ。川岸から直接荷物を積み降ろせる。そこにあるのは工場か倉庫か運送会社だけで、民家はない。

　ふみと寅さんと大村崑《こん》演じる運送会社の主任が、土埃が舞って大型トラックがひっきりなしに行き交う事務所の前で話しているときも、中に通されてからも、鉄骨のぶつかり合う音や大型車の騒音がずっと響いている。会話をかき消すほどのその音は、今のわたしには懐かしい。

やっと行方を突き止めたのに、ふみの弟は一か月前に病死していたことを知らされる。ふみはそのあと、弟が住んでいたアパートを訪れる。

そこは、堤防のすぐ内側の、古い安アパートだ。堤防よりかなり低い、崖下のような場所。弟と結婚することになっていた若い女が、ふみと話しているのがつらくなって部屋を出る。駆け下りる階段下から堤防に、物干し竿が四本、渡されている。撮影のための演出なのか、もともとそうしてあったのかはわからない。

そしてこのアパートの階段で遊んでいる子供、運送会社の窓から見える渡し船を桟《さん》橋《ばし》で見送っている子供が、ちょうど当時のわたしと同じくらいだろうか。つまりは、それは子供のわたしが見ていた風景だ。

地区子供会では、長期の休みに注意することというと真っ先に「尻無川に行かない」が挙がっていたが、わたしたちはときどきそこへ行った。そして、得体の知れない気体がぷちぷちと湧き出るまっ黒い水面を見て、どうしようもなく疲れた気持ちになって帰ってきた。

寅さんがふみに出会った瀬戸内海の小島は、映画中では地名は出てこないが、ロケ地は広島県豊田《とよた》郡《ぐん》豊浜町《とよはまちょう》。二〇〇五年に呉市に編入されている。呉は、母が生まれ育ったところ。「男はつらいよ」の中でも、瀬戸内海から大阪にやってきて働く人の人生が描かれているのだ。

その街で、子供のわたしはテレビを観ていた。

朝起きて最初にすることがテレビをつけることで、夜寝る前に最後にすることがテレビを消すことだった。東京に引っ越すまでずっとそうで、平均して一日八時間、夏休みなどは十五時間くらいテレビを見ていた。

外で遊ぶのも、友だちを誘うのも苦手で、たいていは家でテレビを見ていた。子供のころを思い出すと、とにかく行くところがない、という感覚が強くよみがえってくる。都市というのは、お金がなくてもいられる場所が極端に少ない。同級生と遊ぶにも、狭い公園を転々とするか、商店街の本屋で漫画を立ち読みするくらいだった。団地の小さい公園は隣のパチンコ屋が放し飼いしていた犬に何度も追いかけられたし、できたばかりの小さい図書館に行っても隣の学校の女子に会えばすぐにメンチ切ったり切ってないで揉めるし、商店街でも道端で延々しゃべっていると知らない人に怒られたりして（わたしたちも負けずに傍若無人であったが）、お金を持っていない存在である子供が、特に女子が、安全に過ごせるところを見つけるのは難しかった。常にどこかへ行こうとして、どこへも行けなかった。どの道も、堤防に行き当たった。テレビや漫画の中が、わたしにとって「外の世界」だった。

夕方の再放送のドラマも毎日見ていたが、そこにはよく、二階建ての家が整然と並ぶ（隣の家との間に何メートルも隙間がある！）「ニュータウン」が映っていた。どこにでもあるありふれた風景、平凡な人生の象徴として登場しているらしいそこを、わたしは見たことがなかった。そんな街は、どこに行けばあるのかなと思っていた。フィクションの中だけに存在する架空の場所だった。

そのころ、八〇年代、テレビドラマや漫画の中では、こんなふうな台詞によく出会った。

「いい学校に行って、いい会社に行って、敷かれたレールの上を走るだけの人生なんていやだ」

その言葉も、時代劇のお決まりの台詞のように、フィクションの中だけの用語に感じていた。そんなレール、どこにあるのやろう。敷いてもらってる人、どこにいるのやろう。

テレビは大好きだったが、見ていたテレビ番組の中にはわたしが見慣れている風景はなかった。わたしが住んでいる場所は、ないことになっていた。近づいてはいけない、と言われている堤防の外の世界は、鉄を作ったり、使われなくなった鉄を壊してまた鉄にしたりしていて、つまりは街の賑やかなところやテレビに映るところにある建物や車の中身を作っているのに、その場所も、そこで働いている人も、テレビの中には存在しなかった。

中学の後半からやっと、自転車で心斎橋《しんさいばし》に行ったり、電車やバスで梅田《うめだ》に出たりできるようになって、ようやく、わたしはこの街に居場所があると感じたし、それ以降は、夜に賑やかな路上を一人で歩いているときがいちばん心が安らぐようになった。

今でもそうで、それは新宿《しんじゅく》でも渋谷《しぶや》でも、同じだ。旅行で訪れたニューヨークでもそう感じた。

だから、わたしにとって「この街」がたまたま大阪だっただけで、他の場所で育っていたらそこが「この街」だったかもしれない、と思う。

しかし、そうだとしても、わたしには「大阪」が「この街」だった。

「大阪」について、わたしはとても狭い範囲のことしか知らない。大阪も、他の場所も、知らないところ、想像し足りないところばかりだ。

わたしは、風景を書いている。

わたしは、風景は人の暮らしそのものだと思う。

淀川の自由

岸政彦

淀川《よどがわ》は、大阪のなかでも特別な場所だ。梅田から歩いても行ける距離のところに、あれほど大きな水があり、緑があり、橋があることは、大阪人にとってはとても幸せなことだ。鳥が集まり、虫たちが歌い、なんどか蛇を見たこともある。目を上げると、堤防の向こうに梅田の高層ビル群がある。夜になると、たくさんのビルのたくさんの灯りが、星空のようにまたたいている。巨大な十三大橋《じゅうそうおおはし》や長柄橋《ながらばし》や菅原城北大橋《すがはらしろきたおおはし》を、車の赤いテールランプが流れていく。その横を、御堂筋《みどうすじ》線や阪急《はんきゅう》電車が渡っていく。

宇宙でいちばん好きな場所はどこか、と聞かれたら、間違いなく、この淀川の河川敷だと答えるだろう。いままで聞かれたことはないし、これからも聞かれることはないだろうけれども。だいたい宇宙のことは何も知らない。

それでもやっぱりここが好きだ、宇宙のことを何も知らないのに、ここが宇宙でいちばん好きだと思うのは、大阪で最初に来た場所だからだ。関西大学に入って大阪で下宿をすることになって、なぜか淡路《あわじ》で乗り換えが必要な上新庄《かみしんじょう》の、それも駅から徒歩三十分もかかるような不便なところにある、小さな安いワンルームマンションを借りることになった。その部屋から少し歩いたところに淀川の河川敷があったのだ。とにかくひとりになったさみしさと解放感に乗り物酔いしながら、どこまでも続く淀川の河川敷をひとりで散歩していた。海の水平線のような水面をはさんで南北の両側を東西に延びていく河川敷の堤防、その上を覆う広い広い大阪の空、あの河川敷は、そのまま十九歳の私が手にしていた時間的な自由の、空間的な表現だった。それは可視化された自由であり、物質化された時間だ。それが広いということは、自分がそれだけ自由ということなのだ、といつも思っていた。

淀川の水面が広いだけでなく、洪水対策ということもあるだろうが、川の両側に河川敷の公園が大きく取ってあって、そこはあまり手入れもされていなくて、歩道のまわりは歩いても歩いても草ぼうぼうの原っぱや雑木林で、ホームレスのテントがぽつりぽつりとあり、鳥や虫たちもたくさんいて、晴れた日曜日になるとジョギングやヨガ、バーベキュー（大阪でバーベキューと言われているものはただの焼肉だが）、サイクリング、キャッチボール、フリスビー、犬の散歩、子どもの散歩、老人の散歩、サックスやトランペットやコントラバスの練習、金がない若者カップルのデート、そういう人びとでいっぱいになっている。数キロおきに巨大な橋がかかっていて、私はそのなかでも特に菅原城北大橋が好きだ。最初の下宿がこの橋と豊里大橋《とよさとおおはし》の近くにあったので、ひとりでよく歩いていた。城北大橋は一九八九年に建設され、当初は車両の通行に百円が必要だったから、地元では百円橋と呼ばれていた。二〇一四年ごろに無料になったと思う。

ひとりでも行っていたし、友だちとも、彼女とも、よく歩いた。いまでは連れあいの「おさい」としょっちゅう散歩する。なにか嫌なことや、つまらないことや、なんとなく行き詰まった感じがするとき、よく行く。行くと必ず、気が晴れる。

高校のときはロックバンドをしていたが、大学に入ってジャズをやろうと思って軽音に入ると、偶然同期にジャズをやる者が多く、「陰湿な体育会」のような当時の軽音楽部に嫌気がさし、全員でいっせいに辞めて「ジャズ研究会」を立ち上げた。同期にたまたま、ひとりの天才的なピアニストがいて、彼はいま現代音楽や吹奏楽の作曲や編曲で立派に活躍中なのだが、とにかく彼が音楽的なリーダーシップを発揮して、私ともうひとりの奴が実務的な作業を担当し、ジャズ研が発足して、そしてそれは三十年経ったいまでも継続している。

ピアニストの彼は、大学に入ったときにはもういっぱしのジャズミュージシャンになっていた。一回生の夏には千日前《せんにちまえ》のキャバレー（「雨が降ってもサンサンサン」のコマーシャルソングでおなじみの「キャバレー・サン」）で毎晩ピアノを弾いていた。

たしか昼間は、公務員だった父親から命じられて、バキュームカーに乗ってトイレの汲み取り作業のバイトもしていた。そういうわけで彼は金を持っていて、キャバレーのギャラが入る曜日には、他の友人たちと夜の十二時にサンの楽屋の出口で彼を待ち構え、そのまま朝まで彼の金でミナミで飲んでいた。当時のミナミはどこかに行けば誰かがいて、そのうちの誰かが金を持っていて、それでなんとか朝まで飲むことができた。もういまはミナミで朝まで飲んでる学生というものも、絶滅寸前ではないかと思う。

彼から音楽的なことをいろいろ教えてもらい、なんとか私も見よう見まねでジャズを勉強し、三回生ぐらいからいろいろなバーやラウンジやライブハウスでウッドベースを弾いてギャラをもらうようになっていた。

そのピアニストのほかに、もうひとり同期に、ジャズを歌う女子がいて、私立の女子校出身で、医者の娘で、わがままで辛辣《しんらつ》で気分屋で頭が良くて、いままで会った誰とも違うような、強い個性を持っていて、いわゆるモデルさんとか女優さんみたいなきれいさではなく、彼女は彼女なりのやり方で、とてもきれいで、そしてそれがほんとうにかっこよかった。そしてその歌。

彼女の歌はほんとうに素晴らしかった。私がこれまでの人生のなかで出会ってきたいろいろなもののなかで、特に愛しているもの、というものがいくつかあって、それは飼っていた犬だったり猫だったり、愛用しているヤイリのエレガットのギターだったりオリエンテのウッドベースだったり、コレクションしているオールドMacだったり、淀川の城北大橋だったり、私はそうしたものたちを心から愛しているのだが、そのひとつに彼女の歌がある。

はじめて聴いたときのことはもう覚えていないが、彼女の歌は、大学に入ったばかりのときに、すでに完成されていたと思う。大学一回生の春に彼女の歌を聴いて、私はこれが音楽か、ああそうかこれか、こういうものが音楽なのか、音楽とはこれかと、身体の最も深いところが揺り動かされるようだった。もちろん技術的にはまったく未熟で、経験も積んでいなくて、音楽的な知識もなくて、プロからみたら所詮ただの学生の遊びのような歌だっただろうが、それでも私のなかで「音楽」というものが、そのときから永遠に変わってしまったように思う。それは私なんかにはとても手の届かない、高いところにある、なにか眩《まぶ》しく光り輝くものだった。

私は彼女の歌、その未熟な、技術的には下手であろう歌を、心から愛していた。彼女自身のことも、大切な友人として、本当に好きだった。私はどちらかというと怒りっぽく、すぐにイライラする、付き合いづらい人間だと思うが、彼女に対しては甘かったと思う。私は彼女から何を言われても喜んでいた。

もう三十年も前の話だ。

私はこの二人のことが本当に好きで、よく三人で遊んでいたが、いちどこの二人が私の下宿に泊まりにきたことがある。まだ一回生の、夏の夜だったと思う。ビールと花火を買って、歩いて淀川の河川敷に行った。もうとっくに真夜中になっていて、街灯もない河川敷は真っ暗で、花火に火をつけるのにも苦労した。さんざんビールを飲み、バカなことを言いあって笑っていた。そういう夜がこれまでたくさんあったし、いまでもあるけど、いつも思うのだが、何を話して笑っていたのか、一切記憶がない。あの夜の笑い声や花火が弾ける音は、河川敷の広くて真っ暗な夜空に吸い込まれてしまって、もう二度と戻ってこない。宇宙の一部になってしまったのだろう。いまでもどこかを漂っているだろうか。

そしてそのすぐ後だったと思うが、この二人が付き合うことになった。そのときのことをよく覚えている。夜中、私の下宿のドアがとつぜんノックされて、開けたらこの二人が泥酔して、腕を組みあって立っていた。俺たち付き合うことになったから、報告しにきてん。私はほんとうに嬉しくなって、じゃあ俺、お祝いにビール買ってくるわと言って、二人を部屋に入れて自分は外に出た。そして、一時間ぐらいわざと、そのあたりをぐるぐると散歩していた。二人っきりにさせてあげたかったのだ。

そういうことがあった。もう三十年も前の話だ。

そのあと、大学を出て大学院に落ちて、就職もできず、ほんとうにどこにも行き場がなくなったときも、よく自転車で淀川をゆっくりと何時間でも走った。あのとき乗っていた自転車は、たまたま近所の自転車屋で中古で売られていたもので、捨てられていたものを自転車屋の職人のおっちゃんが拾って、店に余っていたパーツを適当に寄せ集めて作った、まるで手塚治虫の『火の鳥』の復活編のロビタのような自転車で、フレームは派手な黄色に塗られていて、ブレーキは右ハンドルの前輪のブレーキしかなかった。後輪はブレーキないの？　と聞いたら、ペダルを後ろに逆回転させるとそれが後輪のブレーキになるねん、と言われ、驚いた。もっと昔にはよくあったらしい。なんとなくその、古くて、寄せ集めで、珍しい仕掛けになっていて、派手な黄色のペンキで塗られた自転車が、なぜだかまるで自分みたいだなと思えてきて、その場で買って、しばらく乗っていた。そして、二回も続けて京都大学の大学院の試験に落ちたときも、私はその自転車に乗って、ひたすら西へ、河口へ、港のほうへと、ゆっくりと何時間もかけて走った。金も仕事も所属も、実績も経験も、未来も何もないまま、ゆっくりと淀川の河川敷を西日に向かって走っていた。その自転車はそのあと盗まれたか撤去されたか、とつぜん失くなってしまった。彼も宇宙の一部になってしまったのだろう。いまごろ冥王星のあたりを漂っているのだろうか。

そして今も、私と連れあいは、仕事に行き詰まったり、なにか気晴らしが欲しくなると、必ず淀川を歩く。そしていつも、それで気が晴れる。あの静けさと、広さと、水面の美しさと、のんびりと好き勝手なことをする大阪市民たちを見ると、いつも気が晴れるのだ。

三十年前に歩いた淀川と同じ場所を、今でも歩いているということに、心から驚く。空間的には同じ場所を、三十年という時間が流れていることに驚く。そして三十年前と同じ私がそのまま存在して、三十年後も同じ場所を歩いている、ということに、ほんとうに驚く。

大阪とは何だろうか、と思う。どうして私はこれほど大阪に惹かれるのだろうかと思う。私はここに移り住み、終《つい》の住処《すみか》を手に入れ、本籍も移して、ここで死ぬつもりだ。大阪は、自分で見つけた、自分だけの街だ。私は大阪に出会ったときから、この街に片思いをしているのだ。

淀川のことを考えると、いつもある家族のことを思い出す。人間の家族ではなく、犬の家族である。三十年前、ある冬の日の夕暮れに当時の彼女と河川敷をぶらぶらと歩いているとき、たくましい白い雑種の犬が、何頭もの自分の家族を引き連れて、東の方向に走っていくのを見た。いまでは考えられないことだが、当時は野犬というものがいたのだ。しかし、それにしても、犬の大家族を見たのは、それが初めてで、最後だった。あの犬たちは、どこで生まれて、どこで暮らして、何を食べていたのだろう。子どもたちは無事に大きくなっただろうか。あのあと、大阪もずいぶん近代化されて、野良犬が暮らしにくい街になっていった。たくましいリーダーの犬と、数頭の若い大人たち。妻たちだろうか。そしてそのあとを転げ回りながら走ってついてくる、たくさんの、まだ小さな子犬たち。夕暮れの河川敷のなかを、息をのんで見守っている私たちに目もくれずに走り去っていった、誇り高い犬たち。おそらく長くは生きなかっただろう。もしかしたら、そのうちの何匹かは子孫を残し、その遺伝子を引き継ぐ誰かが、どこかで飼われているかもしれない。どこかの家で引き取られ、首輪をされ、暖かい部屋のなかで、平和に暮らしているかもしれない。冬の金色の夕焼けのなかを、家族とともに自由に走り回る夢を見ながら。

だが、そうした自由はおそらく、過酷な運命というものと一体となっているのだ。野犬の家族がいる、ということは、それだけ捨てられる犬や猫も多かったということだ。少し前までは、放し飼いされている犬もいたし、あるいは逆に、暗いガレージの奥で、短い鎖に繋がれて、餌だけを与えられて死ぬまでそこで生きる犬も多かった。私はいまでも、暗いガレージや小さな町工場の横を通るのが、怖い。繋がれて、どこにも行けず、同じ場所でただささみしいさみしいと思いながら死んでいく犬たちが、そこにいるような気がして、横を通ることができない。私は大阪で初めて自由というものを手にいれることができた。私にとって、大阪で初めて暮らした部屋のすぐ近くにあった淀川の河川敷は、だから、自由というもの、そのものだ。だから、その河川敷で野犬の家族に出会ったとき、私は深く感動したのだが、しかし野犬がいる社会というのは、犬や猫にとっては過酷な社会であるにちがいない。

このことをどう考えればいいのかわからない。犬が捨てられたり、繋がれたりしない社会というのは、自由な野犬もいない社会だろう。しかし私は、繋がれてうなだれている犬を、もう見たくない。それは耐えられないことだ。自由であることと、過酷であることは、そのどちらか一方だけを選ぶことはできないのである。

大阪の自由さ、気取りのないざっくばらんなところ、気さくで、ほがらかで、懐の深いところも、おそらくは、暴力や貧困や差別と一緒になっているだろう。

昔の新聞を読むのが好きで、とくに五〇年代や六〇年代の日本は、まるで今とはまったく別の国のようで、とても面白い。読んでいて飽きない。例えば一九五八年一月の朝日新聞には、「躍進する関西経済」のような、戦後の経済発展を高らかに謳いあげる記事もあるのだが、それに混じって、「この子たちの親を探そう」という特集がある。養護施設で暮らす子どもたちの簡単なプロフィールが、実名と顔写真付きで掲載されていて、ずいぶん今とは感覚が違うなと思わせるのだが、簡単に書かれたそのひとりひとりの生い立ちや、施設に入ったいきさつを読むと、とても興味深い。

○○○○ちゃん（六つ）［女子］
大阪市……に住んでいたが、父親がある事情で留守をしたため［昭和］二十七年八月保護された。母親はそれ以前に家出、消息不明。
○○○○ちゃん（旧名不詳）（五つ）＝推定＝［男子］
二十七年十月十六日昼すぎ、大阪市北区角田町阪急百貨店地下鉄下降口付近で保護。当時、生後六ヶ月ぐらい。ちぢれ毛、のど下にイボがある。
○○○○ちゃん（旧名不詳）（七つ）＝推定＝［女子］
生まれて二カ月ぐらいの二十五年四月十日、大阪駅中央待合室で保護された。右手の甲にアザがある。そのほかのことはわからない。
○○○○さん（一五）［女子］
朝鮮の京城で生まれたが、母親は本人が幼い時、行方不明となった。父親の○○○○さん（朝鮮名は○さんというらしい）と本人はその後、日本に来て大阪市西成区○○町に住み、父親は○○○○さんと再婚したが、二十六年父親と○○さん［再婚相手］があいついで行方不明になったので入園した。父親を探している。

○○○○さん（旧名不詳）（一五）＝推定＝［女子］

二十一年二月二十八日、大阪駅で迷子になっているところを保護された。目が細い。大阪で他人の世話になっていたことがあるといっている。

○○○○さん（一〇）［女子］

実父母については不詳。養母のAさんが北海道にいたころ、○○さん［本人］をもらいうけたらしい。Aさんはその後、Bさん［男性］と一緒に住んだが、本人を残して行方不明。Bさんも本人を知人のCさんに預けたまま行方不明になった。本人の右上腹部にアザがある。本籍は北海道函館市○○○。

○○○○ちゃん（旧名不詳）（一つ）＝推定＝［男子］

生後八カ月ぐらいの三十二年二月四日、大阪市東淀川区十三西之町十三映画劇場で二十五歳ぐらいの母親らしい人が隣席の人に預けたまいなくなった。おむつ、授乳ビン、婦人用マフラーをフロシキ包みにして持っていた。

これでもほんの一部だが、特集記事では全国の似たようなケースを掲載して、この子たちの親を誰か知りませんかと呼びかけているのだが、それにしても他の地域に比べて大阪の施設の子どもが多い。そして、その出生地も、九州や四国などの西日本だけでなく、北海道や朝鮮半島など、さまざまな地域に散らばっていて、全国からこうした境遇の子どもが預けられていることがわかる。

私はある時にこの記事を見つけて、それは特に自分の研究に使うわけでもなく、論文や学会報告などにデータとして使用したこともないのだが、大阪について考えるときにいつも思い出す。もちろんこれらの子どもたちの境遇は大阪だけの問題ではなく、戦後の日本はどこであれ膨大な数の似たような子どもたちが存在したのだが、それにしても大阪のケースが目立つ。大阪には、全国から貧しい人々が流入してきたのだ。戦前から、朝鮮半島や被差別部落や沖縄の人びとがここに住み、そして一般の貧困層も大量に流入して、いくつものスラムを形成していた。戦後になり、釜ヶ崎《かまさき》という街がスラムから日雇い労働者が集まる「ドヤ街」になっていく。

大阪の自由な空気、自分勝手な文化、「自治の感覚」は、おそらく、こうした大阪の「成り立ち」そのものに関係している。戦前から引き継がれた大量の小規模な製造業の事業所が集まってできた大阪という街は、その流動性の高さ、階層の低さ、生活の不安定さで特徴付けられるだろう。それは自由で、自分勝手で、寛容である一方で、映画館で隣り合った他人に赤ん坊を押し付けて逃げる街だったのだ。私は梅田から電車で十分のところに住んでいて、だから毎日のように阪急百貨店の横を通るのだが、ここはほんの五、六十年前には、子どもが捨てられるような、そういう場所だったのである。流行りのタピオカミルクティーやバウムクーヘンやチーズケーキを買い求めようと並ぶ人びとが立っているその場所で、ほんの少しの過去、たくさんの子どもが（おそらく意図的に）迷子にされ、捨てられ、他人に押し付けられていた。

大学院生の頃、研究仲間とよく行く居酒屋があって、とても安くて美味くて、下町の庶民的な、夫婦で仲良くやっている、とても良い店だった。二階が座敷になっていて、値段はいつも大雑把に三千円飲み放題で、料理はおまかせでママが適当に作って出してくれて、お腹いっぱいになった。座敷にはビール用の冷蔵庫が置いてあって、そこから勝手に瓶ビールを出して自分で栓抜きで栓を開けて飲んでいた。とにかく食事も量が多くて美味くて、毎週のように通っていた。旦那さんはいつもにこにこしていて、二階まで食事を運ぶのが仕事だった。厨房はすべてママが仕切っていた。

あるとき、夜の十二時をすぎてもまだだらだらと酒を飲んでいると、珍しくママが二階に上がってきて、ちょっとほんまに申し訳ないねんけど、そろそろ寝たいんやわあと、柔らかい大阪弁でほんとに申し訳なさそうに言った。私たちは驚いて、え、ここで寝るんか。まじで。めっちゃごめん、それはめっちゃごめんな、すぐ帰るわ。

いえいえ、ゆっくりしてってかまへんねんけども。なんか今日はちょっと疲れてしもて。

わあ、ごめんなあ。

私たちは口々に、ごめんごめん、すみません、ごめんなさいと言いながら、ざっと片付けを手伝って、お金を払って早々に店を引き上げた。

その二階の座敷は、夫婦の寝室だったのだ。ここに住んでいたのだ。

そういう店だった。

ところがある夜、いつものようにその店に行くと、旦那さんがひとりで厨房に入っている。食事は自分たちで二階にあげてくれへんかなあ、と言っている。私たちは、ええよええよ、ママさん病気？　とか言いながら、普通に二階の座敷に座り、自分たちでビールを出して自分たちで飲んでると、上がってきた料理が、焦げたソーセージとか、崩れた卵焼きとか、醤油で真っ黒の野菜炒めとか、ちょっとこれ店で出すもんちゃうやろ、というものばかりだった。おっちゃんこれどうしたん？　と聞くと、あいつ家出しよったんや、と言う。

まじか。私たちは思わず笑ってしまった。ええよええよ、ソーセージうまいよ、と言いながらその夜は普通に飲んだのだが、聞けばつい数日前に大きな夫婦喧嘩をして、ママがどこかに飛び出していって、帰ってこないらしい。それでも流行っていた店だから、客の予約はたくさん入っていて、仕方ないから旦那さんがひとりで店をあけていた、ということだった。

しかしよく考えれば、まったく何も料理のできない初老の男がひとりで店を開け、自己流の料理とも言えないような料理を適当に作り、それを客に出し、それで金を取る、ということも、相当乱暴といえば相当乱暴なことであるように思えたが、私たちの誰もそんなことで文句を言わず、よくできた面白い話として、そのソーセージの焦げた部分まで楽しんで酒を飲んだ。

ところが、それから数ヶ月してから、こんどは旦那がいなくなった。ママがひとりで店を開けていて、だから料理の美味しさについては変わりがなかったが、またしても私たちは交代で自分たちで料理を二階に上げないといけなかった。

そこで話を聞くと、あれは旦那でも何でもないという。

私たちはすっかり夫婦だと思い込んでいたのだが、夫でも何でもなく、ただ数年前に自転車に乗ってふらりと店にやってきて、そのまま二階に居ついてしまい、ママと一緒に暮らすようになったのだという。

そして、数年のあいだ二人で夫婦のように暮らして、そしてある日、はじめて店に来たのとまったく同じように、同じ自転車に乗ってどこかに出ていって、そして二度と帰ってこないのだという。

それからさらに数年間、ママひとりで店を開けていたが、先日久しぶりにその前を通りがかったら、もう店は閉じていた。

あれから十五年が経つ。ママもさすがに高齢になり、店をやめたのだろう。あの旦那、ではない、ただのおっちゃんは、結局どこへ行ったのだろうか。あの店に帰ってくることは、二度となかったのだろうか。


社会全体が自由である、ということは、おそらくほとんどないのではないか、と思っている。たぶん、誰かが自由にしている傍《かたわら》で、誰かが辛い思いをしてその自由を支えているのだろう。そういうことをすべて理解したいと思う。

そして私は今も、週に一度は淀川を歩く。もうあの野良犬の家族には会えないけれども、そして大阪もずいぶんと普通の街になってしまったけれども、それでもやっぱり、淀川を歩くたびに、三十年前に感じたあの自由を思い出すことができる。

三十年前に私ははじめて大阪にやってきて、淀川の河川敷に出会い、大阪の自由を感じた。そして、そこから同じ三十年という時間を遡ると、大阪は、阪急百貨店に子どもが捨てられる街だったのだ。

あの記事が載った同じ月の朝日新聞に、「淀川を渡る三複線」というタイトルで、一枚の写真が掲載されている。「阪急淀川鉄橋」というキャプションがついている。現在の阪急の梅田駅から十三駅に向かう、京都線、神戸線、宝塚《たからづか》線が淀川を渡るための巨大な鉄橋だ。検索すると、現在では新淀川橋梁《きようりよう》と呼ばれている。その真横を、一七六号線の十三大橋が並走している。

この橋が建設されてから三十年経って、私は大阪に来た。そしてそれから、三十年が経っている。そのあいだに、子どもが捨てられることもほとんどなくなり、街から野犬の姿が消え、バブルも崩壊して二十年におよぶデフレの時代が続き、大阪の経済もすっかり地盤沈下してしまった。しかし、子どもが捨てられた大阪、河川敷で誰も覚えていない話で笑い合った学生たちがいた大阪、ある日突然自転車でおっちゃんがいなくなる大阪は、この同じ大阪の上に重なっていて、消えてしまうことはない。

大学に入って出会ったピアニストの平野達也とはその後も友人として付き合いを続けていたが、やがて疎遠になっていた。しかしあるとき、ジャズ研の同窓会で久しぶりに再会した。私はとっくにウッドベースをやめて、ただの大学教員になっていて、彼もジャズを弾くことをやめて、現代音楽や吹奏楽の作曲家として活躍していた。私たちは意気投合して、二十年ぶりにジャズを再開しようか、という話になり、もういちどイチから基礎練習を始めて、後輩のドラマーにも入ってもらい、ときどき関西のライブハウスなどでピアノトリオで演奏している。

演奏が終わってウッドベースをかついで夜中の阪急電車に乗り、淀川を越えるとき、梅田の高層ビルの灯りがちらちらとまたたいているのを見て、その灯りが、阪急電車が、淀川が、三十年前と何も変わらないことに驚く。

淀川は昔から同じ形でここを流れていたわけではない。それは明治に入ってから、巨大な規模の改修工事によって掘削された人造の川なのだ。しかしそれからはずっとここにあり、ここを流れていて、今日もたくさんの人びとがその上を電車や車で渡り、河川敷で遊び、マンションやホテルの窓から、その水面に反射する光を眺めている。

商店街育ち

柴崎友香

商店街は、賑わっていた。

公設市場とスーパーマーケットを中心にした最寄りの商店街は、近所のほかの商店街よりも道幅が広かった。大阪で商店街といえばアーケード。わたしが小学校の高学年のころにリニューアルされ、屋根がスライドして開く最新型のものになった。白い半透明の屋根はとても明るく、そこが開いたときに見た青空を今でも覚えている。支柱には、なぜかエジプトのヒエログリフが描かれていた。

幅の広い道の真ん中に自転車がずらりと並び、両側はお店でいっぱいだった。お店でいっぱい、というのは妙な表現だが、東京の中心部を除けば、今の日本中の商店街で「お店でいっぱい」のところはむしろ少数派になってしまったのではないだろうか。下りたままのシャッターが続く通りにぽつりぽつりと店がある、その光景に慣れてしまった。だから、今のわたしが、二十年、三十年前の商店街を思い浮かべるとき、お店でいっぱいだった、と思う。人も物も看板や広告も、溢れていた。

区内には、他にもいくつも商店街がある。駅に近づくほど、細く、狭くなる。駅の近くは、空襲のときに焼け残った昔ながらの瓦屋根の町屋が並ぶ区域なので、古くから続いている店が多かった。

駅から五分ほど歩いた住宅街の奥から商店街に入り、ひたすらアーケードの下を進む。道幅も屋根もだんだん広くなり、いったん途切れ、またアーケードが現れる商店街を辿って、さらに歩くと当時住んでいた市営住宅だった。アーケードの通りだけでなく、その周辺にも枝分かれした路地にも、個人商店がたくさんあった。

アーケードが立派になったころだったと思う。八〇年代の半ば。商店街は、「そやんか合衆国」とそれなりにベタな名前をつけて、PRを始めた。ローカル局の情報番組が取材に来たりして、近所の人たちとその放送を見守った。当時は、そういう架空の独立国を作るちょっとしたブームがあったらしい。検索してみるとウィキペディアの「ミニ独立国」という項目が出てきて、「吉里吉里国《きりきりこく》」「チロリン村」「イノブータン王国」など聞き覚えのあるような名前の中に「そやんか合衆国」もちゃんと載っていた。「現存せず」と書いてあるのが、絶滅した幻のなにかみたいな感じがして、いい。現存せず。でも、それは確かに、あった。

景気がよかったころとはあのころなのだろうな、と思う。数年前、BS－TBSで、ドキュメンタリー番組のディレクター・吉永春子の追悼特集があり、過去の企画がまとめて放送されていた。汚職事件や731部隊に関する番組が並ぶ中に「生中継！魅惑の夜・赤坂」があった。タイトル通り、TBSのある赤坂の夜を生中継する内容で、アナウンサーが街に出てディスコや接待があるほうのクラブや遅くまで開いている商店に突撃取材するスタイルだった。

金髪の外国人女性がトップレスで踊るクラブに入ったかと思えば、政治家が会合をする「赤坂の料亭」の前でバイクに跨《また》がったアナウンサーが派手派手しく実況をし、街ゆく人にインタビューする。同じTBSで放送されていた「ザ・ベストテン」を思い出す早口の話し方。この番組は一九七九年なので、わたしが記憶にある時代よりちょっと前だが、東京の真ん中のこの大騒ぎの感じが、だんだんと全国に広がっていったのだろう。わたしが小学生から中学にあがるころまでは、日本中こんな感じやってんやろな、と見ながら思った。「バブル景気」というとテレビでは判で押したようになぜか九〇年代前半、バブル崩壊期の「ジュリアナ東京」お立ち台の映像が流れるが、景気がよくて浮かれていたのはもう少し前の時代ではないかと思う。

そのころの、わたしが生まれ育った街の商店街とその周辺。蒲鉾《かまぼこ》、米屋、酒屋、クリーニング、喫茶店、乾物《かんぶつ》、絨毯《じゅうたん》、味噌、スポーツ用品、呉服……。多くは、同級生か、同じ小学校や中学校の誰かの家だった。同級生たちの父母や祖父母が店に立ち、ときどきは、子供自身も店に出ていた。わたしも、その一人だった。

パーマ屋、と学校では男子たちから呼ばれることもあった。十五歳から美容師の仕事を続けてきた母が自分の店を持ったのは、わたしが小学校一年、一九八〇年の秋のことだった。わたしは、店舗を借りたときのことをはっきりと覚えている。ほかの場所を見に行ったこともうっすらと。つまり、何軒目かの候補だったということだ。シャッターを開けると、そこは直方体の空間だった。蛍光灯の愛想のない光に照らされた白い壁とコンクリートの床。奥にはアルミサッシで区切られた空間があり、そこはお店になったときには着付け室と従業員控え室になった。新しいことが始まるうれしさを、わたしも感じていた。

開店を知らせるチラシの製作のため、ミナミのおしゃれな写真スタジオでかっこいいモデルさんたちを撮影した。そこにわたしと弟もついていって、二人で写真を撮ってもらった。白黒の写真は今でも残っている。小学校と保育園の帰りだから、二人とも体操服。わたしはちょうど前歯が抜けていて、唇がへんなふうに曲がっている。

オープン直後から、ときどき店を手伝った。大量のタオルを畳むとか、カットの後の床を掃いたりパーマに使ったロットを洗ったり。五年生からは、夏休みに毎日アルバイトをした。時給五十円だった。高校生になってから、あれは騙されていたと思った。

六年生の夏休み、日航ジャンボ機墜落事故のことを聞いたのもよく覚えている。パーマのロットを手渡すという定番の役割をしていたときにお客さんが、生存者が助けられるのをテレビで見た、と話していた。

店では有線で歌謡曲を流していて、ときどきかかる昔の歌が好きだった。六〇年代や七〇年代の暗い曲調の歌。お店で働いていたおねえさんたちが、岩崎宏美の「万華鏡」には幽霊の声が入っていると教えてくれた。リクエストする人がいるらしく、その曲は定期的に流れた。「ほら、このあとやで」と言われて耳を澄ませるのだが、何度聴いてもわからないままだった。おもろい歌あるねん、とそれもお店で働いていた誰かが教えてくれたザ・ブルーハーツの「リンダリンダ」を初めて聞いたのは、営業が終わって掃除をしているときだった。美容師や見習いのおねえさんたちは、入れ替わりながら何人かいて、わたしはいつもその誰かに髪を切ってもらっていた。

隣がケーキ屋さんだったので、お客さんがみんなで食べてと差し入れてくれるケーキをよく食べた。シュークリームは上下が分かれているカリッとした皮がおいしかったし、特に好きだったのがカスタードクリームと生クリームが二層になったいちごタルトで、ときどきホールでもらって、朝ごはんが連日ケーキだったこともある。そのお店は何年も前に閉めてしまって、あのシュークリームもいちごタルトももう食べられない。

たまに、えらいねえ、とお小遣いをくれるお客さんもいた。千円か、たまに二千円。自分で使ったのか親に渡していたのか、それはあまり覚えていない。子供が店を手伝うのはよくあることで、商店街の酒屋や豆腐屋にも同じ学校の子が立っていたが、今はもうそんな光景は見なくなった。日本中どこでも、似たような時期に消えていったのだと思う。

店は、土日や月末や年末年始はものすごく忙しかった。夜九時ぐらいまで誰もお昼ごはんを食べられないような日もあった（そんな日でもさすがにわたしは食べたけど）。

いちばん忙しい日は、成人式だった。午前三時、真っ暗な寒い中で店を開け、朝十時から始まる式までに次々にセットと着付けをした。何週間も前からお客さんと打ち合わせを重ね、当日は完全分業。高校生の後半以降はわたしは普段は店内の手伝いに立つことはなくなっていたが、この日だけは必要人員としてカウントされていた。受付でお客さんから荷物を預かり、小物を確認し、まず髪のセット、それから着付けに案内する。最後は会計。子供のころは、時代もあって着物はみんな派手だった。真っ青や真っ赤な生地に金や銀の華やかな柄。髪も生花を使うのが流行ったりした。色とりどりの薔薇から髪飾りを作るのは、見ていてもわくわくした。お正月も晴れ着を着る人はたくさんいたし、当時は、新年の初出勤に証券会社の女性たちは振り袖を着る習慣というか、今から思えば職場での女性の扱いを象徴している慣行が盛んで、お正月もそのあとも母は早朝から店を開けた。

この数年、仕事で今まで縁のなかった日本のあちこちに行く機会が増えた。県庁所在地やその地方でいちばんの繁華街は賑わっているところも多くあるが、もう少し小さな駅前の商店街にはほんとうに人がいない。傷《いた》みが目立つアーケードの下で、店は一軒か二軒ぽつんと開いているだけだったりする。広告の入った看板が残っていたり、漆喰壁に立派なうだつのついた家屋だったり、昔の面影があちこちにある。ここも、あのころまでは人が溢れていたのだろうなと、思う。

どこに行っても、たとえ今は店も閉まって人もいなくなってしまっていても、商店街や市場的な場所には親近感を持ってしまう。自分や、同級生やその家族に似た人たちがそのあたりにいるような気がする。

地元の商店街でいちばんよく行ったのは、左半分は文房具やファンシーグッズ、右半分は本を売っている細長い店だった。漫画の立ち読みで二、三時間居座ることも多かった。ここで読んだ中でいちばん強烈に覚えているのは、戦国時代に冷酷なお姫様の影武者にされた心優しい農民の少女が内面もだんだんに姫のように怖ろしい性格になっていき最後は姫として民衆に殺されるという漫画で、ずっとタイトルもなにもわからなかったのだが、十年ほど前に楳図《うめず》かずおの『鬼姫』だと判明した。

小中学生のころの生活は、とにかくテレビと漫画だった。毎日八時間近くテレビを見て、漫画ばっかり読んでいた。

小学生のいちばんの関心事だった「週刊少年ジャンプ」は、月曜発売なのに土曜日に「早売り」をする店があった。書店ではなく、米屋やたばこ屋。大人になってから聞いたところによると、ジャンプの印刷工場は徳島にあって、東京へ運ぶ途中の大阪で少し「落として」行ったのだという。ほんとうかどうかは知らない。ともかく、そういう店があって、誰かからあそこで売ってるらしいと情報が入り、校区外のそこへ出かけていくと、ごく普通の民家のあいだのとある店の前に子供たちが集まっていて、店の人に追い払われながらも少し先の角に隠れていると、ほどなくトラックがやってきて数十冊のジャンプを降ろして去って行く。それを見届けて店に入ると売ってもらえるという、完全に「密売」な光景だった。「早売り」をやっていることがばれるとどこかから苦情がくるのか、しばらくするとその店では売らなくなり、また別のどこかで売っているという噂が流れてきて、わたしはそこに出かけていった。

人より一秒でも早くジャンプを買って、『北斗の拳』や『キャプテン翼』の展開を知りたかった。南斗最後の将の正体をいちはやく予想し、そんなはずはないと言う男子と五十円賭けて勝った。欄外やジャンプ放送局の投稿の一つ一つも、全部読んだ。懸賞の当選者の名前まで。「りぼん」と、小学校高学年から買うようになった「週刊マーガレット」も同じだった。わたしは漫画家になりたかった。「りぼん漫画スクール」の受賞者の年齢を見て、十七歳までにデビューしなければならないと焦っていた。仲のいい同級生たちと、ルーズリーフに鉛筆で漫画を描いて回覧し合った。連載形式で、ちゃんと表紙や予告ページも作り、欄外の「〇〇先生に励ましのお便りを！」というのも手書きで入れて、ファイルで綴じていた。

中学の途中から難波《なんば》に行くようになるまで、わたしたちの遊び場所は商店街だった。住宅と工場が密集していて、漫画に出てくるような空き地はどこにもなく、川に囲まれているけど河川敷もない街で、行くところは商店街しかなかった。駄菓子かたこ焼き（七個で百円）か洋食焼きを買うくらいしかできない子供はお店に長居することなどできず、長い商店街をひたすら端から端まで歩くだけだった。立ち読みも、中学生になるころには漫画にはビニールのカバーがされてできなくなった。

ぎっしり並ぶ自転車と、よろけながら走ってくる自転車と、店の前にはみ出して置かれた家電や洋服や食べものの隙間を、アーケードの終わりまで歩いていって、また戻ってきた。行き場のないわたしたちは、たまに友だちの家でシャンメリーを飲みながらドンジャラをやったり、中学生のころは公園で爆竹にひたすら火をつけてやさぐれ気分を味わうあほな子供だった。

小学校六年生のある日、教室に入ると友人たちが騒然としていた。「ちくわの穴を覗いてください、っていうて、そこら辺の人にちくわ覗かせるねんやん」。土曜日の夕方に、テレビでものすごく変な番組をやっていた、というのだ。なんかすごいもんを見てしまった、と。翌週、わたしもそれを見た。「始まんで〜」とやる気のない低い声に、やかんや鍋のアップが続くオープニング、今まで見ていたお笑い番組とは違って脈絡なく突飛なコント、だらだらと続くトーク、それは一目で異質なものだった。「なげやり倶楽部」という六十分の番組で、トーク部分でのらりくらりと低いテンションでしゃべっていた男の人は、中島らもという名前だった。テレビの中に変な穴があいて、別の世界が映っているみたいだった。こんなんがあってもええねや、とそのけったいな番組を見て学校で話す自分たちを楽しんでいた。「なげやり倶楽部」は三か月で終わった。なにかの間違いで放送された幻の時間みたいに、わたしたちの中ではながらくなっていた。

数年前に気になって検索したら動画があった。当時は誰が誰なのか全然知らなかったが、升毅や牧野エミなど関西の小劇団系の人も出ていたし、不条理コントをやっていたのは竹中直人、中村ゆうじ、大竹まこと。松尾貴史やいとうせいこうもレギュラーだった。記憶の薄かったトークやライブ部分に出演しているのは、細野晴臣、シーナ&ザ・ロケッツ、戸川純、BOØWY、とえらい豪華。今見るとちょっとあかんやろと思うネタなど時代を感じるところも多いが、ともかくどう見ても深夜番組である。

それがなぜか、土曜日の夕方五時半から放送されていた。

四年ほど前、松尾貴史さんのラジオ番組にゲストで出たときに、「なげやり倶楽部」のことを聞いてみた。深夜枠で企画が進んでいたのが、たまたま土曜夕方の枠があいたのでそこでやることになったのだそうだ。昼までの授業が終わって帰ってきた小学生か家にいるお年寄りくらいしかテレビを見ないその時間では、視聴率はものすごく低く、三か月で終わってしまった。

ここのところ、八〇年代や九〇年代のカルチャーが語られる記事をよく見るが、そこにあるのはほぼ東京のことだけだ。東京以外の場所の文化が言及されるのは、そこから出てきたものが東京で人気を得たときくらい。わたしは熱心にサブカルチャー的なものを探求するタイプではなかったが（ひたすらテレビを見ていただけ）、演劇や音楽や文章やなにかおもしろいことをやってる人がたくさんいるというのは街を歩けば感じられた。扇町ミュージアムスクエアがあり、ベアーズがあり、花形文化通信があった。東京以外の場所のあれやこれやは、語られないで、東京から見た文化史の中ではだんだんとなかったことになっていく。

今ではすっかり大阪の代表みたいになってしまった「お笑い」にしても、地元で放送されるのとは違って全国放送の画面ではどぎついものばかりが目立ち、外から見た「こてこて」をなぞっていく。大阪にいるとお笑いの中にももっとバリエーションがあるのを感じるのだけれど、東京では、特にステレオタイプな側面ばかりが流通しやすい。大阪の人がいわゆる「ベタ」にふるまってしまうのは、サービス精神なんだとわたしは思う。

行き場のなかった近所から行動範囲が難波や心斎橋へと広がっていったきっかけは、2丁目劇場だった。中学生のころ、ダウンタウンの「4時ですよ〜だ」の生放送をやっていた心斎橋筋2丁目劇場へ、自転車に乗って行ってみたのだ。気が弱いわたしたちは、数百人のおっかけの女の子たちの人だかりを、戎橋《えびすばし》のあたりから遠巻きに眺めていた。そのとき間近で見ることができた出演者が、喜劇番組の名脚本家・香川登志緒先生とメンバメイコボルスミ11だった。

メンバメイコボルスミ11は、テレビ画面の中で明らかに「異色の存在」として妙な空間を作っていた。若い女の二人組。ベリーショートや前髪を揃えたボブの黒髪に、太い眉、真っ赤な口紅、DCブランドのモード系な洋服。当時の言葉では「トンガリ」だろうか。低いテンションで間のあいたテンポで進む漫才は妙におもしろかったし、それまで見ていた新喜劇や漫才では女の芸人は容姿やおばちゃんぽさをネタにして笑われるという役割が多かったので、そこから離れた存在なのも新鮮に感じた。でも、彼女たちはすぐにいなくなってしまった。

八〇年代後半のそのころ。株や土地が高騰したというニュースが何度も伝えられていた。

自分たちにはもう一生家は買えない、と周りの大人たちは言っていた。交通の便の悪いうちの近所でさえ、億ションが売り出され、そこらじゅうが地上げにあった。駅に近い一角の、立ち退きを拒否する住人が残っていた長屋で、やくざが空き部屋に獰《どう》猛《もう》な犬を何頭も飼って一日中吠え立てさせる事件が起き、夕方のニュースに出た。今そこに建っているマンションに住んでいる人たちは、そんな事件のことなんて誰も知らないに違いない。

天神橋《てんじんばし》のマンションで豊田商事の会長が刺殺されてその一部始終がテレビで中継されたのは、一九八五年六月だった。漫画を描きに集まっていた友だちの家でその映像を見た。

年上の、おもに今の仕事で知り合う人たちにそのころのことを聞くと、自分は学生でお金がなくてバイトばかりしていた、派手に遊んでいる人たちを横目に働いていた、浮かれた人たちを冷ややかな目で見ていた、バブル景気は自分には関係なかった、と言う。楽しかったとか、今と比べてこんなに割のいい仕事をしたことがあったとか、そんな答えが返ってくることはほぼない。きっとそれは、実感なのだと思う。

「バブル」とジュリアナ東京の映像がセットで流れ、お金のせいで心の豊かさが失われた、とわかったふうな、でも結局なにも言っていない雑な言葉でまとめられて、その単純な「物語」が長い間流通してきた。戦後の焼け跡から復興し、高度経済成長期のころの人たちはがんばった、希望があった、そしてバブルで生活は豊かになったけど心はすさんだ、これから日本は下り坂で誰もが貧しくなっていくことが当然だから、と、賃金も公的サービスもどんどん削られ続けた。

昔はよかったとか、バブル経済はいいこともあったとか、言いたいわけではまったくない。

株や土地で儲けたり万札を握ってタクシーを停めたりクリスマスイブに高級ホテルに泊まったりしなくても、バイトで生活していけたことが、新卒じゃなくても就職できたことが、映画館に入り浸ることができたことが、そしてわたし自身にしても中学生や高校生のころに一人で映画館やライブに通うことができたことが、世の中にお金が回っていたからなんじゃないかと、つい言いたくなってしまうほどに、わたしが大学に入ったころからの二十五年間は、働くことの条件が、生活が、ひたすらに厳しく、貧しくなっていった。

当時のことを働いてもいなかった自分がどれだけ把握しているかと言われたら、なにもわかっていないに等しい。それでも、小学生が不条理コントやサブカル的なものに夕方つけたテレビでたまたま出会うことができる、それだけの余地が世の中にあったとは思う。それらは、自分が知っている狭い範囲、行き場がないと感じていた身のまわりとは別の世界があることを教えてくれるものだった。つまり、これから先の可能性をいくつも見せてくれた。

メンバメイコボルスミ11を検索していたら、引退したのは先輩大物芸人のテレビ番組で意図を汲んだ反応をせずに怒りを買ったことがきっかけ、と書いてあるのを見つけた。インターネットの情報のことだから、それがほんとうなのかはわからない。しかし、一見、自由で、世の中の常識を壊したりそこへ斜めからつっこむように振る舞うことが痛快に見えていたお笑いの世界が、古いタイプの上下関係や業界の権力的な構造が根深く、あのころ次々登場して人気になった芸人たちが今はテレビの中心にいてその権力構造を強化するような言動をしているのがこの何年か気にかかっている。当時も、師弟関係が厳しくて男社会であるのはなんとなくわかっていたが、それによってメンバメイのような存在がいる余地がなくなったのだとしたら、なんてもったいないことをしたのだろう。違う未来もあったのではないかと思いつつ、最近は新しい世代の人がどんどん出てきているのを楽しく見ている。

露悪的なことを本音だと言い張り、どんどん余裕が失われていったのは、大阪だけではないと思う。

二〇一九年五月。再来週、東京に来てから四度目の引っ越しをする。十四年で五軒目の部屋になる。

今住んでいるところの最寄り駅には、商店街がない。そのことがとてもつらかった。世田谷《せたがや》区の住宅街は、大阪のわたしが住んでいたあたりに比べると、夜が暗くてさびしい。人はもっとたくさん住んでいるのに、駅から少し離れただけで、静かすぎてさびしい。東京のこのあたりは遮光カーテン率が高くて、そのせいで部屋に人がいても街全体が暗くて人の気配もない。地域別の遮光カーテン率、誰か調べてないかな。

東京で最初に住んだ部屋も、二軒目も、三軒目も、商店街を基準に選んだ。今の部屋はいろいろ事情があって商店街の近くに住めず、ずっとさびしかった。次の部屋は、大きな商店街のある駅だ。夜も人の声がずっとしているような場所のほうが、落ち着く。知らない誰かが行き交っている場所のほうが、自分がいる余地があると思える。

十四年前。二〇〇五年六月。国立民族学博物館（みんぱく）に行った帰りに寄った南茨木《みなみいばらき》駅のシアトルズベストコーヒーで、友だちから「ぐちぐち言うだけでなんもせえへんのは、結局、やる気がないからや」と言われて、「ほんならわたし引っ越すわ。十月までに」と返す直前まで、わたしは自分が東京で暮らすなんて考えてもみなかった。この先もずっと、大阪で生きていくと思っていた。あまりに当然すぎて、それ以外の自分を思い浮かべられなかった。

今でも、しばらく大阪を留守にしているだけだと思っている。そのしばらくが、長くなってきた。

再開発とガールズバー

岸政彦

二〇一〇年の夏、大阪市内の南部にある、私鉄の駅前の小さな商店街の雰囲気が、なんとなく変わった。その商店街は当時すでにシャッター街になっていて、わずかに残った商店が細々と商売をしていたのだが、商店街のちょうど真ん中にあったいちばん大きな空きテナントが突然改装され、派手な看板と共にカラオケスナックが営業を始めたのだった。

スナックが新しくオープンしたことは、むしろそれはその商店街にとって歓迎すべきことなのだろうが、問題はそこにたむろしていた人びとで、それはみるからにヤクザだった。

さいきんは暴力団も激減しているという統計があって、たしかに街でそれらしいおっさんたちを見かけることもなくなった。しかしそのスナックの、店員だけでなく、そのあたりをぶらぶらとうろついていたやつも含めて、これはもうヤクザでしょうという見た目だった。人は見た目が九割である。私も大阪在住が長いので、ミナミでそれらしい人びとを見かけたことがなんどもあるし、何人かの元組員に聞き取りをしたこともあるが（そういえば関係ないがつい先日、那覇にある古い料亭から、非常にそれらしい人びとが大量に出てくるのも見た）、その商店街にいたのも、とてもそれらしい人びとだった。ああいう服はどこで買うんだろうと思った。カステルバジャックとかあのへんなのかな。

同時に、ヤクザのカラオケスナックと関係があるのかどうかわからないが、廃墟になっていた一角にまた新しく小さな店がオープンして、それはほんとうに小さな立ち飲み屋だったのだが、カウンターの中にハタチぐらいの茶髪のヤンキーの女の子が二人入っていて、あっというまにその界隈でもっとも繁盛する店になった。その前を通ると、店内だけでは足りずに、狭い路地裏の道にまで男たちがはみ出して泥酔していて、タバコの煙が路上にまでもうもうとしていた。

私はちょうど別件の用事でその商店街に通っていたのだが、あきらかに雰囲気が変わっているのをみて驚いた。確かに、ここで何かが起きているのだ。

ヤクザたちは店を開いただけではなく、そのならびの別の空き家を借りて、事務所というよりは溜まり場として使っているらしかった。もちろん組の名前で看板を出しているわけではなかったが、それにしてもこういう人たちというのはそういうオーラを出してしまうのだろうか、ただ部屋を借りているだけなのに、誰が見てもそれ系の事務所だとわかる雰囲気になっている。ちなみに、そのスナックで酒を飲む客はほとんどいなかったらしい。誰もそんなとこで飲まんわな、と地元のひとも言っていた。そして、それがほんとうに実在する暴力団の組員たちであったことが、のちに明らかとなる。

ヤクザが店と事務所を開き、ヤンキーのねえちゃんがガールズ立ち飲みを流行らせていたちょうどその時に、この商店街の店とその周辺の家に、一枚のビラが撒かれた。私も現物を見せてもらったのだが、それにはこう書いてあった。

「○○地区再開発協議会設立準備会勉強会のお知らせ」

一読してすぐに理解することが難しいのだが、これはつまり、誰かがこの地域を再開発したがっていて、そのための協議会を作るために、その準備会をおこなうための勉強会を開催します、ということだ。なぜ協議会ではダメなのか。協議会のための準備会のための勉強会という、ややこしいことをしないといけないのか。そもそも、このチラシの意味は、何なのか。これは誰が、どういう意図ではじめたことなのか。

地元の友人からこの話を聞き、私も社会学者として、あるいは大阪に住むひとりの市民として興味が湧き、この地域のことを調べてみることにした。町内会長に会い、商店街組合の理事にも会い、ビールの六缶パックをぶらさげて地域で長く開業している不動産屋にも会った。この商店街の土地の大半を所有する大地主にも連絡を取り、土地管理会社にもヒアリングに行った。再開発をもくろむ側の代表にも、反対する住民の側の代表にも話を聞き、この一連の騒動の最後を飾った、大規模な住民集会にも参加した。写真を撮り、会話を録音し、書類を集めた。大阪市役所にも行き、職員と面談をした。

これまでこの話は、結局論文にすることもなく、ほとんどどこにも書いてないことなのだが、今回ごく簡単に、そのあらましだけを紹介したい。もちろん、特定を避けるために、事実関係の大半を変えてある。以下の話はあくまでもフィクションとして読んでいただきたい。

ほとんどシャッター街になっているその小さな商店街に、Sという男が入り込んできたのは、二〇〇九年ごろだという。彼はバブルの時代には大手広告代理店の社員で、その当時はそれなりに大きなイベントの仕事もこなしていたのだが、独立してからは実績がなく、小さな代理店を形だけ経営していても、実際にはほとんど仕事はなかった。一度だけ会ったことがある。ゴルフ焼けした、チョビ髭のおっさんで、なぜか派手にベンツを乗り回していた。

この男がこの商店街の、ある商店主と個人的に出会ったらしい。そのあたりの事情はよくわからないが、とにかく二〇〇八年か二〇〇九年ごろから、「街おこし」のコンサルティングという名目で、この商店街に関わることになる。その頃から急に、ただの寂れた小さなシャッター街だったこの商店街で、「〇〇ストリート祭り」や「商店街キャラクター募集」や「テーマソング歌詞募集」といったイベントの広告が目立つようになった。夏になると、ちょっとした屋台や金魚すくいやフリーマーケットなどが出るようになって、そこには多少の子供連れの家族が来てはいたが、そのほかの公式キャラクターやテーマソングの公募には誰も応募するものもなく、いつのまにかプロがデザインしたキャラが「採用」されていた。

あと、関係ないけど、七夕の短冊がぜんぶ「大人が書いた子どもの話」だった。いかにも子どもらしいことが書かれていたのだが、それはすべて大人の筆跡で、たぶん誰もまともに短冊を書きにきてくれる子どもがいなかったのだろう。

外部のよそものが、元広告代理店という経歴だけでこの商店街に入り込んできたのには、それなりの事情があった。この商店街の組合が、非常にヤバい状況になっていたのである。

二〇一一年度の商店街組合の事業報告書を大阪府から取り寄せて読んだところ、その財務状況は「最悪」といってもよい状態になっていた。いくつかの金融機関からの融資が返済不能な額になっていたのだ。

当時、その組合の理事になっていたのが、その商店街のラーメン屋、八百屋、酒屋の三軒の商店主だった。組合の理事長はラーメン屋で、彼はもともと大阪市内の別の区で居酒屋を経営していたのだが、店を潰してから数年前に移転し、ラーメン屋として新たに出発していた。八百屋と酒屋は先代から数えて五十年以上、ここで店を構えている。噂では、組合が作った借金は、理事長や専務理事が個人的に弁済しないといけない、ということだった。もしそれが本当なら、焦る理由が立派にあることになる。とにかく商店街に客を再び呼び寄せて、なんとかして金を儲ける必要があったのだ。

商店街組合の男たちと元広告屋が何らかの縁で出会い、組合として「街おこしのプロ」を雇うことになったのだろう。そのときにどういう「絵」が描かれていたのかはわからないが、とにかくその元広告屋は、多額の委託料を組合から受け取って（おそらくこの金でベンツをリースして乗っていたのだろう）、二〇一一年までコンサルタントとして、小さな商店街の小さなイベントを仕切ることになった。そして彼の委託料を払うために、商店街組合はまた新たな借金をしていたのだ。

それだけではなく、この商店街組合の事業報告書には、重要な議題のひとつとして「暴力団による占有への対応」が書かれていた。やはりあの「それらしい人びと」は、実際にその筋の人びとだったのである。そしてさらに、この組合は、詳しい事情も結果も不明だが、かなりの大金を「持ち逃げ」されたらしかった。そのお金は損金として処理されていて、結果的に組合の負債を増大させていた。

しかし言うまでもなく、「公式キャラクター募集」ぐらいで、シャッター街になった商店街に客足が戻るわけがない。事業は早々に行き詰まり、元広告屋も居場所を失いかけていたのだろうと思う。自分の会社も行き詰まっていた彼は、この商店街の委託事業に、なんとしてでもすがりつく必要があった。そしておそらく、自分の一生を賭けた大勝負に打って出たのである。


商売に行き詰まって借金を繰り返す商店街組合と、行き場所を失った元広告屋が結託して「最後の勝負」に出ようとしていた同じころ、商店街ではもうひとつの問題が進行していた。

もともとこの地域は江戸時代には、天満《てんま》、船場《せんば》、難波という大坂の中心地にほど近く、市中に野菜を供給する近郊農村だった。その名残で、駅前の商店街の土地は、現在でもそのほとんどがわずか三つの大地主によって独占されている。そのうちの最大の地主が「北田家」で、駅周辺の一等地をすべて所有している。二番めの地主が「稲葉家」だ。北田家に比べると土地の面積は少ないが、早くから活発に投資をおこないマンション経営に乗り出していて、もっとも経済力のある一家である。三番手の「筒井家」は、どういうわけか戦後のある時期から没落してしまい、所有していた商店街の一角を切り売りして、そこに建売住宅が並んでいる。

実はこの筒井家の没落が、再開発計画騒ぎの結末に大きく関係する。そしてこの再開発計画の発端の一因を作ったのが、この商店街の最大の地主である北田家の内紛であった。要するに、この再開発計画の「もうひとつの主役」が、この三つの地主だったのである。この物語は、ただ単にバブル崩壊後に起きた駅前商店街の没落から始まるのではない。それは江戸時代から続く、大阪という街の「因縁」の物語だったのである。

北田家は江戸時代からこのあたりの土地の大部分を所有する豪農で、戦前には当時の当主が議員にもなっている。現在の当主も、大阪市の行政に深く関わる「地元の名士」なのだが、実はその一族のあいだで財産をめぐる争いがあり、駅前の土地の所有権をめぐって裁判がおこなわれていたのだ。

大阪市の南の果ての小さな商店街とはいえ、いちおう駅前の一等地ということもあり、裁判は果てしなく長引いて、ついに最高裁まで持ち込まれることになった。そしてそのあいだ、駅前の商店街のもっとも広いエリアが、戦後すぐに建てられたバラックのまま再開発をされることもなく、ただ寂れていったのである。

こうして、地主の「お家騒動」のために開発から取り残されたこの商店街は、すぐ近所に巨大なショッピングモールができたこともあり、大阪市内の他の商店街と比べてもひどく寂れていってしまった。そして噂では、これはあくまでもただの噂でしかないのだが、ヤクザの集団が商店街の真ん中の空き店舗に入り込んできたのも、この「お家騒動」と関係しているのではないか、ということだった。かれらは要するに占有屋だったのだ。

さて、例の没落した筒井家が少しずつ切り売りした土地は、ワンルームマンションになったりコンビニになったりしていたのだが、そのうちの一角はさらに小さく区分けされて、建売住宅として販売されていた。そしてその土地と住宅を購入し、外からこの街に移り住んだ世帯が二十軒ほどあった。大阪市の外れの小さな土地とはいえ、私鉄の駅から歩いて数分のところで、商店街にはまだ営業している店もあり、坪あたりの単価はそれ相応の値段になっている。このエリアの住宅を購入したのは、比較的ゆとりのある人びとが多かった。そのうちの何人かの方とお会いして話をきくと、だいたいの世帯がまだ若い世代で、比較的高学歴で、仕事も安定しているひとが多かった。

そのうちの数世帯が、商店街組合が配布した「勉強会」のチラシに反応した。それまでお互いの付き合いは一切なかったのだが、ある男性が思い切って近所数軒を訪ねて歩き、このチラシを見ましたか、どう思われますか、何かしたほうがいいでしょうかと聞いてまわったのである。五世帯ほどが危機感を共有し、近所のファミレスで会うことになった。かれらは医師、弁護士、教師、公務員などで、いずれもこの地域に家を購入したばかりだった。

チラシを受け取ったかれらは、町内会や商店街組合、あるいは行政のお役所仕事の延長のような、あたりさわりのない、特に深い意味も影響もないなにかのルーティンのようなものだと思いながらも、そのチラシのなかに書いてあった「都市再開発法」という言葉に、わずかなひっかかりを覚えた。そしてミーティング前に、それぞれが検索をし、法律書を買い、図書館で調べてみたのである。

その結果、「都市再開発法」の内容が明らかになった。それは驚くべきものだった。簡単に言えばそれは、低層の老朽化した木造建築物が密集する市街地を「強制的に」取り壊し、再開発をおこなうための法律なのだが、耐火建築物が計画地区全体の三分の一以下であれば、その地区の所有権者と借地権者の三分の二以上の賛成だけで、「再開発組合」が立ち上がってしまう。そうなればこの地区に住んでいる人びとは、強制的に立ち退かされてしまうのである。恐ろしいのはこの再開発組合は、民間でも立ち上げることができる、ということだ。これは小泉政権の規制緩和の流れのなかで二〇〇三年に改正された点らしいのだが、要するに民間の再開発事業に強制執行権が与えられたに等しいのである。

立ち退きの補償についても、民間の通常の地上げのような値段の交渉はできない。「権利変換（等価交換）方式」といって、所有する不動産は、買値よりはるかに安い評価額で評価されてしまう。そして例えば、再開発後に建てられたマンションの、その値段に相応する部屋が与えられることになる。つまり、その地区の人びとにとっては、「せっかく建てた一戸建てが、それより安いマンションに、強制的に交換されてしまう」ということになるのだ。後には住宅ローンが残ることになる。

こうして、没落した筒井家が切り売りした街区の家を購入した世帯のうち、上記の五世帯が中心になって、この再開発計画に対する反対運動が展開されることになった。かれらはさらにこの地区の家々を一軒一軒訪ねてまわり、賛同者を募り、土地問題に詳しい弁護士や既存の社会運動を経験した人びとからもアドバイスをもらい、「再開発に反対する会」を立ち上げ、詳細な規約を作成し、商店街組合に内容証明を送り、組合の理事にも面会を要求し、再開発に反対することを明確にアピールしていった。そしてかれらは、商店街組合に、前述の元広告屋の男が入り込んでいることに気づいたのである。

かれらが心底驚いたことに、実ははじめの「勉強会」がひっそりと開催されたときには、すでに超大手のゼネコンが、おそらくは元広告屋の男を通じてこのプロジェクトに関わっていたのである。その日本でも有数の大手ゼネコンは、住民が誰も知らないうちにこの地域のすべての土地建物の登記簿を閲覧し、どこが誰の所有になるのかを調べあげていた。反対派住民たちが入手した商店街組合の内部資料には、実名で土地と建物の所有者がリストアップされ、その面積や築年数や評価額などが詳細に書き込まれていた。そして再開発組合を立ち上げるために必要な地権者の数を算出し、「賛成派」の目標数を提示していた。さらにその資料には、完成後の巨大なタワーマンションのプラン図が描かれ、現在のこの地域の資産の評価額、完成後のマンションの床価格、商業床の予想利回り、住宅部分の予想販売価格なども書き込まれていた。そして、六年後の二〇一六年の完成にむけた、準備会や協議会や組合の設立の、細かなタイムテーブルも作成されていた。

強制的な再開発が執行されるためには、地権者の三分の二の同意が必要なのだが、この同意は「数」と「面積」の二つの面で集められることになっている。地権者の数でいえば、三分の二の同意を集めるのは相当困難に見えたが、すでに書いたとおり、この地域の土地の多くは三つの大地主が寡占している。したがって、三分の二の面積を所有する地権者の同意を得るのは、それほど難しいことではなかった。そしていちど再開発組合が認可されてしまうと、もう計画を変更したり中止したりすることができなくなるのである。残りの三分の一の地権者の意向はまったく無視され、強制的に土地や家屋が取り上げられてしまうのだ。

この頃から、寂れたシャッター街を起死回生の策で蘇らせようとする商店街側と、住宅ローンを一生背負ってここに暮らす住民との対立が明らかになっていった。住民側は十数世帯が集まってなんどもミーティングをおこなった。反対する会のニューズレターが作られ、メーリングリストでも活発に情報が交換された。

ラーメン屋をのぞく商店街側の推進派は、先代や先々代からここに住み、ここで生まれ育ち、ここで商売する人びとである。ここはかれらにとって「地元」だ。その地元のかれらが、補助金や組合が借りた金から怪しげな元広告屋に莫大な委託料を払い、超大手ゼネコンまで巻き込んで、誰も知らない間に強制的な立ち退きをともなう再開発の計画を練っていた。そして、それに反対したのが、たまたまこの地域に住宅を購入して移り住んだ、いわば「よそ者」である。かれらは高学歴の専門職が多く、ネットや書籍で情報を集め、弁護士や社会活動家とのネットワークを持っていた。都市再開発法という法律を利用して強制的に立ち退かせようとしたのが地元で生まれ育った人びとで、逆にこの街に住み続けるために再開発に反対したのが、外からやってきた人びとだったのである。

そして、何よりも印象的だったのが、その商店街の人びとの多くが、「維新の会」の支持者だったということだ。地道に商売することよりも、コンサルやゼネコンや国家権力の力を借りて強制的に再開発することを選んだかれらが、公務員や教員の「特権」をバッシングし、都構想や万博などの「一発逆転」をねらう維新の会を支持しているということは、私にはとても象徴的なことのように思えた。

二〇一〇年の冬には商店街組合側の活動が停止し、元広告屋もいつのまにか商店街から姿を消した。反対派の活動が成功し、再開発計画をストップさせたのである。その冬には大きなできごとが二つあった。反対派の住民グループが大阪市役所を訪問し、担当部局に地域で集めた署名を手渡し、すべての住民の同意を得ない再開発計画を認可しないように陳情した。

同時に、近くにあるビジネスホテルの宴会場を借り切って、反対派が主導する数百人規模の住民集会が開かれた。これで流れが決定的に変わり、そのあと再開発計画がこの商店街から発信されることはなくなった。計画通りにいけば、いまごろは、数百世帯が入居するタワーマンションが完成していたはずだった。

こうして、戦前から続く内紛を抱える大地主、ヤクザの占有屋、シャッター街になった商店街組合の店主たち、チョビ髭の元広告屋、住宅を購入して移り住んだ住民たちを巻き込んだ再開発騒動は、半年ほどで終了した。

先日、この商店街を久しぶりに訪れた。あいかわらずシャッター街で、営業する商店はさらに減っていたが、主導した三つの店は、いまでもかろうじて店を開いている。

そして、初めに書いた、このあたりでもっとも繁盛していたガールズ立ち飲みバーだが、実は彼女たちはすぐに店を閉じ、すこし歩いたところにあるもう少し広い場所を借りて、いまも元気に、そこで普通の居酒屋を経営している。彼女たちは、この再開発の物語には一切関係がないが、最後に勝ったのは彼女たちではないか、と思う。ほんとうに勝ったのは、一発逆転の夢物語にはすがらず、ただ自分たちの腕と器量と度胸だけで地道に商売をし、店を拡大し安定させた彼女たちではないかと思うのである。

環状線はオレンジ、バスは緑、それから自転車

柴崎友香

大阪環状線は名前の通りに環状でいつまでも乗っていられるから助けてくれた。オレンジ一色の四角い車両は、今年（二〇一九年）の六月に最終運行が終了した。現在は銀色で丸みを帯びた323系が走っているのだが、環状線に乗ることがめったになくなったわたしの頭の中では、あの線路を走っているのは今でもオレンジ色の201系だ。

大学を卒業した春休みに初めて東京に遊びに行ったとき、東京駅に着いて乗り換えた中央線は、環状線と同じオレンジ色の201系だった。だから初めて訪れた街で一人だったけど疎外感はまったくなかった。大阪から東京に移った友人で中央線沿線に住む人が多かったのは、あのオレンジ色の車両と商店街のアーケードに親近感が湧いたからじゃないかと思う。中央線の201系は、大阪環状線より早い二〇一四年に運行が終了した。

わたしにとって、電車といえば環状線のあのオレンジ色だった。なすびみたいな形をした大正区の、ヘタの部分をわずかにかすめて走る線路。そこに大正駅がある。高架駅のホームへは、長い階段を上がった。やっとエスカレーターができたのは、一九九七年に大阪ドームが開業したときで、それまでは、環状線の十九ある駅の中でもかなり地味な存在だった。なにもないけど八両編成に合わせた長いホームには、壁と一体化した木製の長いベンチがあった。あれは弁天町とか森ノ宮《もりのみや》とかほかの駅にもあった。長い（がらんとして広いのはだだっ広いというが、長いはなんていうのやろう。ただだ長い、という印象だった）なにもないホームと、ペンキを何度も塗り替えた長いベンチと、オレンジの車両。それがいまだにわたしの中での環状線のイメージだ。

「かんじょうせん」（身近に大阪の人がいたら発音してもらってください）が「環状線」だと理解したのは、小学校の三、四年くらいだっただろうか。まだ「国鉄」だったし、紙の切符に鋏を入れていた。あの音が好きで、あの鋏がほしかった。

とはいえ、大正区の大部分の地域は、この大正駅から遠く、普段の生活の足は大阪市バスだった。薄いベージュに緑色のラインが入った市バスは、うちからだと、難波にも梅田にも上本町《うえほんまち》にも野田阪神《のだはんしん》にも行けたし、大阪駅行きのバスにのって「あみだ池」で降りれば、学校の校舎よりもだいぶ大きい大阪市立中央図書館に行けた。

初めて子供だけで区外へ出かけたのは、隣の西区にある中央図書館へ行くためだった。小学校六年のころで、大きな自習室へ勉強しにではなく漫画を描きに行ったのだった。市営住宅の狭い部屋で暮らしていたわたしたちにはとにかく居場所がなく、誰かが中央図書館に自習室があると聞きつけてきて、五人か六人で行った。現在の地下六階地上六階の建物になる前で、学校の校舎によく似た建物の三階に食堂と自習室があった。何百席もある自習室は男女で分かれていて、二人ずつ座れる白い机がずらっと並んでいた。当然、主に大学受験の年齢の人たちでいつもいっぱいで、鉛筆の音だけが響く静かな空間だった。そこに漫画を描きに来た小学生はあまりに場違いだったし、小声で話したり笑ったりして、ほんとうに迷惑だったと思う。思い出すたびに、謝りたくなる。

大正区内にやっと小さな図書館ができたのは中学に入るか入らないかの時期だったが、この連載の一回目にも書いたように、そこは別の中学の校区で、ということはその中学の子たちと出会えば面倒事が起こるのであまり行けなかった。今は幅広い年齢層の人が穏やかに利用しているが、それまで図書館がなかったせいでどういう場所なのかまだ理解されていなかったのだろうし、地元だけなのか全国的にそうなのかわからないが、当時は小学校のときからとにかく外で他校生に会ったらけんかを売ると決まっていた。

それもあって、広くて世の中にはこんなにも本があるのかと驚くほど棚がいっぱいで大人がたくさんいるから子供の小競り合いが起きない中央図書館が、自分にとってはずっと「図書館」だった。

その次に、自分たちだけで梅田や難波へ行ったのは、映画を見に行ったときかと記憶していたが、公開日やらいろいろ検索してみると、「心斎橋筋2丁目劇場」が先のようだ。

わたしが中学二年生のときに始まった夕方のテレビ番組「4時ですよ〜だ」はあっという間に爆発的な人気になった。昨日の夕方見たコントや視聴者が参加するコーナーのやりとりを、翌日学校で再現して大笑いする、そんな毎日だった。なぜそんなに人気だったのか、日常的に見ていた吉本や松竹の新喜劇や漫才とは違うことはわかってもそれを言葉にできなかったが、やはりそれまでの定番やお決まりのシチュエーションを脱臼、逸脱していくナンセンスなところに快感を得ていたのだろうと思う。だからというか、振り返ってみれば、ダウンタウンやその後輩芸人たちのコントは好きだったが、司会やトークにはわたしはだんだんと盛り上がれなくなった。「夢で逢えたら」や「ごっつええ感じ」の初期までは、学校に行けば昨日見たコントの真似という日常は続いた。ダウンタウンが看板番組で司会をつとめることのほうが多くなるにつれ、上下関係や空気の読み合いにむしろ身の回りの閉塞的な人間関係を思い出して見るのがしんどくなってしまったのだが、それは六、七年後のこと。このときは、新しいうねりのような感覚に熱狂する一人だった。

「4時ですよ〜だ」は公開放送で一般観覧者の募集もしていたが、大人気なので抽選に当たる確率は相当に低かった。その状況の中で、ヤンキー系の、ということは行動範囲の広い女子たちが、劇場の近くで待ってると時間ぎりぎりに何人かを入れてくれることがある、と教えてくれた。実際、彼女たちは何度か観覧したらしい。警備員さんと顔見知りになって、とか、そんな話もしていた気がする。今よりも、世の中はあっちもこっちも適当だった。

入れるらしいで、行ってみよか、と、仲のよかった四、五人で「2丁目劇場」へ向かった。放課後に、自転車で。

近所から心斎橋までは、自転車で十五分か二十分くらい。午後三時すぎに学校が終わって、それぞれが家に帰って着替えてからでも四時には間に合った。当時はまだ貨物線が残っていた湊町《みなとまち》駅（現・JR難波駅）が道頓堀川の際《きわ》に位置していて、今は直進できる千日前通りはそこで大きく迂回していた。何本もの線路とホームだけがあって人の姿がほとんどなく、雑草が生えた湊町駅とざらついたコンクリートの堤防と、あんなに賑やかな道頓堀のすぐ手前なのに茫漠としたその光景が頭に焼きついている。

入口の近くで待っとったら入れてもらえるで、と言われたが、戎橋の袂《たもと》、グリコのネオン看板の向かい側にあった「2丁目劇場」にたどり着いてみると、そんなことはまったく不可能だった。劇場の前には何百人もの女の子たちがひしめいていて、近寄ることすらできなかった。「4時ですよ〜だ」やダウンタウンの人気は異常に過熱していて、劇場に来る女の子たちは日ごとに激増していた。まさに黒山の人だかりなそこへ近づく勇気もないわたしたちは、戎橋の真ん中あたりから遠目に劇場の様子をうかがった。ときどき嬌声が上がり、黒山が動くが、そこでなにが起こっているか全然見えない。誰か出てきたんちゃうん？　そうらしいなあ。と疲れた会話を交わすだけだった。日をおいて三、四回、行ってみたが、「出待ち」の人数は増え、ますます近づけなくなるばかりだった。番組が終わってダウンタウンや今田耕司、東野幸治あたりが出てくると、何百人、もしかしたら千人近い女の子たちが一斉に走り出した。近くの店のおばちゃんが、なんやのん、これなんやのん、とあきれ果てていたのを覚えている。呉服屋か洋品店だったように記憶しているが、あのあたりに立ち並んでいた昔ながらの商店は、今ではほとんどがチェーン店やドラッグストアになった。

ずっと後になって、ダウンタウンが司会の「ＨＥＹ！ＨＥＹ！ＨＥＹ！」に、ＵＡやａｉｋｏが出演したとき、「2丁目劇場」の出待ちに行っていたと話した。ＵＡもａｉｋｏもわたしと同年代だから、あの時期のあの場所に彼女たちもいたのだと感慨深かった。しかし、二人とも、ダウンタウンのすぐそばまで行ったとか勝手に腕を組んだとかあの人だかりの中心に入っていったエピソードを語っていて、ああ、ステージに立つ人はやっぱり違うのやなあ、と妙に納得した。

結局ダウンタウンの姿は一度も見ることができなかったが、そのおかげで「難波には簡単に行ける」ということがわかった。自転車だから交通費もかからずに、いつでも行ける。

以来、友人たち数人で自転車で難波や心斎橋へときどき出かけるようになった。大阪の地理を解説すると、大阪球場（現・なんばパークス）や髙島屋がある難波からまっすぐに延びるアーケードの商店街を北上していくと、グリコやかに道楽の看板がある道頓堀川と交差し、そのさらに北に大丸があり、その当時はそごうやソニータワーのあった心斎橋になる。難波のほうが猥雑で心斎橋へ行くとおしゃれで高級な店が増える。お金がないので、ただ歩くだけ。店に入っても、見るだけ。ジュースさえ買えなくても、じゅうぶんに楽しかった。

あるとき、商店街と並行する大阪の中心道路・御堂筋側、大丸の近くで自転車を停めていたら、若い女の人に声をかけられた。あの、アメリカ村ってどこですか？

どこやろな？　どこなんやろな？

わたしたちは顔を見合わせた。雑誌でよく目にするその場所がどこなのか、知らなかった。正式な地名ではなく俗称だから、地図を見てもわからなかった。インターネットがないときにどうやって調べたのか覚えていないが、ともかく、翌週かそんなに時間を空けずに、わたしたちは場所のわかったアメリカ村へ行った。もちろん自転車で。女の人に尋ねられた大丸前から御堂筋を渡った向かい側だった。

そのころはまだ、アメリカ村と呼ばれている一帯の真ん中には大阪市立南中学校があり、古着屋や雑貨屋がぽつりぽつりとあるくらいで、平日の夕方は歩いている人も少なかった。南中学校と並んで目印となる三角《さんかく》公園の脇のたこ焼き屋だけはいつも待っている人がいた。地元の商店街の七個百円のとは違って「甲賀流」のたこ焼きは大玉で三百五十円くらいして、わたしがそれを食べたのは高校生になってからだった。

アメリカ村に行きはじめたころ、確か休日にだけ開催されていた駐車場のフリーマーケット近くで、足場を組んで外壁の工事をしているところを通った。鳶職《とびしょく》のにいちゃんたちは、わたしたちとさほど変わらない歳に見えた。ぼんやり見上げていると、そのにいちゃんの一人が足を滑らせて軽く体勢を崩した。目が合って、彼は「笑うなや」と言った。ただそれだけのことをいつまでも覚えているのは、アメリカ村に行くのが特別に楽しいことだったからだろう。

大阪の繁華街は大きく分けてミナミとキタ。自転車で行けるミナミに比べるとキタは遠い存在だった。環状線に乗って五駅目百六十円の「大阪駅」で下りて、キタ＝梅田に子供だけで行ったのは、映画「いこかもどろか」を観るためだった。そのころ、

「さんまのまんま」などのトーク番組だけでなく「男女七人夏物語」と続編の「秋物語」で人気だった明石家さんまと、ドラマから熱愛中と噂が盛り上がっていた大竹しのぶがそのまま共演ということで、映画館は連日超満員、朝から大行列ができているらしかった。夏休みが終わるころで、友人たちと朝から並ぼうと相談がまとまった。

朝六時に集合して環状線に乗り、ナビオ阪急の八階、長らく大阪でいちばん大きい映画館だった北野劇場に着くと、すでに長蛇の列ができていた。何重にも折りたたまれた行列の一本前、隣合わせたところに、派手な出で立ち、そのころの流行り言葉で「ケバい」おねえさん二人組がいて、あんたら何歳？　と聞かれた。中学三年だと言うと、ほんまに？　えらいおぼこいなあ、と笑われた。おぼこい、の言葉の意味がなんとなくはわかるけど正確にはわからなかったので愛想笑いで返した。彼女たちは、十七か十八か、歳はそう変わらなかったが、確かに見た目は小学生みたいなわたしたちに比べればずいぶんと大人だった。

三時間以上待ち、ようやく開場すると、待っていた人たちは劇場に雪崩《なだ》れ込んだ。座席指定なんてなかったころだ。勢いに押されて出遅れたわたしたちが進んで行くと、前方からおねえさん二人が、席取っといたったでー、と手を振ってくれた。映画が始まった途端におねえさんたちは二人とも熟睡、今なら「爆睡」がぴったりな感じで眠り続けた。でも当時は映画館は入れ替え制ではなかったから、一回目のエンドロールでようやく起きた彼女たちは、その次をゆっくり楽しむようだった。

その夏が終わり、運動会が終わったころだったと思う。

学校からの帰り道、友人たちから、話がある、と言われた。話がある、と言われてまずいい話のことはなく、このときもそうだった。三十年も前の中学生の人間関係は、今あれこれ書くことでもない。ともかく、わたしは、人づき合いで思いやるべきことができなくてそれまでにも（その後も）何度か問題を起こしていたし、家族からも自分のことしか考えてないと散々怒られていたから、ああなんか悪いことしたんやな、と思った。言われた内容にその直前までまったく思い当たっていなかったのも、人に対して気遣いがなかった、人のことを考えていなかったなによりの証明だった。そこまではわかったが、それでどうしたらいいのかわからなかった。あのときはこう思ってて、と自分にとっての「理由」ばかりを「説明」した。それは余計にこじれる行動だったと今はツイッターなんかで「炎上」しているやりとりを見ていてわかるけれど、そのときはわからなかった。わたしの言動は、最初は穏やかに話してくれていた友人たちをどんどん苛つかせ、事態はさらに悪化し、わたしはそこにもう居場所がないこと、わたしがそこにいることが友人たちにとっては負担でしかないことを思い知らされた。

元々、中学三年のクラスでは女子のグループに入りそびれた。四月の始業式の後、みんなまずどこかのグループに入らなければと必死になるのだが、わたしはそれすらも理解していなかった。仲間はずれにされたとかいじめられたとかそんなことはまったくなく、ごく普通に同じクラスの子たちとは話していた。女の子たちはやさしくてむしろ気を遣って声をかけてくれたが、当時は体育で着替えるのも教室を移動するのもトイレに行くのもグループでいっしょでなければという世界だったので、とにかく不便だったし、休み時間に一人でいるとすることがなかった。そんなときに気楽に話せる男子もいたが、数人の男子からは一人でいることをたびたび揶揄された。それから逃れて別のクラスの友人のところへ遊びに行っていたのが、この一件以降できなくなった。

学校に行くことが苦しくなった。朝は家を出て学校に行かなければばれるが、早退はときどきならばれないことに気づいた。家には夜まで誰もいなかったし（家族とはその前から友人よりももっと折り合いが悪かったこともあり、顔を合わせずにすんだのはむしろよかったと思う。学校でのことから離れていられる時間が必要だった）、わたしは生徒会や学級委員をやっていてそして喘息持ちだったから、体調が悪い、と先生に申し出れば疑われることはなかった。嘘に気づいていた男子が、あいつはすぐ帰れてずるい、と言う声が背中に聞こえた。今から考えれば、先生もわかっていて、いちいち問い詰めたりしたくなかっただけかもしれない。

そうして早退して、いったん家に帰って着替えて、行った先が環状線だった。誰かに会わず、お金がなくても過ごせる場所を、そこしか思いつかなかった。その時間なら混んでもいなかった。環状線内のいちばん遠い駅でも百八十円。まだ自動改札ではなかったけど、切符を買ったのと同じ駅で降りると止められるから、隣の駅まで百二十円の切符を買っていったん出てまた百二十円で乗って、何時間も乗っていたこともあった。

大阪環状線は、一周すると四十分弱。乗っていると、予想していたよりもそれは短い時間だった。人の少ない大正駅から、外回りに乗ると、西九条あたりから少しずつ人が増え、大阪駅から京橋《きょうばし》、鶴橋《つるはし》までは夕方のラッシュの前でもそこそこ混んでいた。鶴橋を過ぎても乗っていた人たちは、天王寺でごっそり降りる。そこから大正駅までの三駅分（当時は今宮《いまみや》駅はなかった）は、一両に数人しか乗っていないような、さびしい区間だった。鉄橋を渡り、川を過ぎ、車両には西日が射した。わたしは、紙の切符と小銭以外はなにも持っていなかった。ただ座っていた。窓の外で近づいては遠ざかっていく家やマンションやビルや倉庫と、乗って来て、降りていく人を、ただ眺めていた。

乗って来た人は、思ったよりもすぐに降りていった。平均すると三駅くらい。みんな行くとこがあるんやな、と思った。どこかへ行くために電車に乗ってるんやな。でもこの電車自体は行き先がないから、わたしに降りるところがなくてもよかった。どんどん入れ替わっている乗客たちを眺めていると、ごくたまーに、ずっと乗っている人がいた。半周を越えて、一周を過ぎても、乗っていた。あの人はわたしと同じなんやな、と思った。あの人も、行くとこがないんやな。でもそれは、何年か前にわたしが小説を書くときに想像した光景で、実際は降りないのはわたしだけだった。

毎週一回か二回、早退した。帰りたくなる曜日がだいたい同じせいで音楽の授業だけまったく出席していなくて、久しぶりに出たらテストで知らない歌をいきなり歌わなければならなかったりもした。テストがあることもその歌を習っていることも知らなかったから、やっぱりクラスでよく話す相手はいなかったのだろう。ただ、自分は一人でいることがつらいのではなくて一人でいると思われることがいやなだけで、だとしたらたいしたことではない、と思えるようになっていた。

日が暮れるのが早くなり、風が冷たくなり始めたころ、わたしは環状線の駅から外へ出ることにした。バスで難波へ行くほうが容易だったが、初めて一人で歩く街を梅田にしたのは、難波のほうが少々治安が悪そうと思ったからだ。わたしは臆病で慎重だった。

だから、梅田で降りても、行く先は百貨店と書店だけだった。大阪駅前と阪急百貨店と阪神百貨店を結ぶ大きな歩道橋を行ったり来たりして、百貨店を見て歩いた。とても買えない洋服売り場の店内までは入れず、食器売り場とか食品売り場とかをうろうろしていた。そのころはまだ百貨店は「百貨」店で、文房具だとかちょっとした小物がたくさん売られていた。今は絶滅寸前のおもちゃ売り場もワンフロアを占めるほど広かった。食器売り場の奥にクリスタルの店があり、ショーケースに大きなクリスタルの教会があった。とても美しかった。何度も見に行った。四百万円くらいで、こういう美しいものがこの世にあると確かめるたびに心強かった。

好きだったのは、阪神百貨店の一階の角にあった、若者向けの文具と雑貨の店だった。カラフルでシンプルなノートやペンが並んでいて、眺めているだけで楽しかった。中学生のあいだに買うことができたのは、二百八十円の深緑色のシャープペンシル一本だった。二百八十円もするシャープペンシルを買うのは勇気がいった。それはとても書きやすくて、高校に行っても、大学に行っても、ずっと使っていた。あれ以上書きやすいシャープペンシルにはまだ出合えていない。

東京に引っ越して間もないころ、会話の中で「百貨店」と言ったら関東出身の年上の男性に笑われたことがある。だいぶ経ってから知ったが、東京では「デパート」が普通で、「百貨店」は古くさい言葉と感じる人もいるらしい。わたしにとってはあの素敵な場所、中学生のわたしを助けてくれた場所はなにがあろうとも「百貨店」だ。

早退を続けていた一月の始め、友だちと梅田に映画を観に行った。彼女は、わたしの友人にはそれまでいなかったタイプで、元は転校生だったこともありちょっと雰囲気の違った存在だった。どう見てもパーマも脱色もしている髪を天パとか海で泳いだら色が抜けたとかあっけらかんと言っていて、年上の人たちとよく遊んでいた。

観たかったのは『トーキョー・ポップ』。日本在住のアメリカ人女性が監督した映画で、アメリカから東京に来た若い女性がバンドをやって物珍しさもあって人気が出るがやがて日本を去るというストーリー。なぜそれが観たかったかというと、その女の子の恋人役としてレッド・ウォリアーズのユカイが出ていたからだ。ダイアモンド✡ユカイという名前になってバラエティ番組に出るようになるとは想像もしなかったが、当時はバンドブームが盛り上がり始めたころで、ユカイのファンだった彼女とは音楽の話をよくしていた。共通して好きだったのはブルー・ハーツやBUCK-TICKで、雑誌の「PATi-PATi」を回し読みし、テレビで「ミュージックトマト・ジャパン」や「ジャストポップアップ」を観て新しいバンドをみつけた。

『トーキョー・ポップ』は、外国人や若い女性をもてはやす＝消費する日本のカルチャーをスタイリッシュな映像の中で皮肉を込めて描いていて、おもしろかった。しかし、自分にとっての大きなできごととなったのは、その上映前に流れた予告編のほうだった。

『ドグラ・マグラ』。丸眼鏡をかけた桂枝雀《かつらしじゃく》がハイテンションで語るその怪しげな世界に、わたしの心は一瞬にしてつかまれてしまった。そのころには、テレビで夕方や深夜に放送される邦画を観るようになっていて、『高校大パニック』とか『十階のモスキート』とか、なんの情報も知識もなく唐突に出会った未知の感覚に一人で盛り上がったりしていた。『家族ゲーム』や夏休みに観に行った『花のあすか組』に出ていた松田洋治が好きだったこともあり、『ドグラ・マグラ』がどうしても観たくなった。しかし、上映されるのは受験直前の日程。いっしょに観に行ってくれる友人も思い浮かばない。それでも、一度観たきりのあの予告編が忘れられなかった（今みたいにインターネットで何度も観ることはできなかったのだ！）。それで、わたしは一人で映画に行こうと決めた。

二月の終わりで、寒かった。そのころにはもう、梅田に一人で行くのにもだいぶ慣れていた。『トーキョー・ポップ』を観に来たのと同じサンケイホールは、常設の映画館ではなく、それこそ桂枝雀も属していた米朝《べいちょう》一門会などの落語や音楽の公演がよく行われるホールだった。まだミニシアターと呼ばれる映画館が少ない時期で、独立系の映画はこういう場所で不定期に東京での公開から少し遅れて上映されていた。

映画館は痴漢がいると聞いていたのでかなり用心し、うしろのほうの端、すぐ逃げられる席に座った。お客さんは少なくて、がらがらだったように記憶している。

二時間後、わたしは、一人で映画を観に行く自由と、家や学校以外の世界、創作の向こうの世界に行くことのできる自由を得た。

　卒業式が終わって、春休み。一九八九年三月。『トーキョー・ポップ』を観た友だちとわたしはもう一度、サンケイホールに行った。エレファントカシマシのライブだった。

　テレビ大阪で深夜に月一回放送されていた「eZ」は、エピック・ソニーのミュージシャンの撮り下ろしミュージック・ビデオを特集する番組で、斬新で凝った映像に毎回心をときめかせていた。どのミュージシャンの特集の回だったか忘れたが、新人を紹介するコーナーでほんの少しだけ流れた、髪がぼさぼさの男が革靴を胸元に突っ込んで、

　　もしも君に友達が一人もいないなら
　　ふぬけたドタマ　フル回転　金が友達さ

と歌うのに目が釘付けになった。その変わった名前のバンドが大阪に来ると新聞の広告で知り、友だちに録画を見せたらおもしろがっていっしょに行ってくれた。

「eZ」で数十秒だけ見たその人は、まったく愛想がなく、歌う以外はひと言もしゃべらなかった。ギターとベースとドラムの人はさらになにも言わなかった。十曲ぐらいを一時間ほどで歌い終えると、そのまま帰っていった。アンコールを一切やらない、東京のライブでは客とけんかになった、という話が広まっていて、それを期待して来

た客もいるようだった。

宮本！　出てきて歌えや！

客席から何度も大声が飛んだが、舞台の上には誰も出てこず、そのまま終了になった。

そして、わたしは十五歳から二十三歳まで、エレファントカシマシのライブに行くことが人生の最優先事項になった。

高校は、制服がなく自由な校風、というので迷いなく決め、結果、とても楽しかった。中学までの経験から、最初からちょっと「変わった人」枠としてふるまっておけば楽だと学んでいた。それでも多少周りの人には迷惑をかけて申し訳ないこともあったが、おおむね平穏に、楽しく過ごせた。そうしなくても、あの高校でならわたしはそんなに人間関係に困ることもなかったと思う。自分が自由にしていられるなら人は他人のことは気にかけない、と、つくづく思う。

最初の一か月だけは、大阪環状線で通学した。駅までは徒歩二十分、バスでも十分ほどかかるのに、電車は一駅五分。高校は弁天町にあって、学区の関係上、大半の生徒は西九条〜京橋あたりで乗り降りする。大正駅だけが逆方向で、改札を入ると分かれ、反対側のホームの同級生たちを一人で見送る状態になった。不便だったのもあり、五月からは自転車通学にした。川を大きく迂回するため、コンクリートの堤防際の埃っぽい道路を、大型トラックやミキサー車すれすれに毎朝走った。

弁天町駅の内回りのホームからは、交通科学博物館が見えた。屋外部分に展示された機関車や特急列車の車両を、電車を待っているあいだに眺めていた。館内にある大きなジオラマは、定刻になるとナレーション付きで実演が始まり、昼から夜になるのがとても好きだった。交通科学博物館は、二〇一四年に閉館した。跡地がどうなっているのか、まだ実際に見たことはない。

大正駅は、高校のころは普通列車しか停まらず、弁天町駅で何度も快速を見送って悔しかったが、今ではドームがあるせいか、いろんな種類の列車が停まる。エスカレーターもエレベーターもできたし、地下鉄駅もできた。ジャニーズのコンサートがある日は、駅には近づけないほど人が溢れている。

どこに行くのにもとても便利だった市バスは、市政が維新になってからこの数年でずいぶんと減らされた。本数も減ったし、路線もいくつも廃止された。中央図書館に行けるバスも、一時間に一、二本しかない。

こうして中学のころのことを書いていると、短期間のあいだにいくつもいくつもできごとがあったのだと驚く。できごとだけでなく、テレビも映画も音楽も新しいものをどんどん知って、行ける場所も増えて、それがたった半年や一年のことだとは、信じられない。今では一年なんて、短すぎてすぐに忘れてしまうような時間でしかないのに。

あのころは、一年なんて途方もなく遠い、長い時間だった。たった一か月でもうんざりするほどのろく、一週間が耐えきれなかった。三学期になってからは、友人たちはまた少しずつわたしを受け入れてくれたけれど、学校の時間そのものがつらくなっていて、あと何日で学校が終わるか、一日に何回も数えていた。たぶんみんなもそうだった。どうやったらこの時間が終わるのかわからないから苛立っていた。

小説の仕事を始めて、賞をもらって新聞に載ったりするようになってから、中学校のPTAの読書会に呼ばれたことがある。卒業以来二十年ぶりに、中学校の敷地にわたしは初めて踏み入った。雨が降っていた。一階の廊下から見渡した学校が、あまりに狭いので、悲しくて笑ってしまった。実際、二百メートルのトラックさえとれないくらいに狭いのだが、教室もドアも机も椅子も、なにもかもが記憶の中より小さかった。狭い教室に五十人も詰め込まれて、こんな小さい机で勉強して、あほみたいやん、と思った。だけど、そこにいた間は、その狭い場所がすべてだった。そこが世界だと思っていた。

小学校高学年から中学の半ばまで、わたしは一人の男子から暴力を受け続けていて、理由もなく殴られたり蹴られたりした。授業中にぼたぼた鼻血を流していたこともあるし、同級生の家の前で蹴り倒されたこともあるが、それを見ていた先生たちも親たちも、なにもしなかった。言葉でも訴えていたが、きっと関わりたくなかったから「よくある子供の悪ふざけ」ということにしたのだろう。男子の中では弱く卑怯な相手でも、わたしは学年で一番か二番目に背が低くて体力もなく、力では勝てないことが死ぬほど悔しかった。中三のとき、その男子は一学年下の子を刺したと聞いた。たいした怪我じゃなかったらしいから、警察に捕まるわけでもなく、その後も普通に学校に来ていた。刺されなくてよかったとわたしは思った。同時に、誰も助けてはくれない、と知った。助かるかそうでないかは、ここから出られるか出られないかは、運がいいか悪いか、それだけだとしか思えなかった。わたしが誰かを追いつめる側だったこともあった。

二〇一九年。八月の始めに、夜に新宿の歌舞伎町《かぶきちよう》を歩いた。おいしい晩ごはんを食べて機嫌良く歩いているわたしたちに自転車の若い男が近寄ってきて、どこか行く？と、とてもつまらなそうな顔で聞いた。こんなにまでどうでもいい言い方があるのかと、わたしたちはあきれた。

屋上にゴジラの頭が載った新宿東宝ビルの周りには、夏休みで近くや遠くの街から来た若い子たちや外国人の観光客や普段と変わらず客引きをしている居酒屋の店員や、大勢の人がどこへ行くつもりだったのか忘れてしまったみたいにそこにいた。強い照明で昼間よりも明るく見える路上で、異常な湿度の中に、大勢の人たちが溶け出しているみたいだった。ここにいれば安心していられる子たちがいるのだろうとわたしは思う。夜も明るい街を歩くとき、わたしはいつも安らぐから。

わたしの記憶の街は、真冬だ。

冷たい風もあのときはたいして感じなかった。歩道橋の上を、一人で歩いていた。端でシートを広げてなにかを売っている人がいた。歩道橋から見下ろせる、大阪駅から阪急百貨店へと渡る横断歩道では、何十秒かごとに人が波のように押し寄せて、さっと引いて、また押し寄せた。人がたくさんいて、わたしはその中の誰のことも知らなかった。これだけ大勢いる人が、一人に一つずつ人生がある人たちが、誰も自分とは関係がなかった。わたしがここにいることを、わたし以外の一人も知らなかった。うれしかった。

夜も明るい街を一人で歩いていると、わたしはあのときに戻る。生きていける、わたしはここで生きていける、と胸の内で繰り返していた冬の街に。

街が助けてくれたから、わたしは街を書いている。

あそこらへん、あれやろ

岸政彦

すでにいろんなところで何度も書いているが、大学を出るときに大学院の受験に失敗して、就活もしていなかったから、バブル全盛期だというのに完全に行き場所がなくなって、しばらく日雇いをしていた。だいたいいつも彼女はいたけど、この時期はほんとうにモテなかったと思う。何人か付き合ったけど、しばらくすると私のあまりの将来性の無さに嫌気がさし、みんな離れていった。

半年ぐらい彼女がいない時期が続いて、あまりにも寂しくなって、ついテレクラに手を出した。九〇年代、テレクラ全盛期である。自宅でやるやつもあった。ダイヤルQ2かな。

わりと簡単に女の子と会えるのでびっくりした。そこで出会った年上の看護師さんとすこし付き合ったりもした。一度だけ一緒に沖縄に行ったこともある。

でも、いまでもよく思い出すのは、そういう女の子の話ではなくて、テレクラで交わしたある会話だ。真夜中。そのときもまた、顔も名前もわからない、どこかに住んでる女の子とつながり、短い言葉を交換した。どこに住んでるの、と聞かれ、上新庄と答えると、ああ、あそこ朝鮮の学校あるやろ。

低い音程で語られる、棘の生えた言葉。眉をひそめているのが、声だけでわかる。

たしかに当時、私が住んでいるマンションのすぐ横に、朝鮮学校があった。いまでもある。私の友人がそこで教師をやっていることもあり、教室のなかを見学させてもらったこともある。いまではその学校は、私にとっては個人的には身近に感じる学校だ。

当時はもちろん、大学院にも入る前だったから、朝鮮学校に何の知識も経験もなく、友人も知り合いもいなかったけど、顔も名前もわからない彼女のその、「朝鮮の学校あるやろ」という言葉に、真夜中の暗さがもっと暗くなる気がして、「ひどいこと言うねんな」とだけ呟いて、すぐに電話を切った。

書いていて気づいたけど、これ携帯電話ですらなく、固定電話だった。

平安時代の話だ。

あの、「朝鮮の学校あるやろ」という、真夜中のテレクラでひそひそと呟かれた言葉のざらざらした感じが、ずっと耳に残っている。

大阪に住んでいると、いろんなひとがいろんなことを言うのを聞く。

二〇〇九年ごろに、大阪市内のある被差別部落に調査に入ることになって、ある夜、近くの大きな駅からタクシーに乗ってその地名を言ったら、そこはちょっとした盛り場にもなっていて、特段マイナーな地名でもなかったのだが、そして運転手もまだ三十代か四十代の若い感じのひとだったのだけれども、彼は小さな声で、「あそこは普通のひとが行くとことちゃいますよ」と言った。

私は、おお、そうきたかと思って、わざと「ああそうなの。どういうとこなん?」と聞いた。彼は「いわゆる同和と言って……」と言いだした。横をみると、被差別部落が専門の研究者である、私の連れあいのおさい先生が、ぐっと手を握りしめて下を向いている。

「あ、そうなのか。あのな、俺たちそこの関係者やから。あんまりそういうこと言わんとってな」と、なるべく穏やかに言った。私は普通に、そういうことを言うひとは何を思って、どう考えているのだろうと思って、彼自身の言葉を引き出そうとしたのだが、私なんかよりもはるかに長い時間、部落問題に関わってきたおさい先生にとっては、その言葉は「他人事」ではなく聞こえただろう。下を向いて辛そうにしていた。

私は会話を止めた。

それにしても、ああこういう、夜の夜中のタクシーの、ほかには誰もいない空間のなかで、ひそひそとささやくように小さな声で、こういうことがいまだに言われているんだなと思った。

ただ単に知識がないとか勉強してないとか、そういうことではなく、もっと積極的な何か。おそらく自分なりに積極的に、ネットでいろんな情報を集めているのではないだろうか。そして自分では知識があり、勉強していると思っているのだろう。

大阪とは何か。大阪は、都市だ。都市ということは、いろんな人間がいる、ということだ。それは田舎でも変わらないけど、それにしても私は心から大阪を愛しているのだが、それでも時々、ここはいったいどういう街なのだろうと思うことがある。どこの街でも同じなのだろうが。

何年か前に、ヘイトスピーチに対抗するデモを友人が企画していて、私も喜んで何度も参加していたのだが、そのアピール文のなかに、「大阪には昔からいろんなマイノリティが住んでいて、もともと豊かな多様性のある街だった」という表現があって、私も心からそうだなと思った。しかしこの一文を激しく批判したひとが、何人かいた。そのうちの何人かは、私もよく知っているひとだった。

ある在日コリアンの女性は、彼女の父親がまさにこの街で、この大阪で、壮絶な差別を受けてきて、そして厳しい貧困のなかで産業廃棄物などをあつかう小さな自営業者として生き抜いてきて、そうして私を育ててくれたのだと言った。

反ヘイトスピーチのデモのアピール文としては、なるべくわかりやすいほうがよいと思ったので、この文章は悪くないと思ったのだけど、そう言われるとこれはもう、なるほどとしか言えない。実際に、ほんとうにそうだと思う。大阪には巨大な被差別部落もあり、在日コリアンの街もあり、戦前から沖縄出身者が集まってつくられた地域があり、そして釜ヶ崎という場所がある。現役の遊郭すらある。そのどれにも「日本最大の」という修飾語が付く。東京に比べたらニューカマーの外国人は少ないけれど、戦前から戦後にかけての日本の「社会問題」がすべて揃っているような街である。だから私たちはつい、ここはいろんな人びとを受け入れる、懐の深い、多様性を大事にする街だと思い込んでしまう。

しかし当たり前だが、マイノリティが集まって暮らす街はまた、同時に、「朝鮮の学校あるやろ」という言葉や、「普通のひとが行くとことちゃいますよ」という言葉が、ときには小さく、またときには堂々と路上で大声で叫ばれる街でもある。

真夜中のテレクラやタクシーだけでなく、もうすこし明るい、ほかのひともいる空間で、堂々と言われることがある。

つい先日、仕事の帰りにいきつけの小料理屋に行ったら、たまたま近所の知り合いのひとがいて、「やあやあ」「どうもどうも」みたいな感じで、隣に座ってその場で

「ご近所飲み会」になった。こういうことは珍しいので、私はうれしかった。

近辺のうまい店の情報や、町内の知り合いたちの噂話に混じって、おたがいの家族の話もしていたのだが、連れあいも同業の社会学者なんです、ああそうなんですか、何を研究してはるんですか、部落差別です。と言ったとたん、ああこのへんでいえば○○とか○○ですね、ボクも若いときはあのへん自転車で通るの恐かったですわ、と、冗談混じりに言い出した。あと、○○って、浮浪者多いですよね！

こういう反応は、ほんとうに多い。ふだん私たちは、日常会話のなかでめったに部落とか同和とか、そういう話題を出すことはない。でも、こうやってたまに出てくると、「あそこらへん、あれやろ」のような、根拠のない都市伝説みたいな話が出てくる。ずっと体のなかに閉じ込めてあったそういう話が、口から脱出する機会をうかがっていたのだろうか。

別に怖いとこじゃないし、むしろいま高齢化していてまわりより静かなぐらいだし、あとホームレスがいるのはたぶん淀川が近いからじゃないですかね。それにしたって他の街より多いってことはないですよ。なるべく穏やかにそう言ったのだが、なんとなく不味い酒になってしまった。

同じような話をたくさん並べてもしょうがないのだが、ある意味で「興味深い」のであとひとつだけ。

音楽関係の友だちと飲んでいて、あるひとりの女性が、旦那が西成にある会社に転職してん、という話をしだした。でもあのへんってな、結核菌が空気中に多いねんて。旦那体弱いからめっちゃ心配やねん。さすがにめちゃくちゃすぎてこれには苦笑いするほかなかった。

しかし考えてみると、テレクラもタクシーも友人たちもみな、どこかで誰かにそういう話を聞いたり、ネットのどこかでそういう書き込みをたまたま見かけたりして、そういう情報を仕入れているのだ。真夜中の電話線や、タクシーの車内や、ネットの回線を伝って、そういう話が飛び交っている。めったに表で堂々とは言われないけれど、そういう情報を真に受けているひとは想像するよりははるかに多いと思う。

二〇一三年の春ごろ、大阪の街にはヘイトスピーチが溢れかえっていた。たくさんの人びとが日章旗をかかげて、在日コリアンに対して暴力的なことをがなりたてるデモをしていた。

あるとき、鶴橋で大規模なその種の街宣があって、私はカウンター側としてその場に行った。鶴橋といえば、もっとも大きな在日コリアンの街の、その中心である。そこで大声でヘイトスピーチをする団体が街宣をするのである。

その場に行った私は、ひどい内容の街宣が大音量で鳴り響くすぐ横で、カウンターの友人や知り合いと立ち話をしていたのだが、ひとりの在日コリアンの地域運動家の方がぽつりと、これ二十年前やったら怖いあんちゃんたちが集団でやってきて、ただで帰さへんかったと思いますわ、と呟いた。なるほどそうやろな、という話になった。グラスルーツからフラッシュモブへ。この二十年で日本の都市に起きた構造変容は、さまざまなかたちで描くことができるが、私は都市問題についてはまったく専門でも何でもないけど、あらゆる形での「中間集団」が弱体化して、かわって顔のみえない「群衆」が、ネット回線を伝って集まったり分散したりを繰り返すようになったと感じている。

ヤンキーや暴走族が激減した、と言われている。暴力団の構成員もどんどん減っている。それ自体は良いことだと思う。さきほどの運動家の方の言葉も、ヤンキーやチンピラみたいなものを肯定するわけではないだろう（多少のノスタルジーはあるとは思うが）。しかし、それまで真夜中の電話回線やタクシーの車内に閉じ込められていたざらついた言葉たちが、ネットを伝って簡単に表に出てくるようになったという実感がある。

私は社会学者として、グラスルーツやムラ社会的なもの、共同体的なものをロマンティックに描くことを、自分に禁止している。沖縄という場所を専門としていると、だいたいの社会学者はこれをやりがちなのだ。特に日本の社会学者が沖縄の村落共同体的な生活規範を理想化し、称揚し、ロマンティックに描いてしまうと、それはもろに植民地主義者になってしまう。だから私は、沖縄でも大阪でも、ヴァナキュラーな共同体の紐帯を無条件で肯定することを、自分自身に一切禁止しているのである。

しかしまた、こういうことがある。

私がこの世界でもっとも尊敬する方が三人ほどいる。そのなかのひとりに、戦後の部落解放運動の第一世代で、大阪では知らないひとがいないほど有名な活動家のYさんという方がいる。ご夫婦そろって非常に有名な活動家なのだが、最近はとくに、Yさんにお世話になっている。いつもにこにこと朗らかな方で、もうおばあちゃんといってもよいお年なのだが、元気に地域を飛び回っている。

小柄でよく笑う、ほんとうに大阪の普通のおばあちゃんで、いつもニットの可愛らしい帽子をかぶっている。会うと絶対にお腹減ってませんかと聞かれる。いちど、いまだに理由が不明だが、自分が食べかけてそのまま包み直してかばんに入れていたコンビニのサンドイッチを出してきて、「岸さんこれ食べてください、これ食べてください」と私に無理やり食べさせようとしてきたことがあった。要らんゆうてるのにしつこかったのでちょっと怒ったら、あとからおさい先生に、「岸さん怒りっぽいねえ……」とぼやいていたらしい。何でやねん。

地元で長く教員をされていて、その部落にも多くの教え子がいる。私はそこでいちど聞き取り調査をさせてもらったことがある。何人かの語り手のなかにひとり、全盲の方がいて、私とおさい先生とYさんの三人で聞き取っていたのだが、聞き取りの最中にえらい静かやなと思ってYさんを見ると、座ったまま熟睡していた。見えないからと思って油断したのだろうか。

地元の聞き取りは、「Yさんの紹介なら喋るわー」という方が多かった。それだけ信頼されているのである。

いまでは地元の部落のことだけではなく、周辺の貧しい人びとの世話をしている。最近、子ども食堂を立ち上げ、そこでボランティアの学生が宿題を教えたりしている。あるときYさんは、近所のスーパーでひとりのタイ人らしい女性をみかけた。なにごとにもお節介で、困っているひとや、あるいは困ることがたくさんありそうなひとを見かけると、必ず声をかける。その女性はやはりタイ人で、地元の男性と結婚して、その部落の団地で一緒に住んでいて、連れ子の娘もいることがわかった。

しかしこのタイ生まれの娘が、日本の中学校に溶け込めずに不登校になり、ひらがなもろくに書けない状態でいたのだ。父親もタイ人の母親も心配しているのだが、地元の公立中学校は十分に世話をしてくれない。日本の学校というところは、そういうところだ。

Yさんは何をしたかというと、週に何日もこの娘を地域内の自宅に呼んで、自分で勉強をイチから教えていた。

その結果彼女は、大阪の公立高校に合格したのである。

なかなかできることじゃない。でも、そういう、なかなかできないことをするひとがいる。表に出てきてネットで話題になったりすることはまずないけど、それでも地元の部落で、あるいはその周辺の貧しい地域で、こういうことを地道に、地味に、地べたで、地に足をつけて戦後ずっとやってきたひとがいる。在日コリアンの社会でも、被差別部落でも、ほかの領域でも、その場所に行くとかならずこういうひとがひとりはいて、そういうひとが下から私たちの生活を支えている。こういうひとがいてくれるおかげで、なんとか私たちの社会は成り立っている。それは大阪だけの話ではもちろんないけれど、私は大阪でこういう人びととたくさん出会った。

だが、しかし。だからといって、ひとのつながり、特に地元社会のつながりを無条件で肯定する気には、やはりならない。さきほど書いた、二十年前ならヘイトスピーチの街宣の場所に出てきて取り囲んでボコボコにしてくれるようなヤンキーのこわい兄ちゃんたちはまた、地元では年下の者をカツアゲしたり、女の子を乱暴に扱ったりするような存在だっただろう。

街について考えることは、どこまでも難しい。

大阪はどこでも好きだが、特に鶴橋や桃谷《ももだに》のあたりは、なぜか行くたびにほっと安心する。自分の家に帰ってきた気になる。

ＪＲ環状線の桃谷駅の南口から東に出ると、大きなアーケード付きの商店街が始まる。都心の商店街にはシャッター街になったところも多いが、ここはほんとうに元気だ。自転車につけた「さすべえ」の傘を畳んで、その尖った先を前におろした、まるで槍騎兵の軍団みたいになった大阪のおばちゃんたちが、派手にベルを鳴らしながらゆっくりとすれちがっていく。

そういえばこないだ、学会で会った友だちが、さいきんひどい鬱でしんどい、という話をしていたので、心配になった私はポケットから錠剤を出して「デパスあるよ？デパス飲む？」といって差し出したら、大阪のおばちゃんの「飴ちゃん」かよ、と笑われた。

そういうとりとめもないことをふわふわと思い出しながら、ぼんやりと桃谷の商店街を歩く。東に向かうにつれて、長い商店街もだんだんと道が細くなり、空き店舗が多くなっていく。道を一本渡っても、まだまだアーケードは続く。十五分か二十分か、歩き続けてようやくアーケードの商店街の出口に到達する。おおきな道（「疎開道路」）の信号を渡ると、アーケードはなくなっているけどなんとなく小さな居酒屋や電器屋や薬屋がぽつぽつと並んでいて、疎開道路でいきなり途切れた商店街が、勢いあまって通りのむこうまで散らばっているみたいで、なんか商店街の余韻、って感じやなと思う。

そのまま古い住宅街に入り、すこし歩くと、大衆演劇の小さな小屋の近くに、もうかなりの築年数を経た三階建ての建物がある。ここに「生野《いくの》オモニハッキョ」がある。「生野オモニハッキョ」は、もう四十年以上も続いているボランティア活動だ。オモニはお母さん、ハッキョは学校。主に在日一世の、大半が高齢者の女性に、ボランティアで日本語の読み書きを教えている。

ここでおさい先生も十年ほどボランティアをしていた。いまは仕事が忙しくなったり、ほかにもいろいろなことがあっておやすみしているが、結婚したばかりの頃は毎週通っていて、だから私もヒマなときはくっついて一緒に遊びに行っていた。

そこにKさんという、一世にしては若い女性がいた。在日一世というよりニューカマーといったほうがいいかもしれないが、すでに流暢な大阪弁を喋っていた。それでも日本語の読み書きでまだわからないところがあり、それで通っていたのだ。彼女の担当がおさい先生で、だから私もよくハッキョでKさんに会っていた。

いちどKさんの家に遊びに行ったことがある。桃谷の、ごちゃごちゃとした路地裏にある一軒家で、賑やかにおしゃべりしながらおいしい食事をご馳走になったあと、帰りますと言うと、お土産お土産と言って、冷蔵庫から大量のハムを出してくれて、それをぜんぶスーパーの袋に入れて、両手に持たせてくれた。

ふたり暮らしなので、そのハムを食べきるのにえらい時間がかかった。

おさい先生が現役でボランティアをしているときは、毎年Kさんから年賀状が届いた。丁寧な日本語のひらがなで、あけましておめでとうございます、ことしもよろしくおねがいしますと書かれていた。

よく見ると、ボールペンで書かれたその字の下に、うっすらと鉛筆で書かれた下書きの線が見える。

いちど鉛筆で下書きをしてから、その上を丁寧にボールペンでなぞり、そのあとで鉛筆の線を消しゴムで消したのだろう。その跡が残っている。

オモニハッキョの三十周年と四十周年のパーティに参加させてもらったこともある。三十周年のパーティのときは、会場に手作りの蒸し豚やキムチやチヂミやキンパやマッコリ（これは手作りではないが）が並び、チョゴリを着たオモニたちがチャング（太鼓）の伴奏で済州民謡を歌い踊った。ちょうど七夕の時期で、会場の片隅に、たくさんの笹の葉が飾ってあった。数えきれないぐらいの短冊がぶらさがっていて、丁寧な漢字やひらがなで、願い事が書かれている。

どれもみな、自分ではなく、家族、とくに子どもや孫たちの健康を祈る言葉ばかりだった。

鶴橋や桃谷、そして「猪飼野《いかいの》」とかつて呼ばれた御幸森《みゆきのもり》のコリアンタウンを歩くと、いつもあのハムや年賀状や短冊を思い出す。

最近では疎開道路や御幸森周辺は、いつのまにか韓流ショップばかりになり、韓国のアイドルのファンの女性たちが、土日にもなると関西一円から集まって、路上で賑やかにチーズハットグを食べている。

そしてもちろん、生野オモニハッキョも元気に活動している。毎週月曜と木曜の夜になると、たくさんのオモニたちが集まって、字を練習している。

大阪の友だち

柴崎友香

　表紙が青いチェックの布張りの、小さいノートが手元にある。この連載を始めるときに、実家で探して持ってきた。適当な安っぽい作りで、きっと百円か二百円で、どこで買ったかなにも覚えていない。

　開くと、鉛筆で日付けと固有名詞が並んでいる。

　都度書いていたわけではなく、どこかの時点で振り返って書いたから、日付けが抜けていたり間違えていたりタイトルも適当なところもあるし、レピッシュや筋肉少女帯も行ったし、スターリンを観に行って遠藤ミチロウが吹いたホイッスルで右耳が騒音性難聴になって今もライブは耳栓持参なのになぜか書いていない。エレファントカシマシは、祖母が急死した日にあったライブ以外、大阪公演はすべて行った。最初の数回は大阪毎日ホールで、あとはバナナホール。バナナホールに移ってからは、お客さんは少なくて、はりきって発売日に会場までチケットを取りに行くと整理番号はたいてい4番か、5番（熱烈なファンのおねえさんが三人いた。一度だけ2番になった）。必ず最前列だった。雑誌では宮本浩次が客にけんか腰だとよく書かれていたが、わたしが行ったライブではそんなことは全然なかった。たまにぼそっと時候の挨拶みたいなことをつぶやいて、アンコールは一度もなかった。ほとんどは一人で行って、いちばん前で歌に威嚇されるようなのが好きだった。一九八九年八月のエレカシイベントというのは、今はUSJとなった安治川口《あじがわぐち》の空き地で開催されたフェス的な催しで、すかんちファンのおねえさんたちが派手な恰好でとても楽しそうだったのをいちばん覚えている。

前回書いた中学三年の、映画を一人で見に行くきっかけになった『トーキョー・ポップ』から、高校を卒業するまでのライブと映画と展覧会。メモは、就職した九七年の末ごろまで書いてある。日記もメモも不得意で、子供のころから今に至るまで継続して書いたことはない。最初の三ページくらい書いてあとはまっ白のノートばかり積み重なっている。数年前に、友人が、わたしが書いた映画鑑賞日記の詳細でものすごく分厚いのを二十年前に見せてもらったことがあると言い出したが、まったくの謎。そんなのがもし存在していたらわたしが読みたい。

ともかく、ようするに、この三年間は楽しかった。

三十歳ごろまで、高校の三年間をもう一度繰り返してもいいなと思っていた。高校

1989	1.6	Tokyo Pop
	2	ドグラ・マグラ
	3.26	エレファントカシマシ
	4	ジャン・コクトー展
	6.1	マイライフ・アズ・ア・ドッグ
	6.3	数に溺れて
	8	エレカシ　イベント
	8	アガム展
	10.4	エレファントカシマシ
	10.16	マン・レイ　私的遊戯の実験
1990	1.24	鉄男　電柱小僧の冒険
	2	色彩とモノクローム展
	2	ジョルジョ・デ・キリコ展
	3	アルフォンス・ミュシャ展
	4	ストリート・オブ・クロコダイル
	6.12	浴室
	6	エレファントカシマシ
	7	ボーイ・ミーツ・ガール
	9.5	エレファントカシマシ
	12.15	マン・レイ展
	12.20	エレファントカシマシ
1991	1.1	バグダッド・カフェ
	1.20	現代美術の神話展
	3.13	ザ・グレート・ロックンロール・スウィンドル
	3.27	エレファントカシマシ
	4.14	アンダルシアの犬、月世界旅行
	2.29	麗蘭
	8.2	エドワード・シザーハンズ
	8.5	ストレンジャー・ザン・パラダイス
	8.10	南方熊楠展
	9	神経衰弱ぎりぎりの女たち、バチ当たり修道院の最期
	9	汚れた血
	9.16	拡張する美術展
	9	大インド展（みんぱく）
	9.17	エレファントカシマシ
	10	D.O.A
1992	1.15	デリカテッセン
	2	ムッシュー
	3.6	エゴン・シーレ展
	3.22	サラ・ムーンのミシシッピーワン

生活をやり直すのではなく、まったく同じことを全部繰り返してもいいと。

それは、あのころは楽しかったとかよかったというのではない（わたしはいつも、今がいちばんいいと思っている。どうしようもないときでも前のほうが楽しかったという感覚にはならない）。あのときの自分に戻りたいのでもない。毎日いろんなことがあっておもしろかったからだ。つらいこともあったし、というよりは、自分が至らなくて人に対して申し訳ないことがたくさんあったし、やり直したいこともいくらでもあるけど、それでも、新しいこと、好きなものを、毎日のように見つけられた三年間だった。

さすがに今は高校時代を繰り返したいなんて思わないし、もっと勉強すればよかったと思うばかりだが、あの高校に行ってよかったことだけは確かだ。

大阪府立市岡《いちおか》高校は、大阪市で三番目の公立旧制中学として創立され、今でも野球部はその象徴である三本ラインの入った、戦前のデザインのままの鍋みたいな形の帽子を被っている。大阪で年配の人に「市岡高校の出身で」と言えば、あの野球部の、とか、三本線の、とか、秀才やってんなあ、とか言われるが、わたしが在学した時代はみんな浪人するから四年制だとかぬるすぎて市岡温泉だとか呼ばれていた。学区の中で、入るときは二番目で出るときは三番目というのは、だいたい合っていた。公立のそこそこの進学校で自由な校風。制服は着ても着なくてもいい。

中学のあいだ、理不尽な校則や体罰がどうにも受け入れられなかった。中学二年の泊まりがけの校外学習のとき、先生に平手打ちされて鼓膜が破れた女子生徒がいたのだが、翌日、同級生が「叩いた先生は一晩中ついててくれてんて。めっちゃやさしいよなー」と言っていた。思い出すたび、それめっちゃDVやるやつの対応やがな！　いっこもやさしないって！　とその場に行って叫びたくなる。だいぶあとになってから、その同級生も家族から暴力を受けていたらしいことを人づてに聞いた。

わたしは、生徒会活動をやってアンケートを取ってみたり、先生に抗議文を送ったりしていたが、わたしに人を動かすような能力はなかったし、明るく楽しい八〇年代に、そんな活動が盛り上がるはずもなかった。生徒会や学級委員も、誰もやりたがらなかった。

両親はどちらも、公立でありさえすればどの高校でもいいという感じだったので、「制服を着なくていい」の一点で市岡高校に決めた。当時、理不尽な校則に関する本を図書館で探して読み、その著者に手紙を書いたりもしていたのだが、三十年後にその人が東京で自分が住む区の区長になるとは思いもよらなかった。父親はそんなわたしに対して、子供のころからあれだけ共産主義者や憲法九条を守ればかり言ってる左翼はくだらないと教えてきたのに、自由だとか平等だとか人権だとか言い出したことにあからさまに失望していた。その校則反対の本の著者を見て、「ベ平連とちゃうんか」と言った。父が偏見から適当に言っただけのことだし、わたしはその言葉を知らなかったが、とにかく父親が嫌いななにかなのだろうと思った。こう書くと、とても感じの悪い人に見えるかもしれないが、父は、人に迷惑をかけず、わがままを言わず、我慢して真面目に働いていれば望む生活が送れると信じる温厚な人だった。実際、家族のために残業もせずに早く帰って家事をやっていたし、葬儀のときもあんないい人はいないと誰もが話していて、釣り仲間だったという知らない男の人が父にとても世話になったと語ってくれたりした。父が「良い人」であることと、権利を主張する人に対する反感を持っていたことは両立する、というか父にとっては同じことで、それは矛盾したことではないと思う。

母親との関係は幼いころからもっとこじれていて、とても書ききれない。母には必要最低限のこと以外は自分のことをしゃべらなくなっていた。母と普通になんでもない会話ができたらよかったのに、とそのころから思っているし今も思っているが、難しいままだ。

高校のクラスでは早い時期に趣味の合う友人もできた。一年一組のときの二人は、今でも何年か会っていなくても昨日の続きみたいに話せるいちばん近しい友人だ。

一年生の五月だったか六月だったか、わたしは友人たちと、晩ごはんを食べに行った。友人の家の近く、彼女がお気に入りの洋食屋だった。覚えていないが、グラタンとかハンバーグとか、いかにも洋食屋っぽいメニューを一人一皿ずつ、食べた。

　そのときわたしは初めて、ごはんを食べるのが楽しい、と思った。人といっしょに話しながらごはんを食べるというのは、楽しくて、おいしい、と知った。それまでは、食べることはめんどうで、苦しいことだった。食べなければ怒られるという気持ちも強かった。体が小さく食べる量が少なかったわたしは、家でも学校でも、いつも急《せ》かされ、もっと食べなければだめだと言われる毎日だった。掃除が始まった教室の隅で食べ続けたり、小学校に入ったばかりのころにはどうしても食べられなかったものを食器に隠して返したら、みんなの前に立たされて先生に詰問され、二度としません、全部食べます、と泣いて謝ったりだとか、つらい思い出が多く、食べ物への興味も薄かった。

　その反動もあって洋食屋のごはん以来、友だちとしゃべってごはんを食べることが、自分の人生でいちばん楽しく重要なことになった。それ以上のことはべつになくていいと思っていて、小説に人と飲み食いする場面をずっと書いている。

　高校は制服がない、といっても、標準服があって、着ても着なくてもよかった。校章もなにも入っていない、ごくシンプルな紺のブレザーとプリーツスカート、男子は詰め襟で、ほとんどの生徒は、中のシャツだけ私服だった。男子は中学の制服をそのまま着ている生徒もいた。これでいいやん、と思った。中学のときに制服について抗議したのは、個性がないとかそんなこと以前に、雪がちらつくような真冬でも制服以外を一切着てはいけないという理不尽に対してだった。特にセーラー服は襟も裾もすっかすかで風がびゅうびゅう通り抜け、スカートも極寒なのに、襟元から見えるものを中に着ることやタイツをはくには、体調不良などの理由を提出して先生の許可が必要で、届けを出してまで着る生徒はめったにいなかった。上着はもちろん、カーディガンさえ羽織るのも禁止（男子は詰め襟の下にセーターを着込んでいたのに！）。よくあんな寒さの中で生き延びたなと思う。そして、中学のころまではたいてい男子に間違われる外見だったのに、制服を着ているときに二度、性被害にあったのも、制服を着たくない理由の一つだった。

高校で最初は着ていた標準服をやめたのは、服が大きいという物理的なことだった。体の小さいわたしは、「これから大きくなるからなんでも大きめにしておく」のが常になっていた。もう身長伸びへんやろ、合ったサイズにしてほしい、と訴えたのに、制服屋さんで、大きめがええわ、そうやわ大きなるからねえ、と押し切られ、結果、どう見ても不恰好だった。私服にしてみると、自転車通学でスカートを穿かなくていいのはとても楽で便利だった。

全身私服で通っていたのは、六百人近い一学年のうち十人くらい。おしゃれをしたいこだわり派はむしろ制服にシンプルなシャツを合わせており、制服の決まりが厳しい理由として自由にしたら服装で過剰に競争するとよく言われるが、そんなことはなかった。

高校生になって、行動範囲が広がったのは大きな変化だった。学校の帰りに自転車で心斎橋に行くことも多かった。

まだビッグステップのなかったアメリカ村は、人も少なくてだらだらと過ごせる場所だった。三角公園の端っこに腰掛けて、なにをするでもなく友だちとしゃべっていた。

そのすぐ近くに、まだ品数が少なかった無印良品の細長い店舗があり、たまにノートかなにか買ったけど、たいていは見るだけだった。その隣にあったアメリカンな雑貨屋もよく覗いた。友だちが好きだったガンビーのペンケースを買った。公園西側の雑居ビルの二階にあったミリタリーショップがいちばん買い物をした店かもしれない。ここで買ったアメリカ軍やフランス軍のセーラー服で学校に行った。西ドイツ軍の耳当てのついたカーキ色の帽子もよく被っていたら担任の先生には「焼き芋屋のおっさんか！」とつっこまれたし、友だちからは『北の国から』の田中邦衛と言われたが、自分では気に入っていた。

三角公園の隣の青いブルータスビルは、今はお手頃価格の洋服屋やカラオケ店で埋まっているがそのころは最先端のおしゃれな洋服屋が入った静かな建物で、見に行っては友だちとあれがかわいいこれがかわいいと言い合うことが楽しみだった。

三角公園の交番から東へ入ったところにあった楽天食堂という、まだ珍しかったアジア系のごはんのお店があった。食べに行くようになったのは高校の卒業間際くらいからだけど、そこの担担（だんだん）麵や炸醬（ざあじゃん）どんぶりが大好きだった（数年前から流行っている担々麵は「たんたんめん」と読むみたいだけど、いつまで経っても「だんだんめん」と言ってしまう）。

もう一つよく行った飲食店は、吹き抜けを囲むロンコートビルの二階奥にあった「モンスーン・ティールーム」で、チャイはカンテより先にここで飲んだ。チーズケーキはマリリン・モンローという名前だった気がする。なんでかは知らへんけど。浪人時代だったか、友人たちと行ったときに、その中に一人だけいた男子が女子におごりたいタイプで、しかしそこにいた女子たちは男子に一方的におごられるのが納得いかないので、その男子が席を立っているあいだにどうすべきか話し合った記憶が、あの吹き抜けを見下ろす席の風景とくっついたままずっと残っている。

アメリカ村のカンテ・グランデができたのは、浪人中だった。初めて行ったカンテは、泉の広場店。高校二年のときに、同じクラスの生物部の女子が体育の時間に話しかけてきた。

「柴崎さんて、恋人がいるでしょう」

恋人、などという言葉を生身の音声として聞いたのはそれが初めてだった。そのあとも、少なくとも大阪では聞いたことがない。

「いっしょに行ったらいいと思うお店があるのね」

その「恋人」とはぜんぜん続かなかったのでいっしょには行けなかったが、それから十五年ほどの大阪での日々の中でこの「インド喫茶店」は思い入れのある場所になっていった。

ミニシアターがブームになった時期でもあって、二年のときに梅田の外れの茶屋町に関西で初のロフトができ、その地下一階にテアトル梅田がオープンした。

冒頭に書いたノートを見る限り、ここで最初に観た映画は、ジャン゠フィリップ・トゥーサンが原作の「浴室」のようだ。その前かあとに紀伊國屋書店で小説のほうも買った。真っ白なつるっとしたカバーに、青い「浴室」の文字がかっこよかった。外国の現代小説を読んだのは、それが最初だった。

毎日新聞社の煉瓦造りのビルに入っていた名画座の毎日文化ホールと大毎《だいまい》地下劇場もときどき行ったが、最も馴染み深くなったのは堂山《どうやま》のシネマ・ヴェリテだった。いちばん覚えているのは、セックス・ピストルズの半ドキュメンタリー映画『ザ・グレート・ロックンロール・スウィンドル』で、シド・ヴィシャスが歌う『マイ・ウェイ』にもうっとりしたが、ジョン・ライドンのニワトリみたいな目が好きだった。毎日新聞社は移転して煉瓦造りのビルは取り壊され、ヴェリテがあった場所はホストクラブになった。

扇町ミュージアムスクエアも、演劇ではなく映画ばかり観に行っていた。『鉄男』に熱狂して、『ストリート・オブ・クロコダイル』は夢の中の世界のように不穏でうつくしかった。

キリンプラザや心斎橋パルコのイベントスペースでも特集上映がよくあった。並べられたパイプ椅子と、小さな簡易のスクリーン。ピーター・グリーナウェイ、マン・レイ、アンディ・ウォーホル。ジャニス・ジョプリンやボブ・マーリーのドキュメンタリー。マン・レイの実験映画特集に同級生を誘って行ったら、全裸の女の人二人が延々と絡みあう全編ぼかしに覆われた短編があって焦った。知らない世界はまだまだあると思った。

パルコやキリンプラザやソニータワーに行くとき、友だちと待ち合わせたのは心斎橋アセンスの美術書のフロアだった。ファッション誌やカルチャー誌がずらっと並んだ一階の華やかさも好きだったが、静かな三階や四階の重厚な棚に並んだ美術書の背表紙の文字を眺めているだけで、自分が少しよいものになった気がした。洋書はパルコのロゴスにもよく見に行った。

実際に本を買うことが多かったのは、帰りに乗るバスのバス停に近かったナンバブックセンターだった。間口の狭い鰻の寝床型の古い店で、アセンスみたいなおしゃれさは全然なかった。ごとごと音が鳴るだいぶん傷んだエスカレーターで四階まで上がった。そこには「夜想」や「wave」といった雑誌やサブカルチャー系の本が並んでいた。わたしは、それを熱心に読むわけではなかったけれど、そこで見かけたのをきっかけに興味を持った美術や映画もあるし、なによりその怪しげな空間が好きだった。世の中にはわたしが知らないことがたくさんあって、わたしが知らないことを知っている人がたくさんいて、自分もここにいていい、と思えた。

下りは奥の階段を使った。狭いそのスペースには、展覧会や映画のポスターがぎっしり貼られていて、『汚れた血』の両腕を広げたジュリエット・ビノシュのポスターも鮮やかに覚えている。

映画部に入ったのは、高校二年のときだった。一年の担任が美術の先生で、同じクラスの何人かと美術室の隣の美術準備室で放課後に居座ってしゃべることがときどきあった。美術の授業で配られた、絵で自己紹介を描く紙がそこにあって、勝手にめくって見た。その中に、父親が船員をしていて香港で生まれた、ビートルズとウルトラセブンが好きだと、とてもうまいイラストで描かれた一枚があった。隣のクラスのY

で、この人と友だちになろう、と同級生と計画し、Yが映画部らしいということで、わたしたちは映画部の上映会に行ったのだった。

Yは、六〇、七〇年代のロックが好きなだけでなく、古い映画や昭和の日本文化もとても詳しかった。ウルトラセブンのアンヌ隊員が理想のタイプで、ビートルズのCDを全部貸してくれた。

映画部の先輩の何人かは、撮った映画でぴあフィルムフェスティバルやよみうりテレビの映画番組の賞をもらっていた。よみうりテレビで深夜に不定期に放送されていた「CINEMAだいすき!」は、新旧の名作や邦画も洋画もメジャーではない映画を特集放送していて、レオス・カラックスもタルコフスキーもジム・ジャームッシュもパラジャーノフも、全部この番組で知った。番組冒頭の解説文はなにも知識がなかったわたしにはとてもありがたかったし、年始には今年公開作品の予告全部見せますという特番があったりもした。その枠で、自主制作映画のコンテストもやっていて、そこで同じ高校の生徒が撮った八ミリ映画が放送されるというのは、たいへん興奮する体験だった。Yの作品も特別賞かなにかを受賞して、放送された。

映画部でわたしは、五分ほどの映画を一本撮っただけだ。自分が近所を歩いて「まあええか」と言う、ただそれだけの映画で、その後に書く小説と根本のところは変わらないと思う。出来が悪いのを見かねたYが撮影も編集もほとんどやってくれたので、自分が監督とも言えないかもしれないし、あとは、先輩の映画の手伝いにときどき行ったくらい。それでも、編集の機械でフィルムを切ったりつなげたりするのはおもしろくて仕方なかった。

高校入学当初は、軽音部に入ったのだが、バンド名を決めただけで一度も練習しないままフェイドアウトした。人と相談するとか、いっしょになにかやるのは、とことん苦手なことが身に染みてわかった。

十年ほど前に、映画監督の諏訪敦彦さんとトークイベントに出たときに、諏訪さんが「映画を作るときにいちばん最初にすることは、友だちに電話すること」と話していて、わたしは深く頷いた。映画は一人では作れない。出演を頼み、車を出せる人を探し、そのほかなんやかんやと何人も手伝いを頼まなければならない。『きょうのできごと』の撮影現場に通っていたときも、映画はとにかく「人に頼む」やなあ、と思った。仕事を割り振り、要望を伝え、複数の進行を把握し、感謝やねぎらいの言葉をかける。わたしには絶対にできない。

漫画もバンドも映画も、好きなものは自分でもとりあえずやってみようとして、どれもできなかった。一人で描ける漫画はその中でも長く続いたほうだが、絵が下手なのは致命的だったし、少女漫画家はデビューが早く、小学生のころ熟読していた「りぼん漫画スクール」で十五歳や十四歳の人が受賞したりしていたので、十七歳までにデビューできなければだめだと思い込んでおり、早々にあきらめた。

それに、映画でも音楽でも漫画でも台詞や詩が気になるし、わたしは言葉のことをやろう、と決めたのは高校二年のころだった。

高校二年の夏休み、美容学校のスクーリングに二週間通った。高校進学の条件が美容師の免許を取ることで、高校入学と同時に美容学校の通信制にも入学していて、スクーリングがその夏にあった。

通ったのは、日本橋《にっぽんばし》の高津《こうづ》理容美容専門学校で、ここは美容学校の中でも制服や髪型に厳しいところだった。通信制のスクーリングは、受講生の年齢もばらばら。すでに美容院で見習いとして働いている人がほとんどなので服装などに規定はなかったが、わきあいあいとした感じではなく、皆、真剣でシビアな雰囲気が強かった。

このころになると、母の店で働く人が自分と同年代になり、母は働いていないわたしに苛立っていた。洗濯や食事の仕度など家事はやっていたものの部屋でテレビを見たり漫画を読んだりするのが好きなわたしは、とても肩身が狭かった。マクドナルドにでも行ってきなさいとよく言われた。食べにではなく、バイトしろ、という意味で。母は当時のわたしの年齢より前からずっと必死で働いてきたし、母の仕事のおかげで自分が家でやりたい勉強をやってごろごろして漫画を読んでいられることも、よくわかっていた。今、わたしはそのころの母と同じ年齢で、二十四時間自分のためだけに生活している。従業員を何人も抱えて店を経営し、家に帰れば口だけは達者な子供がテレビを見ていたらそれは腹が立ったやろな、と思う。関係は難しいことが多かったが、仕事を続ける母の姿はずっと尊敬していたし、今になるとその苦労が身にしみてわかる。

母はわたしに美容師を継いでほしくて店を手伝わせたかもしれないが、完全に逆効果だった。仕事のやりがいや華やかでよろこばれる面よりも厳しく大変な裏側を先に見続けたうえに、お客さんと会話することが必須の仕事は自分には無理だと強く思って、この仕事は絶対にできないと早々に決めていた。そもそも、六歳のころには小説家になる「予定」だと思っていた。しかし、「手に職をつけなければならない」が信条の母のもとで美容師免許を取ることが義務と化していたので、とても気が重いままこのスクーリングに通った。

ぎっしりと満員の教室で熱心に勉強する人たちに囲まれ、一時間もしないうちにこう考えた。

わたしは美容師になりたくない。

↓ここにいる人たちは、美容師になるために働く時間を削って必死に勉強している。

↓先生たちも真剣に教えている。

↓やりたくない勉強をいやいやするのは周りの受講生たちにも先生たちにも不誠実で

ある。

↓わたしはわたしのやりたいことをやるべきだ。

↓小説を書くべきだ。

ということで、わたしは美容学校の教科書の下に別のノートを敷いて、座学（衛生学や薬品を扱うので化学系の科目が多くある）の時間はひたすら小説を書いた。実技の時間はちゃんとロット巻きや実技試験科目のフィンガーウェーブを練習した。

高津理容美容専門学校へは、難波のバス停から千日前の商店街沿いに二十分ほど東へ歩く。黒門《くろもん》市場の脇に、校舎があった。今は外国人観光客で大賑わいらしい黒門市場は、朝は活気があったが午後から夕方はひっそりしていた。授業で近くの席だった同い年の女の子と、よくその人気のない道を歩いて帰った。福井から来て親戚の家から通っているという彼女も、母親がエステサロンを経営していてヘアサロンに事業拡大するために美容師免許を取れと言われていると話してくれた。わたしよりは美容の仕事に興味を持っていそうだった。

春休みと翌年のスクーリングでもその子と過ごした。そのあと連絡は取っていないし、名前も忘れてしまったけど、美容師になったのだろうか。元気だろうか。わたしは美容学校の卒業証書はあるが、インターンも国家試験も受けなかったので免許はない。

ともかく、高校二年の夏休み、その二週間にノートに書いた小説を、その後の数日で完成させ、ワープロで清書した。新しい家電好きだった父親が買ってきて使えずに放置していたパナソニックのワードプロセッサーは、モニターが二行しかなく、プリンターが一体化していて横の取っ手を回して紙をセットする形だった。インクリボンを買うお金がなくて巻き戻して使うから、三周目は文字が斑《まだら》になった。それでも自分が書いたものが「活字」になる経験は、自分と書いたものとの距離と客観的な視点と、「ほんものみたい」だったから「ほんもの」の小説を書けるかもしれないという感覚も与えてくれた。

原稿用紙五十枚分のそれが、初めて書き上げた小説になった。新学期に学校へ行って友人たちに読んでもらった。すごいね、と言ってもらえた。自分が書いたものを学校で友だちに読んでもらうというのは、小学生で漫画を描いていたときからの習慣だった。

読んでくれて、すごいねと言ってくれて、あほな話をいつも聞いてくれた友人たちとは、好きなバンドのライブやミニシアターの映画にも行った。バンドブームとして振り返られる時代だが、実際にその時代を経験した感覚だと、BOØWYや米米CLUB、プリンセス・プリンセスなどいくつかの大ヒットしたバンドやテレビドラマのタイアップになった曲以外は、そんなにメジャーではなかったと思う。音楽番組が次々終了して、〝冬の時代〟みたいなことも言われていた。一緒にライブに行っていた友人のうちの一人は、好きなバンドや小劇団を学校で知られるのをとても嫌がっていた。オタクと思われたら引かれる、としきりに気にしていた。確かに、この自由な学校でも、やっぱり体育会系というか活発に目立つ生徒たちがメインストリームで、文化系はそこから外れた人たちという雰囲気はあったし、マイナーなバンドや外国の映画や音楽を好きなことは「変わってるね」で片付けられてしまう、そんなに深い意味は込められていなくてもなんとなく「自分たちとは違う」と分けられてしまいがちなことではあった（今から振り返ると、この圧力というか偏見みたいな感覚は、男子のほうが強かったと思う）。

それでも、わたしは中学のころに比べればじゅうぶんに気楽で、好きなことをやってほっといてもらえるならそれでいいと思っていたので、友人たちがなぜそこまで気にするのか、当時はあまりわからなかった。

わたしはだいぶ早い段階で、自分は一人で行動するのが好きだし、どうやら言動が周囲とはズレているらしい、と気づいた。そのことでしんどいことも多くて特に中学時代は厳しかったが、違うこと自体に深く悩んではいなかった。合わせろと言われてもできないし、家で自由な時間が長かったからテレビと漫画に時間を費やし、その中の価値観のほうを信じていた。フィクションの中の人物たちはたいてい、どこか変わっていて人間関係がうまくいかないのは常だったから、自分もいつか漫画や映画の中のような場所へ行けると思っていた。

友人たち、特に女子は、家族からも学校の人たちからも愛される＝受け入れられる子でなければならないという抑圧がとても強かったのだと、二十年を経てようやく痛切にわかってきた。わたしは、うまくやっていけないつらさを抱えていたが、わたしから見て「うまくやっていけてる」ように見えた同級生たちは、「うまくやっていかなければならない」つらさの中で生きていたのだと、今さら思う。

高校三年の秋にもう一作、八十枚くらいの小説を書いた。読んだ友だちは感想をあれこれ言ってくれた。世に出せるレベルではないと思っていたので、どこかに応募したりはしなかった。

冬のある日の一時間目、クラスの女子が半分くらいいなかった。やってきた先生は「なんやー？　風邪でも流行ってんのんか？」と不思議そうに言い、わたしは、ごめん先生、みんなバーゲン行ってんねん、と心の中で謝った。大阪市北東部の生徒が多く、わたしのように心斎橋へ行くより梅田の阪急界隈で買い物する子がほとんどで、通学経路の途中にあるナビオやファイブやエストのバーゲン初日は早朝から並んだりしていたのだ。こんなとき、「制服を着なくていい」は便利だった。

一九九一年にはバブルは崩壊しているが、世の中はまだまだ好景気の感覚で、バイトで高校生にしてはけっこうな額を稼いでいる子もいた。男子は、手配師が人を集める場所に朝行って工事現場に行く車に乗れば一日二万近くもらえるなどと知ったふうなことを言っていたが、実際のところはわからない。

わたしはとにかく新しい人間関係というものが苦手で、外でアルバイトはしなかった。中学までは手伝っていた母の店でも、お店の人が同年代という状況ではいっしょに働くのは難しくなり、忙しい日にタオルの洗濯をするくらいで、代わりに事務や経理を手伝い始めた。小学生のときとは違って、ちゃんとしたバイト代をもらえたのでそれを貯め、なんとか映画やライブの資金は確保していたが、CDも服も悩みに悩んで最小限しか買えなかった。

しかし、今になって振り返ってみると、あんなふうに、ミニシアターが次々できて、小劇団が注目され、百貨店でも美術館並みの展覧会をよくやっていたこと、地上波のテレビで深夜に外国やミニシアター系の映画をやっていたこと、三角公園でただしゃべってるだけでお金がなくても楽しく過ごせたこと、そのこと自体が、好景気の時代で、世の中の豊かさだった、と強く思う。

今は、そんな「余地」はだいぶん少なくなった。お金も回っていないし、人の居場所も制限が増えた。街の中に座れるところもほとんどない。

バブルが良かったと言いたいのではない。当時の派手派手しい文化は苦手だったし、地上げもろくでもなかった。しかし、バブル時代の狂乱と世の中にお金が回っていたこととが混同され、「お金を持って心の豊かさが失われた」「お金に踊らされたことの反省」という単純化された心情というか雰囲気がやたらと強調された。いつのまにか、人口が減って経済成長はしないから、お金がないから仕方がないと刷り込まれ、労働条件や社会制度が変えられてきた。街の豊かさがどんどん削られていくのを見ていると、別の未来があったのではと考えてしまう。

高校三年の秋だったと思う。

わたしはその日の朝、家を出るときに、家族とのちょっとしたやりとりによって、もうここには帰ってこられない、と思った。その一言が、というより、長年の積み重ねの、溜まった水がこぼれ出したら止まらなくなった。どこか遠くへ行って、そのまま消えて、いなくなるしかない、と思った。だけど普通に登校していつもと変わらずに過ごし、帰りに二年のクラスの友人たちと遊びに行った。

高校二年のときの男女合わせて十人ぐらいが仲がよくて、クラスが分かれてからもときどき集まっていた。学校帰りに遊びに行くのはたいてい大阪城公園で、その近くの京橋のダイエーや王将に行ったのもよく覚えている。

新聞紙を広げた上でジュースとスナック菓子でしゃべって、楽しかった。わたしも、あほなこと言ったり笑ったりしていた。いつも通りだった。

笑いながら、このあと、どこに行けばいいのかな、と思っていた。二千円くらいしか持っていなかったし、行く当てはどこもなかった。だけどとにかく、友だちとは別れて電車に乗らなければならなくて、家には帰れなくて、どこかに行かなければならなかった。

日が暮れてきて、片付けて、みんなでぞろぞろと京橋に向かって歩き出した。

「しば」

一年から同じクラスの友人が、わたしを呼び止めた。

わたしは振り向いた。

彼女は言った。

「だいじょうぶ?」

わたしは聞き返した。

「なにが?」

「どっか行きそうやで」

わたしは、なにも言葉を返せなかった。

ただ、これで家に帰れる、と思った。だいじょうぶ。

エレカシのライブにも二、三度いっしょにいった彼女は、ザ・ストリート・スライダーズが好きだった。卒業した次の年だったと思うけど、八尾《やお》市文化会館のスライダーズのライブにいっしょに行ったことがあった。鶴橋から近鉄大阪線の準急に乗って近鉄八尾で降りなあかんのに、間違えて急行に乗ってしまい、河内国分《かわちこくぶ》まで行ってしまった。周りは暗くて人気のないホームの端で、反対方向の電車が来るのを茫然として待っていた、あの冬の空気を今でも覚えている。

近所に、蔦《つた》の絡まった、路上に並べられた植木もふさふさと育ってジャングルみたいになっている古い小さな家があった。ギャラリー、と看板が出ていたので、あるとき、一人で入ってみた。

薄暗い部屋の中に並べられていたのは、陶器だったか写真だったか版画だったか、忘れてしまった。そこに住んでギャラリーをやっていたおっちゃんとおばちゃんが話しかけてくれた。話すうちに、おっちゃんは白虎社《びゃっこしゃ》など現代舞踏の写真を撮っていた写真家で、おばちゃんは染色家で市岡高校の卒業生だとわかった。親戚や学校の先生など「立場」とは関係のない、年の離れた大人の人と話したのは、しかも友人みたいにフラットに話しかけられたのは、それが初めての経験だった。

そして、部屋の床には大きな犬が寝転がっていた。わたしよりも大きい、白とグレーのもさもさした犬。小学生のときに近くの公園で走っているのを見かけて、あまりに大きいのでおそろしくて忘れられなかったあの犬が、そこにいた。オールド・イングリッシュ・シープドッグという、毛の長い牧羊犬。たいてい寝ていたし、穏やかで、全然怖くなかった。のちに、わたしの映画にも出演してもらった。

わたしはときどき、そのギャラリーに行くようになった。あるとき、北陸のお寺に住んで版画を作っているおっちゃんの展示をやっていた。おばちゃんが、わたしを、近所の子で高校の後輩やねん、とか紹介してくれ、わたしはその小柄なおっちゃんとしばらくしゃべった。小説を書いてるねんて、と、おばちゃんがたぶん言ったから、そのおっちゃんは、へえー、文学少女やな、なに読んでるん、と言った。それから、住んでるお寺のことや版画のことを話しながら、好きなこととして生きたらええ、とか、そんなことを言っていたと思うが、よく覚えていない。ただ、そのてきとうな、無責任な、そしておっちゃんの切実な人生に裏打ちされた会話を、心強く思った。

ある日、ギャラリーに行ったら、おばちゃんが、

「この人ね、そば屋になるのよ。こないだ修業に行ってきてん」

と言った。写真家のおっちゃんが突然そば屋になると聞いても想像がつかなかったが、数か月後にギャラリーはジャングルみたいなままそば屋になった。初めて食べた、うどんみたいに太いそばと鴨汁の出汁《だし》は、まったく未知の味で、あまりにおいしくて

に)。

「凡愚《ぼんぐ》」は、その後の大阪のそば界の流れを変える存在となるのであった(ほんとに)。

仰天した。

とにかく家から通えてお金のかからない大学に行かなければと思い、大阪市民は入学金が安くなる大阪市立大学を志望して、そのくせ数学がまったくできなかったし、併願の私立も一つしか受験しなかったから、当然、浪人した。

高校の卒業式、同窓会代表の代理という知らんおっちゃんが壇上で挨拶をした。きみらは、結婚しても離婚できるし、親子の縁も切れます。でも、市岡高校の卒業生ということは一生取り消せません、なあ?　せやろ?　とたいへん陽気に語った。おっちゃん、誰やねん、とつっこみながら会場爆笑のうちに卒業式は終わった。

自分に都合の悪いことは全然書いてなくて、楽しかったことばかり書いた。人を傷つけたし、嫌な思いをたくさんさせたし、迷惑をかけどおしだった。できなかったことばかりだった。やりなおしたいことと、謝りたいことが押し寄せてくる。

そんなあほでとるにたりない一人の高校生だったわたしに、大阪の街はやさしかった。

高校三年の現代社会の時間に、先生が言った。バブルが崩壊したからどんどん景気が悪くなる、今はいいところに就職できるけど、これからきみらが大学に行って卒業するときには就職先は全然なくなってる。生徒たちはもちろん、大人たちもそう実感している人はそんなにいなかった。四年後、先生が言った通りになった。

1995

岸政彦

一九五五年ごろに戦後復興がひと段落して高度成長期が始まった。政治的には自民党と社会党からなる五五年体制がスタートする。一九七五年ごろには高度成長と人口の都市部への集中がゆるやかになった。このころまでに大学進学率が急上昇し、「専業主婦」が数多く生まれた。日本の社会は二十年ごとに大きく変動する。

一九九五年は、関西では阪神・淡路大震災、東京では地下鉄サリン事件、そして現在まで続く「辺野古《へのこ》」の問題のもとになった沖縄米兵少女暴行事件が発生し、日本社会はひとつの転機を迎えることになる。

そういうこととは関係なく私は上新庄でひとり暮らしをしていて、何度もなんども同じことばかり書いてるが、八七年に大学に入り、九一年に卒業し、同時に大学院に落ちて行き場所をなくして二年ほど日雇い労働をして、そのあと九三年にやっとのことで関西大学の修士に入り、レイブとウェンガーの状況学習理論を中心に、英語圏の教育社会学と言語社会学と認知人類学を適当に組み合わせて、社会的相互行為のなかで「ハビトゥス」みたいなものが、あるいはある種の「規則に条件づけられた行為を生み出す能力」のようなものがどうやって構築されるのか、についての、先行研究をちまちまとまとめただけの、短くて、何の意味もない、ゴミみたいな修士論文を書いて、事務の窓口にそれを提出する締め切りが一九九五年一月十七日だった。と思う。

すでに十二月の前半には書き終えていて、プリントアウトもしてあとは提出するだけだったのだが、その日の早朝、激しい揺れで飛び起きた私は、一瞬迷ったあと、キッチンの食器棚ではなく本棚のほうを押さえた。これは失敗だったと思う。壁一面に並んだ本棚を完全に押さえるのはそもそも無理だったので、私の腕や足でカバーできないところの本がすべて飛び出して床に散らばっていった。そうしているあいだにも激しい揺れは続いていて、がっちゃんがっちゃんと、すべての皿やグラスが割れる音がずっと聞こえていた。本なんかどうでもよかった、食器のほうを守ればよかった。

新聞なんか取ったことなかったのに、どうしてそのとき新聞紙があったのかいまだにわからない。たぶん何かの記事が読みたくて一部だけ買ってあったんだろうと思う。揺れはおさまったけどまだ夜明けまでには間があり、停電もしてなくて灯りもついた。えらい大きな地震だったけど食器がたくさん割れた以外は何もどうということもなかったから、とりあえずキッチンの床に散乱した割れた皿やグラスの破片の上にがばっと新聞紙を敷いて、そのうえを踏んでトイレに行って、また布団に戻ってふたたびぐっすりと寝た。

すぐに電話がかかってきた。当時はそろそろ携帯電話がひろがりだしたときだったが、私の部屋はまだ固定電話だった。それは大学一回のときにちょっとだけ付き合った女の子で、すぐに別れてしまったのだが、大学を卒業してからばったり上新庄の駅のホームで再会し、そのあと連絡を取るようになっていた。

いま自分で書いていて、あらゆる記憶がすべて曖昧なことに笑う。

何も確かなことを覚えてない。「と思う」「と思う」。

ただもう、すべてのことが、きらきらと光って瞬きながら、すごいスピードで後ろに過ぎ去っていく。

あとに何も残さず。

「だいじょぶだった？」と聞かれ、「いや寝てた」と答えたら呆れられた。「なんかそこらじゅう停電とかになってるらしいよ。電話もそのうち止まるらしいよ」「あ、そうなん」

そのあと三度寝したのか、そのまま起きたのかは覚えてないが、そのときたまたま部屋にテレビがあって、テレビをつけたら、死者がたしか四人とか、五人とか報道されていた。すべての局がすべて緊急の番組になっていた。え、死者が出てるのか。どういうことやねんな。えらいことやな。

そのあと私は夕方までテレビにかじりついていた。恐ろしい勢いで、死者の数が、想像もしていなかった桁に到達していった。五人、五十人、五百人。

一日中飯も食わずに、ただただ泣きながら、ずっとテレビを見ていたと思う。電話はすぐに不通になったが、上新庄のあたりでは停電はなかったと思う。

「と思う」ばかり書いている。はっきりした記憶がほんとうに残っていない。

大学に入ってから現在まで、テレビというものをほとんど所有したことがないのだが、その時期は私の一人暮らしの部屋にテレビがあった。アナログレコードのプレーヤーもあった。師匠の北川潔がニューヨークに行くからということで、そのお下がりをたくさんもらったのだ。だからそのとき私の部屋にテレビがあった。

私が住んでいたその部屋、食器棚ではなく本棚を押さえていたせいで食器が全部割れたその部屋は、二回生のときから住んでいたが、学生が住むにはちょっと贅沢な部屋で、古くて家賃は安かったけど、十四畳もあった。小さな小さなビルで、ひとつのフロアにひとつの部屋しかなかった。だから部屋の両側が道路で、日当たりがとても良かった。夏は地獄だったが。

そんな広い部屋になぜ住んでいたかというと、それはもうひとりの師匠である綾戸智恵がニューヨークに行くからということで、そのあとを引き継いでそこに私が住むことになったのだ。そこは綾戸さんが、大阪の事務所兼スタジオ兼レッスン場所にしていた部屋だった。私は当時そこから歩いて十五分ほど離れたワンルームに暮らしていて、綾戸さんとはよく一緒に遊んでもらった。この部屋にも何度か遊びに来たことがある。

　北川潔もたまたま近くに住んでいて、弟子にしてもらったとはいえ、不真面目な弟子だったので、ほとんどレッスンらしいレッスンも受けたことはなかったが、十歳年上の北川さんとなぜか仲良くなり、しょっちゅう二人で近所の安い焼肉屋や寿司屋や居酒屋や私の部屋で飲んでいた。

九五年のことを思い出そうとすると、まずあの早朝の、激しい揺れのなかで、食器がぜんぶ割れる音を聞きながら本棚を押さえていたことを思い出す。そして、綾戸さんのあとを引き継いで住んでいたその部屋で、北川さんから譲り受けたテレビを見ながら泣いていたことを思い出す。私はジャズミュージシャンになりたかった。才能もなかったし努力もできなかったので、その夢はかなうことがなかったが、食器が割れる音と、北川さんのウッドベースの音と、綾戸さんの歌声が、いまでも同時に聞こえてくる。すべての音や光が、ざわざわと、きらきらと通り過ぎていきながら、同時にそのすべてがいまもまだここに存在していて、それらを組み直して順序立てて語ることが、とても難しい。すべては過ぎ去っていく。すべてはここにある。

子どものころからなぜかジャズが好きで、中学生ぐらいからベースギターをはじめてロックバンドを組んで、高校のときはそれなりに派手に遊んでいたが、ほんとうはジャズをやりたかった。でもあんな難しい音楽、自分にはできないと思っていた（そしてそれは結果的には正解だった。ジャズに限らず、私はどんな音楽も結局できるようにはならなかった）。

受験のときも、東京と大阪の大学だけを受験し、そのときもいろんなところでいろんなことがあり、とてもおもしろかったのだが、私には東京より大阪のほうが魅力的だった。にぎやかで、ガラが悪くて、せせこましくて、あくどい、どぎつい、でも親切な街。十八歳と十九歳のときに受験で訪れた大阪に惚れ込んで、一切受験勉強もしていなかったけど、たまたま関西大学に合格して、私は迷うことなく大阪にやってきた。

大学に入るとすぐに軽音楽部に入った。ここでならジャズができると思っていたのだ。

大阪の土地勘がまったくなかったので、不動産屋にすすめられるままに、上新庄の駅から徒歩三十分ぐらいの不便なワンルームを契約した。とにかく駅から遠かったし、関大前《かんだいまえ》に通うには淡路でいちど乗り換える必要があって、微妙に不便な部屋だったが、上新庄に来たことは結果的に正解だった。たまたまそこにジャズ喫茶があり、私はそこで、北川潔を紹介してもらったのだ。北川さんからオリエンテという京都の楽器メーカーを教えてもらって、親にだまって六十万円のウッドベースをローンで買った（これもよく覚えてないけど、なんか学生ローンみたいなものだったと思う）。

そしてその楽器は、いまこれを書いている私の書斎に、いまもある。ある、というより、いまも現役で弾いている。九一年に大学を卒業して、しばらくのあいだセミプロぐらいのミュージシャンとして関西のあちこちでウッドベースを弾いていたのだが、京大の大学院にも落ちて、仕送りもなくなり、なによりも自分自身を極限まで追い込みたくて、日雇いの労働者になると同時に、関西大学のジャズ研の後輩にそのベースを売った。

そのあと二十年以上、ずっとその後輩はその楽器を、結局自分で弾くことはほとんどなかったらしいが、大事に保管していてくれて、二十年ぶりに同窓会で会ったときに、まだ持ってますよと言われ、私は感動して、もういちどそれを引き取ることにした。二〇一〇年と二〇一三年のあいだのどこかだと思う。

一回生のときに買って、二十五歳ぐらいで手放したウッドベースが、二十年ぶりに戻ってきたときは感動した。ところどころひび割れていたが、ネットで検索するとたまたま近所にコントラバスやチェロやバイオリンを扱う「仙人」のような職人さんがいて、そこで頼んでリペアしてもらった。学生のときに無理して買って、そしてどこへ行くにも一緒だったウッドベースは、ふたたび音を出せるようになった。四十五歳をすぎてから私はジャズを再開し、いまでも年に数回、京都や大阪のライブハウスで演奏している。

梅田にロイヤルホースという、関西でももっとも格式の高い、老舗のジャズクラブがあって、私は先日、ついにそこで演奏させてもらった。がんばって Twitter でも告知して、お客さんもたくさん来てくれた。

一回生だった一九八七年ごろ、師匠の北川潔の演奏を聴きに、よくロイヤルホースに通っていた。そこは私の憧れの店だった。そしてついに、二〇二〇年の一月に、私はこの店に出演した。楽器はもちろん、一回生のときに買って、そのあと後輩に売り渡して、そしてそのあとさらに二十年経ってふたたび私のところに戻ってきた、このウッドベースである。

私はしみじみとウッドベースの背中を撫でながら、時間かかったけど、やっとお前をここに連れてこれたなあと語りかけた。ほんとうはもっと上等の楽器も買えるけど、一生この子を大事に使おうと思う。

大学を出て大学院に落ちて、二年間日雇いをやったあと関西大学の修士課程に拾ってもらえて、二年かけて修士論文を書いたあと（その修士論文の提出日が一九九五年一月十七日だったわけだ）、教授が急死し、敵が多いひとだったので講座ごとつぶされ、院生が全員路頭に放り出されることになった。私もまた行き場所をなくして、そこからさらにまた二年も浪人した。修士に入るために二年浪人して、博士に入るためにまた二年も浪人したのだ。ようやく大阪市立大学の文学研究科の後期博士課程に拾ってもらえたときは、もう二十九歳になっていた。そのときジャズ研の後輩の女の子と三年ほど付き合っていたのだが、博士に入ってしばらくするとフラれた。私はフラれてばかりだ。そのかわりその市大の大学院で被差別部落を調査しているという若い院生と出会い、その半年後ぐらいには結婚していた。今年で結婚二十一年になる。

とにかく大学に入ったらジャズをやりたいと思っていた私は、入学してすぐに軽音に入り、近所のジャズ喫茶で北川さんを紹介してもらい、北川さんからオリエンテと綾戸智恵さんを紹介してもらい、一回生のうちに仲間と軽音を辞めて（当時の軽音はあまりにも体育会的なタテ型組織で、ほとほと嫌気がさしたのだ）、「ジャズ研究会」を結成し（このジャズ研はいまも元気に活発に活動している）、あとはもう四年間、酒を飲んで音楽を聴いて楽器を弾いて、女の子と付き合って、部屋と図書館にこもって社会学や哲学や人類学の本を読みまくる、ということしかしていない。それ以外、ほんとうに何もしていない。大学の授業は、もともと高校のときから社会学を勉強しようと思っていたので、それなりに楽しみにしていたのだが、一回生の四月の最初の授業で五百人ぐらいの教室に詰め込まれ、誰か知らん爺が出てきて小さな声で「ウェーバーが」「デュルケムが」とつぶやいていたが何も聞こえず、すぐに教室を出てそのまま卒業までほとんど出ていない。いまだに大学の授業というもののやり方がよくわからない。

北川潔を紹介してもらったのはたまたまで、北川さんが近所に住んでいたのもたまたまで、仲良くなってほとんど毎日のように一緒に遊んでたのもたまたまだったが、私は上新庄に住んで心からよかった、幸運だったと思う。近所だからと紹介された北川潔のベースは、当時すでにずば抜けていたのだ。私はすぐに夢中になり、とにかく北川さんの関西でのライブは、金が続くかぎり見にいくようにしていた。そしていつも、心から感動した。北川さんは当時三十歳ぐらいで、私は二十歳ぐらいで、ふたりとも若かったなと思う。北川さんのベースは、関西だけでなく日本中でも、ほかに誰もいないような、ほかの誰とも違うような、素晴らしいベースだった。綾戸智恵さんも、まだメジャーデビューする前で、関西ローカルのジャズシンガーだったが、彼女の歌にも度肝を抜かれた。

人生の早い段階で、この二人の超一流の音楽家と親しくさせてもらったことは、ほんとうに私にとっては何よりも大切な糧《かて》となった。この二人と出会ったことで、私の人生は二度と戻れないぐらい大きく変わってしまった。私はいまでも、論文だろうが小説だろうが、なにかを「表現する」ときに、この二人のことをずっと考えている。

自分がどこまで音楽ができるかどうかまったくわからなかったけど、とにかく私はジャズを聴くこと、楽器を演奏することに夢中になっていった。二回生ぐらいからギャラをもらうようになっていたと思う。三回生になると、ドンショップという、西梅田にあった有名な老舗の店の、金曜夜のピアノトリオのレギュラーになっていた。関西の芸能人がよく来る店で、今いくよくるよとか、横山やすし、オール巨人が飲んでいる前で演奏したことも何度かある。他にも、神戸の元町《もとまち》のポートタワーホテルや中《なか》山手通《やまてどおり》のサテンドール、京都の木屋町《きやまち》のいくつかの店、あるいは北新地《きたしんち》でもよく演奏していた。

三回生ぐらいのときには、トラ（ダブルブッキングや急病などのときの代打）の仕事も含めて、だいたい週に三、四晩演奏すれば、月に十万程度の収入になっていたが、同時並行して、いくつかのショットバーでバーテンのアルバイトもしていた。バーが好きだったのだ。

田舎から大阪にやってきて、東京ではなく大阪の梅田の、お初天神《はつてんじん》や堂山や堂島《どうじま》や東《ひがし》通りや兎我野《とがの》あたりのバーで飲み歩くことが、とても楽しかった。田舎でも高校生のときから盛り場で飲み歩く生意気なガキだったが、大阪で、というところが、とても楽しかった。東京も友だちがたくさんいたから、しょっちゅう夜行バスで遊びに行ってたけど、やっぱり俺は大阪だな、大阪は俺だ、と思っていた。

大学に入ってすぐに曾根崎《そねざき》のショットバーでバイトをした。となりの旭屋という大きな書店（十年ほど前になくなった）で一冊だけカクテルのレシピを買って、カウンターの下に隠して、それをこっそり見ながら、あとは適当にシェーカーを振る真似をしていた。

窓の下には御堂筋が見えていて、車のヘッドライトやテールランプが流れていく。金色の間接照明を限界まで暗くして、BGMにビル・エバンスの「ワルツ・フォー・デビー」のCDをかけると、それなりにいい感じのバーになって、ジーパンに白シャツみたいなカジュアルでラフな恰好だったけど、なんだか曾根崎でショットバーのバーテンをやってる十九歳の自分がおかしくて、うれしくて、ずっとグラスを磨いていた。

あるとき、カウンターで飲んでた客から「岸くん？」と声がかかった。驚いて顔をみると、高校の同級生だった。おたがい顔を見合わせてめちゃめちゃ驚いた。むこうもびっくりしていた。すごい偶然、というものがあるもので。

高校のときはそんなに仲が良かったわけじゃないけど、大阪で会えたのがうれしくて、電話番号を交換したら、連れていた女の子が、私も電話番号ちょうだい、と言った。彼氏の前で、と思ったけど、見たこともないぐらい美人の子だったから、黙ってその子にもメモを渡した。

すぐその子から電話がかかってきた。同じ大学に通う子で、いまでいうシェアハウスに住んでいた。よく覚えてないが、とりあえず飲みに行って、そのまま付き合うことになって、相手の部屋にも泊まりにいったけど、三週間ともたなかった。だいたい私はいつも、面白がられるけど、すぐにフラれる。他にまた別の男がいて、もう彼のことは好きじゃなかったけど、なかなか別れてくれない、みたいなことを言われた記憶がある。いろいろとめんどくさいことがあり、私もだんだんめんどくさくなって、自然に消えた。

その三年後ぐらいに、たしか四回生のとき「4時ですよ~だ」というローカルのテレビ番組があり、私はそれになぜか三回ぐらい出たことがあるのだが、関大前で歩いていたらその日もロケをしていて、また私に声がかかり、それは「自分が知ってるなかでいちばん美人の女の子を紹介してください」という企画コーナーだった。私は迷ったけど、もう三年ぐらい会ってなかった彼女の電話番号を教えた（いまならこんな個人情報を勝手に渡すなんて考えられない）。

テレビ局はそのあと彼女に取材に行って、私の映像とあわせて後日のそのコーナーに出たのだが、放送を見たら何かずいぶん感じが変わっていてびっくりした。そのあと卒業間近に関大前でまたばったり会って、ある超大企業に内定が決まったと言っていた。バブルだったなあと思う。ジャズ研の同期もみんな、出席も足りずに成績も最低だったが、音楽関係の、名前をいえば誰でも知ってる企業に次々と内定が決まっていた。

曾根崎のバーはすぐに辞めてしまったが、そのあとも梅田やミナミのいろんなショットバーでバイトをした。金色の照明を集めて金色に眩しく輝くロックグラスに、透明な氷と、それ自体が金色に光るスコッチウィスキーを注ぐ。間接照明に照らされて金色に光る酒の瓶たち。低く流れるピアノ。それが東京ではなく、大阪というところがよかった。銀座や新宿ではなく、曾根崎や堂島、というところが好きだった。

いまでも好きだ。

阪神大震災のときに電話をかけてくれた子とは、そのバーで会った子と付き合うまえにちょっとだけ付き合っていて、その子ともすぐ別れてしまったのだが、さきほども書いたように卒業してから偶然再会して、そのあと付き合ってるのか付き合ってないのかよくわからない状態で数年間、おたがい他の相手と付き合ったりしながら、なんとなく続いていた。ある日、大阪市大の院で出会った、いまのつれあいである「おさい先生」が私の部屋（綾戸智恵さんのあとを引き継いで住んでいた部屋）にいるときに、その子から電話がかかってきて、いま近所のファミレスにいるんだけどお茶でもどう、と言われた。私はすぐにおさいを部屋に待たせてそのファミレスまで出かけていって、いや俺じつは結婚するねん、と言うと、彼女は「まーじーでー」と言った。そのあと一時間ぐらいいろいろ喋って帰ったら、おさい先生にめちゃめちゃ叱られた。

大学に入ってすぐ、生協で買い物をしていると、英語のクラスで同じだったやつが、ヒマそうにうろうろしていた。コンパのときに（当時はまだ一回生の未成年でもふつうに公式のゼミコンパをしていた）たしか高校で吹奏楽に入っていてトランペットを吹いてたと言っていたなと思い出して、ヒマやったら軽音入らへん？　ジャズやらへん？　と誘った。彼はすぐに入って、のちに「がんちゃん」と呼ばれ、ジャズ研の中心的な人物になる。軽音の同期には他に、前にも書いたが天才的なピアニストの平野さん（いまでも一緒に演奏している）と、天才的なボーカリストの向井さんがいた。ほかにトランペットのがんちゃん、同じくトランペットの岡田さん、おなじくトランペットの古家さんなど、たまたまジャズをやろうとするやつが何人かいた。そういえば私たちはいまでも、お互いのことを「さん」付けで呼ぶ。向井さん以外は全員男である。

当時、軽音楽部というところは、そこだけじゃなくて大学の大きなサークルというものはどこも同じようなものだったと思うが、おもいきり体育会的なタテ型社会で、たとえば飲み会でも一回生の男子をずらりと一列に並べて、ひとりずつ順番に一気飲みさせるようなところだった。私たちはそういうサークルが嫌になり、いっせいに全員でそこを辞めて、あたらしく「関西大学ジャズ研究会」というサークルを作った。

いまでもよく覚えていることがある。大学に入って最初に驚いたのは、サークルのなかで学生どうしなのに後輩が先輩に敬語を使っていたことだった。たかが十九かハタチで、歳も一歳か二歳しか変わらんのにバカバカしい、と思った私は、軽音では「敬語禁止にせえへん?」と、まだ話のわかる先輩に聞いてみたら、即座に否定されて、「そんなことしたら俺たちが損するやん」と言われた。

私は三十秒ほど、彼が何を意味していたのかが理解できなくて、その場で固まってしまったんだけど、よく考えたらこれはようするに、怖い先輩たちのシゴキみたいなのを我慢してきて、やっと後輩が入ってきて自分たちが先輩になったときに「平等」になったら、それまで我慢したぶんだけ自分たちが損をする。だいたいこういう意味らしかった。

大げさだが「こ、これが日本か……」と思った。私たちはすぐに独立した。金をだしあって大学の近くに安アパートを一室借り、楽器倉庫兼サークルボックスにした。

私たちはみんな、気性の荒い、性格の激しいやつばかりで、そのなかでひとりにこにこと温和で絶対に怒らないがんちゃんという存在は貴重で、だからいまにいたるまでずっと、ジャズ研の人間関係の中心にいる。二回生のとき、ジャズ研を作ったばかりの私たち五、六名の仲間は、毎日のように一緒にすごしていたが、たまにジャズ研のなかでもとくにタガの外れたやつが、がんちゃんが住んでいた古い文化住宅のトイレの窓をこじあけて、がんちゃんがいない間でも勝手に部屋に入って酒を飲んでいた。いちどがんちゃんがバイトから夜中に帰ったら、ジャズ研のメンバーのひとりが、だれかぜんぜん知らない派手な女の子を勝手に連れ込んで、畳の部屋で勝手に卓球をしていた、ということがあった。

がんちゃんの下宿ではとにかく酒をよく飲んだ。いちど、ピアノの平野さんと三人で、日本酒を三升とウィスキーを二本飲みながら二泊三日で酒だけを飲み続けたことがある。お開きにする前に、最後に三人で銭湯に行った。たぶんああいう飲み方をする、最後の世代の学生だったと思う。

週に一度はミナミでオールしていた。ついこのまえ、心斎橋でバーをやってるやつに聞いたら、もういまは朝までミナミで飲む若いやつなんかいません、と言っていた。タクシーの運転手さんにもよく街の景気の話を聞くんだけど、みんな口を揃えていう。もう終電なくなったら私たち仕事ありませんわ。みんな漫画喫茶みたいなもんに泊まって、タクシーなんか乗りません。そもそもみんなもう、遅《おそ》までミナミで酒なんか飲みませんわ。そういう時代です。

とにかく、ミナミのどこかのバーに行けば必ず誰かいて、そしてそのうちの誰かは必ず金を持っていて、だからよく堺筋《さかいすじ》線の終電に乗って長堀橋《ながほりばし》や日本橋でおりて、心斎橋や道頓堀の店でよく飲んだ。そのまま路地裏で寝てしまって、朝起きたら体に雪が積もっている、そういう飲み方をしていた。

ピアノの平野さんは一回生のときから千日前のキャバレー「サン」でピアノを弾いていて、月二回のペイデー（給料日）になると楽屋の前で待ち伏せして、現金をもらったばかりの平野さんにたかってみんなで酒を飲んでいた。

よく行っていたバーが道頓堀にあって、そこは大阪でも老舗の、ちゃんとした、大人のバーだが、私たちは背伸びしてよく行っていた。「カレーパン」が有名、といえば、わかるひとにはわかるだろうか。

七年ほど前、那覇でライブをしたことがある。メンバーはいまでも付き合いのあるジャズ研のOBが中心で、転職活動中だったがんちゃんも、旅行をかねて一緒に来ていた。ライブが終わって、たくさん来てくれたお客さんと喋っていたら、ひとり、大阪出身の方がいた。よく聞くと、ミナミでバーをやってた、と言う。私たちはなつかしくなって、むかし道頓堀に〇〇〇〇っていうバーがあって、そこによく行ってましたわ、そこに〇〇さんという方がいて。

そこまで話したら、そのお客さんがぼそっと、あ、それ私です……と言った。

いままでの人生であんなにびっくりしたことはない。二十年以上経っていて、お互い気付かなかったのだ。私とがんちゃんは「わー」と叫びながら同時に椅子から立ち上がった。その様子を横で見ていた友だちは、あとから「まるでコントみたいでした」と言った。

那覇の、国際通りに面したライブハウスで、しばらく道頓堀の話で盛り上がった。あんなひともいた、こんなひともいた。あいつはいまあそこで何してる、あのひとはいまあそこでこんなんなってる。私たちは一瞬で二十五年も前の道頓堀に引き戻されて、ミナミの深夜のショットバーの、金色の光を思い出した。毎週のように、たくさんのひとに会い、くだらないことで笑って、膨大な酒を飲み、大量のゲロを吐いていた。あの声や、酒や、ゲロは、みんな後ろに通り過ぎていったけど、でもいまでもここにある。ちょっと地下鉄に乗れば、上新庄にも、関大前にも、道頓堀にも、曾根崎にも、数十分で行ける。それらはいまもそこにある。でももう、どこにもない。

綾戸智恵さんから引き継いだ部屋にも、毎日のようにたくさんの友だちが遊びにきた。昔は、なぜか毎年大晦日はここに集まることになっていて、みんなで鍋をしてカウントダウンをしたら、終夜運転をしている阪急電車に乗って京都まで初詣《はつもうで》に行く、ということが決まりになっていた。真上に大家さんが住んでいて、騒ぎすぎて何度も何度も苦情を言われた。すぐフラれる私だが、それなりに長く付き合ったひとも三人ぐらいいて、みんなこの部屋に遊びに来ていた。ここでウッドベースを練習して、みんなで酒を飲んで騒いで、ひとりでフーコーやブルデューの本を読んでいた。

そしてあの朝、私はその部屋で、必死になって本棚を押さえていた。皿やグラスが盛大に割れる音を聞きながら。

あの朝電話をくれたひとは、その前後も付き合ったり離れたりを繰り返した。いちど一緒に沖縄に行ったことがある。たしか座間味《ざまみ》に行ったんだと思う。夕方、誰もいない浜辺で撮った写真が、たしかあったはずだ。どこにいったんだろう。彼女はたしか黄色いワンピースを着ていたと思う。たしか、たしか。思う、思う。

あの部屋のすぐ近くに定食屋さんがあって、安くてうまくて、ひとり暮らしのときは週三回はそこで飯を食っていた。とても面白い店で、ふたりの姉妹でやっていて、焼きそばを焼きながら「まあマルクスも宗教は阿片や言うてたからなあ」という話が出てくるような店だった。たまに食事しに来ていた、その姉妹のどちらかの娘がいて、めちゃめちゃ美人だったけど、話しかけることは遠慮していた。何度も通って、そのうち何も言わなくても定食が出てくるようになり、自分の実家みたいになっていた。結婚して上新庄を離れても、わざわざなんどか挨拶に行った。ここしばらく行けなくて、ついこのまえ久しぶりにその店を見にいったら、やっぱり空き家になっていた。上新庄を離れてから二十年以上も経つから、予想はしていたが。

一九九五年一月十七日、あの日にあの店がやってたかどうか覚えてないけど、そのすぐあとに、ふたりの姉妹で買い集めた援助物資を背中の巨大なバックパックにかついで、自主的にボランティアで避難所を回っていた。なに配ってんの？　と聞いたら、生理用品と言われ、さすがやな、そういうのは俺たちには思いつかんわ、せやろ、こういうのがいちばん大事やねん。私は感動した。こないだ西北《にしきた》（西宮北口《にしのみやきたぐち》）行ってたらな、あっこらへん、外から軽トラでたくさん食べ物売りにきよんねん。そしたらな、大根千円で売ってるひとがいて。もうな、こんだけたくさんひとが死んで、みんな避難所でくるしい生活してんのに、ようそんなことするな、ひととしてようそんなことするな思て。情けない。そういう話も聞かせてくれた。そういうところが面白くて、好きで、よく通っていた。

いまはそこは、錆びたシャッターが閉まっている。

あの店はもうどこにもないけど、その場所はいまでもまだそこにある。

北川さんとは、たまに来日したときに、すこし楽屋で会ったりする。Facebookやインスタで、あるいはYouTubeで、ＣＤで、その活躍はいつも目にしている。綾戸さんとは、その阪神大震災のときから連絡が取れなくなって、そのあいだにいつのまにかメジャーデビューを果たして大ブレークして、超有名人になってしまったのでもう会えないかな、俺のことは忘れたやろなと思っていたら、ある日ヤンヨンヒさんから電話があって、綾戸さんが会いたがってましたよ！　と言われて驚いて、こちらから連絡を取り、つい先日、綾戸さんの大阪ツアーのあいまに、二十五年ぶりぐらいで桜ノ宮の帝国ホテルのバーで再会した。

金色の照明が金色のグラスのなかの、金色の酒と金色の氷に反射する。

いろんなひとと出会って、別れて、また出会う。

あの部屋で、ひとりで論文を書いていたら、そのとき付き合っていた齋藤直子（おさい）から電話があって、決まりそうだった研究所への就職が正式に決まった、と言われた。とっさに「ああ、じゃ結婚しよか」と言ったら、彼女は驚いて一瞬絶句したが、すぐに「え、ええよ」と言った。実は言った私自身がいちばんびっくりしていたのだが。

その週のうちに彼女の実家に行って、父親に、いまはぜんぜん収入もないですが、一緒になりたいですと言った。そのまま実家に泊まり、私は次の日の朝はやくひとあし先に大阪に帰って、その日のうちに不動産屋に行って、大阪市大の近くに新居を決め、一週間後には引越しをしていた。籍を入れようかどうしようか迷ったが、大阪市の「新婚家庭家賃補助」は、役所的には当たり前かもしれないが、理不尽なことに法的に入籍していないともらえないので、齋藤のほうは通名を使うことにした。籍を入れたのはたしか一九九八年の、十二月の頭だったと思うが、はっきりした日付も覚えていない。ただ、住吉区役所がものすごい夕焼けで真っ赤になっていたのをよく覚えている。

結婚したとき私は三十歳か三十一歳ぐらいになっていて、そのあと三十八歳ではじめて大学に正式に就職するまで、およそ七年をその古い安マンションで暮らすことになる。結婚してすぐにおはぎときなこという猫を拾い、家族四人で生活してきたが、きなこは二〇一七年の暮れにとつぜん亡くなった。いろんなひとと出会い、いろんなひとと別れて、そのうちのたくさんのひとと偶然再会してきたけど、きなことはもう、何をどう頑張っても二度と会えない。

あの定食屋の姉妹に聞いた話。震災のときに倒れた高速道路があった。有名な写真で、たぶんみんな見たことがあると思う。あの高速道路の倒れた高架のすぐ横のマンションで、知り合いのハタチの娘さんが、地震に気づかずに寝ていたらしい。どんだけぐっすり寝るねんな。そう言って私たちは笑った。

六千四百三十四人があの地震で亡くなった。

あの地震のとき、いろんなことがあった。関西に住んでる、一定の年齢以上のひとなら、みんなあの地震についての、いろんな物語を持っている。飲んでてたまにその話題になると、あのときああだった、あのときこうだったと、ぽつりぽつりと、そういう物語が出てくる。

私自身もまた、震災のしばらく後に、阪急電車が復旧してから、西北と芦屋《あしや》と長田《ながた》にボランティアに行った。たいしたことのない、援助物資の仕分けや飲料水の配布などの軽い作業だったが、それでも芦屋のあたりはどこも何もなってないのに、長田のあたりは焼け野原になっていて、階層格差を痛烈に感じた。

十三から、ようやく復旧した阪急神戸線に乗って、尼崎《あまがさき》から西宮へ、芦屋へ、そして神戸へと移動していくと、窓の風景がだんだん変わってくる。ああ、戦争がもしあったら、空襲がもしあったら、こういう風景になるんだろうなと思った。焼け跡。焼け野原。東北の地震は、地震というより津波の被害だった。阪神大震災のときも、地震そのものではなく、そのあとの火災でたくさんの方が亡くなった。焼け跡。焼け野原。

夕方まで泣きながらテレビにかじりついていた私は、修士論文の提出のことなどすっかり忘れていた。夜になって思い出したけど、そんなもの出せるわけがないし、だいたい電話も電車も完全に止まってるし場所によっては停電だし、ひとがたくさん亡くなってるし、どうでもいいやと思った。あとになって電話が通じるようになってから事務室に問い合わせたら、たしか二週間ほど締め切りが延びていた。

なんとか修士論文を出すには出したが、その直前に教授が亡くなっていて、どうも噂では講座ごとつぶされそうだとのことだった。もう私は、ほんとうにどうでもよかった。また日雇いやったらええやんか。本気でそう思ってた。修士のあいだにすでに学術誌の『ソシオロゴス』に、ウィトゲンシュタインを題材にした論文を書いていて、私は研究ぐらい自分でできるわと思っていた（実際にそのあとも、誰にも何も教わることもなく、ぜんぶ自分だけでやってきた）。追い出すなら追い出したらええやんか。そしてその通りに追い出された私は、その一年後に無所属のまま、日雇い労働のエスノグラフィの論文をまた別の学術誌である『ソシオロジ』に投稿し、掲載されることになる。修士論文の理論枠組みを使って、日雇いをしながら毎日書いていた日記を、そのままエスノグラフィに仕立てあげたのだ。ちなみにその論文に「ビニール傘」が出てきますよと、それを読んだある新聞の記者さんから教えてもらった。私は自分でも忘れていた。論文なのに、すでに小説みたいな文体になってますと言われた。

さて、そんなことがあったその年の春、関西大学では普通に入試がおこなわれ、三月末で追い出される予定だった私も、バイト要員として駆り出され、試験監督をしていた。

一般入試の、ある科目が始まる一分前。教室の監督責任者だったひとりのおっさんの教授が、とつぜん演説をしだした。みなさんのなかには、避難所からここに来たひとが何人かいます。地震なんかには負けないように頑張ってください。私は柄にもなく感動したのだが、いまから考えると、入試直前にあんなスピーチしたら、いまなら下手したら処分されるかもしれない。

被災地のボランティアに行ったのは、あれは何月だっただろうか。もう阪急は復旧していたが、たしか冬の上着をまだ着ていたような記憶もある。二月か、三月か。四月の頭か。いずれにせよ私はその春に、ふたたび世界から放り出され、たったひとりで、自分の体だけを頼りに、建築現場で生きていくことになった。それはとても悔しくてさみしくて情けなくて、でも同時になぜかとても痛快で楽しくて自由な、そういう何か、ひとことでは言えないような気持ちだった。二回めの浪人のときには、日雇いだけでなく塾の講師もはじめていて、それはそれなりにまたとても面白い経験をしたのだが、また別の機会に書こう。

ボランティアから帰るたびに、尼崎をすぎて大阪に入ると、まるで何もなかったかのように、それまでとまったく同じ十三や梅田の街がひろがっていて、いつも頭がくらくらした。

あのとき住んでいた部屋、押さえていた本棚、かじりついていたテレビ、そういうものすべてに、「生活史」がある。

一九九五年はたしかに、日本社会にとって、節目の年だった。しかしそれは実は、阪神大震災や、地下鉄サリン事件という「大事件」が起きたからだけではない。実は、この時期を境に、日本の人口が減り始めているのである。総人口はもちろんこのあともしばらく増え続けるのだが、このあと増えているのは高齢者だ。実は、一九九五年ごろをピークにして、日本の「労働力人口」が減っていくのである。本の売り上げ、

CDの売り上げ、百貨店の売り上げなど、どの指標をみても、この時期に日本の経済力がピークに到達していたことがわかる。そしてそれからゆっくりと日本は沈んでいった。それは、バブル崩壊や歴史的大事件だけのせいではなく、もっと長期的な、構造的な、マクロな変動の結果でもあるのだ。

そして、九〇年代以後、あのきらびやかでド派手だった、私が憧れて移り住んだ大阪もまた、むしろ他の都市よりも速く激しく、沈没していった。

大阪も九〇年代は、学生が週に三日もベースを弾けば、それで何とか飯を食うことができた、そういう街だった。しかしいまはもう、その大阪は、どこにもない。あのとき私たちが酒を飲んだり、音楽を演奏したり、付き合ったりフラれたりした大阪は、いまでも変わりなく同じ場所にあるけど、あの大阪はもう、どこにも存在しない。

それはここにある。それはどこにもない。

大阪と大阪、東京とそれ以外

柴崎友香

大阪に住んでると思ってました。

今日は、新幹線で来られたんですか？

仕事で初めて会った人に、今でもしょっちゅうそう言われる。東京に引っ越したのは、二〇〇五年十月。もうすぐ十五年になるし、書いている小説の場所設定も今では東京のほうが多いので、なぜ今も大阪に住んでいると思われがちなのか、不思議に思う。大阪出身や大阪弁で小説を書いていて東京在住の作家は多くいるが、こんなには言われないんじゃないか。聞いてみたことがないから、わからないが。

大阪弁じゃないんですね、ともよく言われる。わたしは相手に合わせて話してしまって、もう一人関西弁の人がいないと大阪弁を話すのは難しく、特に仕事の場では共通語的な言葉をしゃべっている。共通語的な、と書いたのは、わたしが話すそれが表面だけをなぞった、わたしにとってはいつまでもなじめない言葉だからだ。十年も住めば、もっと話せるようになると思っていたのに。発音や形のことではなく、中身が伴うと思っていたのに。

わたしは、今、大阪に住んでいない。

わたしは今、普段の生活の中では大阪の言葉をしゃべっていない。

東京に引っ越したのは、東京に行きたかったからではなくて、家から出たかったからだった。三十歳まで、生まれた街の実家に住んでいた。ずっとお金がなかったし（会社員を辞めた翌年、原稿料の年収は八万円だった）、心斎橋まで自転車で十五分の便利な場所で、家を出る機会を逸していた。二〇〇四年に父が他界して、たぶん今出なければ、ずっとここから出ないだろうと思った。どこでもよかったが、友人が何人か相次いで東京に引っ越した時期でしょっちゅう遊びに行っていたから街の様子もなんとなくわかったし、いつも会いたい人に会うために行っていたから楽しいところで、仕事先もあるから、東京が現実的だった。東京に引っ越す、と言えば、誰も「なんで？」と言わずに納得するのも、楽だった。

出版社はほとんど東京にあり、出版関係の仕事をする人は多くが東京に住んでいて、『きょうのできごと』の映画が公開されてようやく小説の仕事が増えたわたしが東京に住むのはなんの不思議もない、と、引っ越すことを伝えた人はたいてい思う。

東京に仕事がたくさんあるから東京に行くことも、(人には言わなかったが)家を出たいから東京へ行くことも、ありふれた話で、ごく当たり前のことなのだ。誰もそれに疑問を持たないくらいに当たり前のこと。

大阪の生活と東京の生活は、わたしにとってはそんなに違わなかった。難波が渋谷に、梅田が新宿に変わったくらいで、家から繁華街までの距離的にもちょうど同じくらい。洋服や雑貨を買うのも同じ名前の店。街の規模や人の多さは五倍くらい、場所によっては七倍くらいなだけで、売っているものも売っているお店も、変わらない。コンビニとチェーン店も同じで、食べものの味も違わない。一昔前によく言われた、汁が真っ黒なうどんも、わたしは東京では食べたことがない。東京のうどんは、丸亀製麺やはなまるうどんになっていて、それは大阪にも数多くある。家から渋谷へバスで二十分。タワーレコードで試聴して、東急ハンズやロフトへ行って、そのころは東急本店の前にあったブックファーストで本を買って、東急ハンズと東急本店のあいだにあった純喫茶で分厚いピザトーストと紅茶。ゴブラン織りの椅子で、コーヒーが丸いサイフォンで出てくる店だった。隣の席のヤクザっぽいおっちゃんの会話を聞いて、それも大阪での生活と変わらなかった。どこを歩いてもおもしろかった。好きな場所も、たくさんできた。

違うところも、あった。

最初に驚いたのは、夜、タクシーの空車がいないことだった。渋谷で遅くなって帰ってきて、深夜バス（午後十一時台から午前一時台まで運行していて、料金は普通の倍になる）を降りて信号待ちをしていると、世田谷通りを走るタクシーがどれも客を乗せていた。道端には、タクシーを探して手を上げては素通りされる人たちがあっちにもこっちにもいた。

二〇〇五年、小泉政権が郵政民営化を掲げて衆院選で圧勝し、堀江貴文のライブドアがニッポン放送に、楽天がＴＢＳに敵対的買収を仕掛けて注目を集めていた年。東京はそれなりに景気がよかったのだろう。大阪では規制緩和によって台数が増え、空車ばかりになったタクシーが割引競争を繰り広げていたので、その光景はあまりに落差があった。こういう真ん中の風景しか見てない人が政策を決めてるんやろうなと思った。わたしは何台も何台も走ってくる客を乗せたタクシーを、車道の真ん中まで出て拾おうとする人たちを、信号が変わっても眺めていた。

引っ越して三か月経った一月、阪神大震災のニュースの扱いが小さいことにも、驚いた。地震から間もないときにサリン事件が起こったから印象が薄れてしまって、と話す人の感覚がわかった気がした。一九九五年一月十七日のあの夜、まだ被害も全然把握されていなくて黒い煙と炎が立ち上り続けていた夜、東京のスタジオから放送するニュース番組の一つが「もし東京で地震があったら」という話を延々とやっていたのを思い出したりもした。あのスタジオの人たちは、それがなにが起こったかもまだわからないほど混乱している街でも放送されているかもって想像しなかったんやろうな。そう思うわたしにも、見えてない場所があるんやろうな。

東京は、お金と仕事がある街だった。

当たり前に、そうだった。

新刊が出て、インタビュー取材を受けていると、その雑誌の編集者もライターも、カメラの人も関西出身のことがときどきあった。大阪のどこですか？　豊中《とよなか》です、寝《ね》屋川《やがわ》なんです、あー友だちが近くに住んでます。そんな会話で盛り上がりながら、それならなぜここは東京なんやろうかと思っていた。仕事をしている人が、みんな大阪の人で、大阪弁でしゃべっていて、だけどそこは大阪ではなかった。仕事があったのは大阪ではなかった。

わたしが二〇一九年に東京での五軒目として引っ越してきた部屋の、近所の商店街の光景。

「東京でこのレベルってやばくね？」

と、たまたま近くを歩いていた若い男性たちが言う。今どきの若者はほんまにこういう発音をするのやなあ、と「やばくね？」の音程に感心しながら、彼らが「やばい」とマイナスのほうの意味で評しているのは、目の前の商店街だった。

チェーン店が増えたとはいえ、昔からの個人商店も残っている。魚屋や八百屋、豆腐屋、文房具屋。いつも人が行き交っていて、シャッター通りにはほど遠い。やばくね？の意図するところは、古い店だらけで、ところどころは空き店舗であることのようだった。わたしは彼らの会話を聞きながら、友だちに聞いた話を思い出す。羽振りのよい業種の男に「杉並《すぎなみ》、世田谷はアウトでしょ。まあ、目黒《めぐろ》でギリかな」と住んでる場所をジャッジされたという。いろんな人がいてはるねんなー、と、いま聞こえたばかりの言葉をそれと同じページにしまっておく。

東京でこのレベルってやばくね？の商店街は、賑わってていいね、と言う人のほうが多いし、懐かしい雰囲気があるとかで写真を撮ったりしている人も見かける。

地方に古いものが残っているイメージがあるかもしれないが、個人商店が残っているのはむしろ東京の商店街だ。この十年か二十年で、完全にそうなった。東京は、人口が多いから、お客さんがいる。車を持つのにコストがかかるから、徒歩圏内の店で買い物をする。

古い看板のままほとんどお客さんを見かけない店もあれば、上階を賃貸アパートにして活用している店もあったり、混在している感じも商店街らしい。

住宅街を散歩してぽつんとある雑貨などのお店を見つけると楽しいが、そんな場所でお店が成り立っているのも東京っぽいなあと思う。

それでも、なんとかぎりぎりでやっている店も多く、高度経済成長やバブル期に店を出した世代がどうにも続けられなくなる時期で、わたしが東京に来てから住んだ四つの街の商店街でも個人経営の店の閉店は続いた。ちょっと前に閉めた酒屋さんは、亡くなったおじいちゃんが九十歳、「息子さん」が七十歳近く。日本全体の高齢化と無縁なわけではない。去年の九月末、消費税が十%に上がる直前には、何店舗もが一度に廃業した。昔の地図を見ると、もっともっと店があったのがよくわかる。

東京でこんなふうなら、他の場所はどんなだろう。

この数年、仕事で日本各地の街へ行ったけれど、どこも似たような風景だ。昔は駅前の小さな商店街だった場所は、若い人が始めたらしいお店もぽつぽつあるけれど、大半は何年も開けられずに錆びついたシャッターが並び、店名の入ったテントは破れたまま放置され、歩いている人はいない。

大阪のわたしの地元は、とうとう商店街の中心だったスーパーの一つがなくなった。子供のころから、それは地元でいちばん賑やかな場所で、なくなる日が来るなんて思いもしなかった。みんなどこで買い物をしているのだろう。京セラドームの前にできたイオンか川沿いの大型スーパーに、車で行くのだろうか。若い人はそのほうが便利なのかもしれない。商店街は空き店舗も増えて接骨院が妙に目立つが、それでもほかより人通りがあって、新しい店ができたりもする。

二〇〇五年に東京に引っ越して最初の二年間、いちばんよく出かけていた街は渋谷だった。この数年の大型再開発でたった十五年前とはまるで別の街になった。

東急東横線の渋谷駅が地下になって銀座線の駅も移動し、五分だった乗り換えは十五分近くかかるようになり、いつも大規模な工事中で行くたびに仮設の通路が変わっていて、どこへ出ればいいのか全然わからない。

高層ビルがいくつも建ち、名だたる新興のＩＴメディア企業が入居している。

低層階には高級ブランド店や人気の店が入っている。このあいだ新しくオープンしたビルの広告ヴィジュアルを見たとき、わたしが十代のころのナビオ阪急やなんばＣＩＴＹの広告みたいなデザインで、当惑した。シティポップが人気があるなど八〇～九〇年代がリバイバルしているのはわかるが、この違和感はなんだろう。よく見ると、白人の女性と思った人物が、流行りのグレイヘアで五十代くらいの日本人女性だった。それを、いかにも外国人モデル風の雰囲気で撮影している。商業施設だからターゲットを絞るのは当然なのだけど、なんだかあからさまに思えて、少々寒々しく感じた。

若い世代に偏重した広告もどうかと思うが、「大人の街」つまり可処分所得の多い層向けにすることで、そこにいられなくなる人もいる。

東京に初めて来たとき、驚いたのは木の大きさだった。表参道《おもてさんどう》の立派な欅《けやき》並木を見て、道端にこんな巨木が生えているなんて、と感動した。東京の木々や公園が好きになり、木自体にも興味を持って樹木図鑑を何冊も買った。二〇〇八年に「文藝」でわたしの特集をしてもらったとき、写真を佐内正史さんに撮ってもらった。丸の内と皇居周辺を二階建て観光バスでめぐり、東京は木が大きくて、公園もいっぱいあって好きなんです、と言ったら、佐内さんに、「大阪の人?」と聞かれた。大阪の人はみんなそう言うから、と。

東京は木が大きい。わたしの主観ではなくて、客観的に大きい。巨木(幹回り三メートル以上)の本数は四十七都道府県で一位だ。その多くが御蔵島《みくらしま》や西部の山地帯にあるとしても、都心にも巨木や樹齢数百年の木がたくさん残っている。

土や植生も違うし(大阪は粘土質の土に照葉樹、東京は関東ローム層に落葉広葉樹)、崖や高低差の多い複雑な地形は木が残りやすく、都市化してからの年数も千年以上と四百年ちょっとと差があるのも大きな要因だ。

渋谷から原宿にかけてのいくつもの通りは、欅の街路樹がのびのびと枝を広げていて、場所によってはビルの六階や七階まで届いていて、それを見上げて眺めているだけでも気持ちがゆったりと押し広げられるようだった。

そんな場所の一つが山手線沿いの宮下《みやした》公園で、山手線に乗ると必ず窓に張りついてその木々と、ビルとビルとのあいだにぽっかり開いた空間を、特別に遊具もなにもない空間を見るのが好きだった。それが、企業に名前を売ってスポーツ施設を作る名目でそこにいたホームレスの人たちを排除し、いったんそれはうまくいかなかったが、オリンピックに向けて結局は企業の運営でホテルや商業施設が建設中だ。建物はアーチ状になっていて公園は四階の屋上部分になるらしい。

立ち退きがあった少し後、花見客でごった返す代々木公園の前の道路で、行き場がなさそうな人たちが茫然と立っていた光景が忘れられない。

東京で最初に住んだ部屋からよく散歩に行った馬事公苑《ばじこうえん》も、他のいくつもの公園も、東京オリンピックのためという名目で、閉鎖され、何万本も木が伐採されてしまった。

ここ何年も、個人商店や路地的な場所の小さな店がなくなることについて、考えている。あるいは、公園や公共施設が「無駄」とされ、金を稼げる商業施設に取ってかわられていくことについて。それは東京でも大阪でも、どこでも起こっている。つまり、時代の変化、ということかもしれない。

情緒や人とのつながりが失われるなどというのは、自分の趣味や感傷に過ぎないと思うこともある。店がなくなるのが嫌なら自分が毎日飲みに行ったり買い物したりすればいいのにえらそうに言うな、と言われればそれまでかもしれない。

ショッピングモールは、バリアフリーで、小さい子供をベビーカーに乗せて連れて行くにはすごくいいのだと、子供のいる友人たちは言う。若い世代はそこで生まれる文化を楽しんでいる。それもそうだと思う。わたしだって、どこにでもあるチェーン店で、大阪でも東京でも同じメニューを安心して食べている。新しい施設やモールも行けば楽しい。

それでも、個人商店や商店街の細々とした店がすっかり失われることは仕方のないことではない、と渋谷の新しいビルのエスカレーターで移動しながら思った。

ここでは店はビルの規則の中でしか営業できず、一店舗だけ休みなんてことはない。わたしたちはただお金を使う側にしかなれない。もしくは、決められた条件の下で働くか。くっきりと、お金を介して立場が分かれてしまって、そのあいだの流動性や余地はどんどんなくなっていく。お金を使わなければ居場所がなくなる街になっていくということ。

よく行っていた純喫茶もとっくになくなって、格安居酒屋チェーンに代わっている。デフレになり始めたとき、みんなが貧しくなれば物価や不動産の値段も下がって暮らしやすくなるからいい、と言う人もいた。しかし現実は違う。今の東京二十三区の新築マンション価格はバブル期を超えたそうだ。国民の平均所得はかなり減ったのに、都心のマンションは値上がりしている。

この数年に訪れた外国のどの街も、似たような状況だった。そこはたいていその国の首都か、ニューヨークやロサンゼルスのようなメガシティの真ん中で、売り出されている部屋は世界中の富裕層が投資するので何億円もして、長く続いてきた本屋や個人商店が何倍にも跳ね上がる家賃を払えずに立ち退いていた。

この連載で八〇年代や九〇年代のことを景気がよくて賑やかだったと書いていると、昔はよかったみたいな話なのかと思われるかもしれないが、そうではなくてなにがよくないのかはっきりとわかるようになった。

社会の制度によって、お金の流れ方が変わっていったその記憶を、その時代を生きた一人として書いておこうと思った。景気がよくても悪くても、一部の企業などへ、お金が流れるように制度が変えられてきた。新自由主義と緊縮財政政策によって非正規雇用が増え、税金や社会保障の負担も増えた。公園や学校の敷地など公共の財産を切り売りし、公務員をやり玉にあげて数を減らしたり非正規にし、公的サービスは削られて国立大学の学費は三十年で倍くらいになった。デフレで賃金が下がり、格差が広がっているのに、自己責任、将来のための自衛ばかりが言われる。

会社員だったころ、景気対策の所得税減税がいちおうはあったが、多少なりとも国民の気をひこうとする言葉さえ耳にすることもなく、景気の悪化を隠したまま消費税率は上げられた。

東京の高層ビルばかりが増える風景は、それが目に見える形になって表れているんじゃないかと思う。そして、変わってきたことは別の方向に変えていけるはずだとも思う。


大阪、嫌いなんですよ。

大阪の人って、おれ、ダメなんだよね。

初対面でそう言われたことが、何度かある。対談や仕事で、会って、話し始めた最初のほうで。

なんでかな、ととりあえずわたしは思う。大阪以外に、そんなふうに言われる街ってほかにあるのかな、と。わたしは大阪出身なんです、と言って、大阪は嫌いだ、と返ってくるようなこと。

もちろん、好きだとかいいですねとか言ってもらうこともたくさんある。このあいだ、青森の八戸《はちのへ》でイベントをいくつかした。そこに参加してくれた同世代の女性が、柴崎さんの本を読んで大阪の人も美術館やカフェに行くんだなって安心したんです、と感想を話してくれた。その人は、京都での集まりに参加することになったけれど今まで関西に縁がなかったので、テレビのお笑い番組に出てくるようなどぎつい人ばっかりだったらどうしようと不安になっていたそうだ。それ自体は、うれしい感想で、京都の好きな場所なんかを話しながら、テレビでは、「普通の生活」や「そこにいる人」は伝わらないんやな、と思う。

わたしだって、八戸に実際に来てみるまで、どんな街か知らなかったのだし。

大阪のことも、生まれて三十年間住んでいたからといって、知っているわけではない。そもそも、「大阪」と言ってわたしが語れるのは自分が生活したごく狭い範囲の大阪でしかなく、それはむしろ「大阪」のイレギュラーかもしれず、ほかの大阪の人にとっての大阪も、それぞれ全然違うのだ。

高校に入ったとき、初めてそのことを実感した。

当時は大阪の公立高校は府下をいくつかの地域に分けた学区があり、市岡高校のある第三学区は、大阪市の西南部から北東部へまたがる細長い地域だった。西南の大正区の端っこから、北東の端の旭区《あさひ》まではバスと電車を乗り継いで一時間以上かかり、同じ大阪市でも文化が少し違っていた。

違う区に住む女の子たちは「〜やな」ではなく「〜やね」と話し、わたしたちが苗字呼び捨てだった男子を「○○くん」、男子も女子を「○○さん」と呼んだ。もちろん人によるが、大まかにはそうだった。軽トラックの荷台の鉄板で焼かれるホルモンを学校帰りに食べたりしない、とも知った。

　大学に行くと、もっと違っていた。大阪府立大学なので大阪府民の割合が高かったが、親が大学を出ているのがごく普通なことに驚いた。お母さんが四年制大学卒、というのも大学で初めて聞いた（わたしの母の世代の女子の大学進学率は五％前後だ）。転勤が普通にあるのも、新鮮だった。転勤があるのはたいてい規模の大きい企業だから、中小企業や工場、自営で働く人が多い町ではあまり身近ではなく、テレビドラマなどで見る「転勤」「単身赴任」には実感がなかった。急に引っ越したり家を買ったばかりで家族と離れたりすることの理不尽さを知ったのは、会社員のときだった。

　そうして環境が変わって別の文化に接するたびに、自分が今まで知ってたのは狭い範囲でしかないんやなとも思ったし、なんとなく自分がどんどん場違いなところへ移動してきているような気がすることもあった。

　外から見れば、大阪といえば通天閣のイメージだと思うが、大学の同級生たちはほとんどが通天閣に行ったことがなかったし、見たこともない人のほうが多かった。通天閣は小さいから、近くまで行かないと見えない。

　大阪に住んでいても大阪弁が嫌いな人もいると知ったのは予備校に通っていたころだった。席が近かった羽曳野《はびきの》の女の子が、お母さんが大阪弁は下品やからやめなさいって言うんですわー、そんなん無理にきまってますやん、と彼女はわざと宮川花子みたいな濃い大阪弁で言って笑った。

もう一人、十代のころの友人もお母さんから女の子は大阪弁をしゃべってはいけないと止められていた、と最近久しぶりに会ったときに聞いた。彼女は言われてみれば大阪度の薄いしゃべり方だった。両親ともに他県の出身で、赴任期間が終われば郷里の街へ家族全員で帰る前提で将来設計をしていて、そのときに娘が大阪弁では苦労すると考えていたらしい。友人はその計画から逃れるために東京の大学に行った。

大阪の人は大阪弁じゃない言葉に対してやたらと反応してしまうところがあって、それはよくないことだと特に大阪を離れてからは思うのだが、友だちと話す言葉を否定や禁止されるのはつらい経験に違いない。

テレビ経由のイメージだと大阪はどこの家も「おもろいおかん」に思われるかもしれないが、いろんな人が寄り集まって暮らしている大都市でもある。ステレオタイプなイメージの隙間に、一人一人の現実がある。

そうかと思うと、東京に来ると急に濃すぎる大阪弁を話し出す人もいる。

主には、ある年代以上の男の人で、サービス精神がから回ってしまうのか、五倍増しくらいの濃い大阪弁になる。おっちゃん、普段のぼそぼそしゃべってるほうがおもろいんやけどなあ、「大阪の人」キャラに求められる期待に応えようとしてはるんかなあ、と思う。中には、武勇伝を語りたいのかやたらと治安の悪さを強調したり、参加してもいないだんじり祭や聞きかじっただけの飛田新地のことを大げさに話しだしたりする人もいる。大阪のことをあまり知らない人が聞いて困惑しているのが隣で感じられるし、止めに入りたくなるというか、「大阪代表」みたいな顔でしゃべられるのはとてもつらい。

一九九二年、阪神タイガースは新庄剛志や亀山努の活躍で優勝しそうになった。結局、最終盤にヤクルトに負けて優勝を逃すというまさかの結末を迎えた夜、わたしは高校の同級生たちとたまたまアメリカ村のカンテにいて（わたしの誕生日祝いに友だちがスカのレコードをくれたのを覚えている）、すぐ近くの道頓堀を見に行った。戎橋の上には大勢の人たちがいて、やけくその大声を張り上げて六甲おろしを合唱していた。そのうちに、盛り上がった人たちの中から、欄干に上る人が現れ、そして、川に飛び込んだ。続けて何人かが、群衆の声援を受けてジャンプした。

見ていると、かに道楽の脇から、飛び込んだ人が上がってきた。ワイシャツ姿でずぶ濡れのそのにいちゃんは、「あんなん言われたら飛び込まなしゃあないやんけ」とため息をついていた。そのとき、決して自分が目立ちたいからではなく、人の期待に応えようとがんばってしまうのが大阪の人なのだと思った。

二〇一七年に、長塚圭史さんが演出をした「王将」の公演を観た。皆に担ぎ上げられて関西の将棋団体の代表になってしまい、その後は苦労続きで没落していく坂田三吉の姿に、あの道頓堀に飛び込んだにいちゃんを思い出し、大きなイベントがあるごとに経済が沈むと言われ、長いあいだ政治に翻弄されている大阪のあれやらこれやらの状況を重ね合わせてしまい、考え込んでしまった。

そんな部分を外から見たり、よくない出会い方をしてしまうと、大阪弁で言うところの「いちびり」に思え、「大阪、嫌いなんだよね」になってしまうのかもしれない（しかし、それを会ったばかりなのに面と向かって言われる、言ってもいいと思われる「大阪」ってなんなんやろう、とも思う）。

大阪にいるときは当たり前すぎてわからなかったが、東京に来て理解できたこともいくつかある。たとえば、大阪弁は会話を続けるためにある言葉だということだ。どういう意味？　会話って続けるもんやろ？　と大阪にいたときのわたしなら思ったに違いない。

大阪の人の会話は、意味の伝達よりも、続けること自体に意味がある。大勢の人が寄り集まって生活する中で、潤滑油というか、人と人との摩擦を減らすためにとにかくしゃべることが選ばれた。しゃべり続けている間、自分は怪しくないですよー、と表現しているのだ（現代の東京の場合、人が増えすぎてなるべく話さないほうを選んでいて、大阪もだんだんそうなりつつある）。

前にラジオで誰かが、この意味のない会話のたとえとして、駅前でばったり会った人に「どこ行くの?」「ちょっと銀行へ」「強盗ちゃうやろな」と言い合う光景をあげていた。この先は、いくつも選択肢がある。つっこみの場合「なんでやねん」、ぼけを重ねる場合「そやねん、下見に」。ここで相手のほうも、つっこみの場合「本気やったんかい!」、ぼける場合「わしも混ぜてんか」……。もちろん強盗について話し合いたいわけではないし、特におもしろいことが言いたいわけでもなく、続けたい。せっかく続けるなら笑えるほうがいい、というだけなのです。

岸さんが先日ツイッターに「よう知らんけど」って言うと怒る東京の人いるよね、と書いていたが、これも「その場にいたらめっちゃ解説に入りたい!」案件だ。

大阪の人は会話を続けることが目的だから(たとえて言うなら、バレーボールの試合ではなく円陣パス、ピッチャーとバッターではなくキャッチボール)、「よう知らんけど」とつけることで、「知らんのかい!」「見てきたんかと思たわ!」と返せるので、その会話における話の信憑性が宙づりになっても宙づりのまま受け止められる。大阪弁で話していると、話を続けるためとはことさらに意識しないが、しかし、意味を聞いていた人、真面目に聞いていた人ほど、騙されたような気持ちになってしまうのだと思う。

まったく違う言語や外国語だと、習慣や考え方も違うのだろうと留保するかもしれないが、同じ言葉で、表面上は意味が通じてしまうがために、齟齬や行き違いが生じ、印象が悪くなってしまうのは、かなしいことやなあ、と思う。

わたしの家族は、親子間でその断絶があった。子供のころ、学校での会話と同じ調子で、友だちがめっちゃあほなことして、とか、こんな失敗をしたと自虐エピソードを言うと、そんな子と遊ぶな、そんなことをやったのか、と頭ごなしにかなり怒られた。しかしそれ以外のコミュニケーションの仕方がわからないわたしは、なんで友だちのおっちゃんおばちゃんみたいに笑ってくれへんのやろう、とずっとつらかった。一方で、他県から転校してきた知人が、ちょっとしたことに「あほやなー」などと言われるのを最初はいじめられていると思ったと聞き、とても申し訳なくて、気をつけなければと思った。コミュニケーションのギャップは難しいものだ。

ちなみに、友だちの親のことをおっちゃんおばちゃんと呼ぶのもどうも全国的ではないらしいと最近疑問に思っているのだけど、そうですか？　誰々のおかあさん、ではなくて○○ちゃんのおばちゃん、て呼ばないですか？

東京で何度か言われた。

「大阪の人は東京に対抗意識持ってるみたいだけど、東京から見たら全然だよ。一地方都市だとしか思ってないよ」

日本で二番目に人口が多い都市は、一九八〇年代からすでに横浜市だ。巨大すぎる一番と二番がくっついた「首都圏」に、規模ではとうの昔に比較にならなくなっている。

大阪にはテレビ局がいくつかあって、以前より減ったとはいえ、そこから発信している番組が多くあり、全国で放送されるドラマでも関西局制作のものがあるから（NHKの朝の連続テレビ小説も、半年ごとに大阪局の制作になる）、大阪に住んでいると地域発の情報がかなりの部分を占めていて、そこは他の地方都市圏とは違うかもしれない。

わたしが子供のころはもっと、なにかと言えばテレビの中の関西の人たちも大阪と東京を比べるような話をよくしていた。プロ野球の巨人と阪神を筆頭に、なにかと対抗意識を持っていたのは確かだと思う。今ではもうそんなこともないが、東京と大阪という構図が意識の中で残っているから、「都構想」が出てきたりするのだろうか。むしろ、全然規模が違ってしまって経済が成り立たなくなってきたからこそ、「都」なんて取ってつけたことを言うようになったのだろうか。

バブル崩壊後、制度の変更もあって、銀行や企業の大合併が相次ぎ、大阪や関西発祥の大企業が次々と本社を東京に移した。地方自治体の税収は減り、大企業に勤務していた高所得の人たちも転出した。交通網も一極集中が進んだ。東京から金沢へ北陸新幹線が開通すると、大阪から直通の特急で行けた富山方面は、乗り換えしなくてはならなくなった。

東京に、中央に資金も仕事も人も集まるように、仕組みができていった。

子供のころ、お正月のテレビで楽しみにしていた芸能人かくし芸大会は、出身地で東軍と西軍に分かれていた。それは、東京と大阪（もしくは関西圏）という二つの軸があり、また各都道府県にも多才な人を送り出す豊かさがあったからだろう。いろんな地方を訪れるたびに、そこで培われてきた経済や文化を実感するが、今は東軍と西軍でチーム分けするのは難しいに違いない。今は、「東京」と「それ以外」、でしかない。

北関東出身で大阪に転勤になった若い人が、郊外の街角で見かけた市議選か何かの選挙演説で「大阪を日本一の街に」と言っていたのがまったく理解できずとても驚いた、と話していた。東京以外が日本一になるというか、比べること自体が想像がつかない。あんなこと本気で考える人がいるんですか、単なるかけ声に過ぎなくてもどんな感覚か全然わからないんですが、と。

大阪でも、誰も本気で「日本一」などと思ったりはしなくて、空虚な響きもあるだろう。「中央」との関係のせいだけでなく、東京以外の場所では閉鎖的だったりあちこち硬直化して若い人や新しいことが入りにくかったりする難点も、よくわかっている。

「東京」と「それ以外」になった社会の中で、それでも、地方がさびれることは当たり前じゃないしそんなに「首都」だけが特別じゃなくてもええんちゃうん、と空気を読まずに言ってみようと、わたしは思ったりしている。

「日本一」がいいとも思わないし、たまたま大阪のことしか書けないだけで大阪がほかの街よりいいとか対抗したいのではなく、人文地理学専攻としては、一極集中よりも軸がいくつもあったほうがいい、いろんな街や地方にそれぞれの文化や豊かさがあったほうがいいと考えているから。

東京は、広くて、西側と東側でも別の街のようだし、どこに行っても人が多くてびっくりする。首都としての東京とローカルなそれぞれの東京が重なったりすぐそばなのに関わり合わなかったり、「東京」が指す中身は様々だ。「首都の東京」が「ローカルな東京」を侵食しているとも感じる。どの街でもどこに立っているかで、見えている風景は異なる。

庭が広々とした邸宅の隣に、古くて薄暗いアパートがある。邸宅の庭が見えないように、アパートの窓は半透明の波板で隠されている。世田谷の高級住宅地はかなり高齢化が進んで、空き家も多い。人もお金も集まっているからこそ、見えにくくなっている問題や貧困がある。

「東日本大震災からの復興」という言葉を利用して勝ち取ったオリンピック開催が迫っていて、新型コロナウイルスの影響で突然学校が休校になり演劇もコンサートも中止になったのに、東京マラソンは開催された。オリンピックのために公園も公共施設も今年は使えないところが多い。

観光客は激減したけれど、それでもオリンピックを当て込んだ新しい施設が次々に開業する。派手な広告が展開され、その光の下を歩いていると、自分が育った、この連載の一回目で書いたような、スクラップ工場と錆びついた機械と大型トラックやミキサー車が土埃を上げて行き交う道路を思い出すのは難しくなる。湾岸の埋め立て地のあの場所は、もう遠い昔になくなったと錯覚しそうになる。変わらずにあるのに。都心に何本も何本も生えてくる超高層ビルの、鉄骨やコンクリートはどこから来るのか、誰が作っているのか、取り壊された瓦礫はどこへ行くのか、考えなくなっていく。

数分遅れただけで一日中謝罪のアナウンスが続く電車で、ラッシュ時にはいつも前の電車がつっかえてのろのろと進まない超満員の車両で限界まで苛ついている毎日の中で、ここではない場所のことを考える隙間なんてない。

あの大阪の湾岸の、さらに埋め立てて作った土地で、万博をやるのだという。

大阪にいないわたしは、大阪でそれがどんなふうに受け止められているのか、わからない。

思い浮かぶのは、吹田《すいた》の万博記念公園だ。

一九七〇年に万国博覧会が開催され、延べ六千万人以上という想像を絶する人が訪れた、その場所。

公園になったそこは、以前はあったタワーもなくなり、万博のあとに作られた国立民族学博物館はあるものの、十数年前には国立国際美術館も中之島《なかのしま》へ移転して、ますますぽかーんと広い緑地になった。万博の終了後に植えられた木々が、だんだんと自然の森に近くなってきている。十三年前、わたしはその植生の変遷を観察するエッセイを書くために、二年間万博公園へ通った。

季節ごとに咲く花や色づく木の葉を見て、広大な敷地を歩き回った。樹冠を観察できるように作られた空中の遊歩道を何度も歩いた。どの季節も素晴らしい風景だった。

平日には、桜の季節でもない限り、ほとんど人はいない。とても静かで、だだっ広い芝生の片隅にときどき、石碑が見つかる。森の中に、遊歩道の脇にひっそりとあるそれは、「アフガニスタン館」「ブラジル館」などと書かれた、各国のパビリオンの跡地を示すものだ。平べったく地面に埋め込まれた墓石のようなそれに、気づく人も少ない。何度当時の写真を見ても、そことここが一致しない。

万博が開かれたそこには、当時のものは太陽の塔と鉄鋼館以外、ほぼなにも残っていない。

森を切り開いて作った空き地が、また豊かな森へと戻っていく途中だ。

今日は、二〇二〇年三月一日。夜、近所のドラッグストアに行くと、まだ棚は空っぽだった。スーパーにもコンビニにも、トイレットペーパーもティッシュペーパーもウェットティッシュもないままだ。

たぶん商店街の焼き鳥屋の、白衣を着た背中の曲がったおじいちゃんが、お店の人にトイレットペーパーはないかと、尋ねていた。明日になっても入荷するかどうかは届いてみないとわからないいんですよ……。そうですか……。困り果てたその小さな後ろ姿に、お店の人もとても申し訳なさそうだった。

家に帰ってから、そうや、先週買ったばっかりでうちにあまってるのをあのおじいちゃんにあげたらよかったんや、と気づいてとても後悔した。

東京オリンピックまで、あと百四十五日。

大阪万博までは、あと何日やろう。

散歩は終わらない

岸政彦

ふと思い出したことを書く。

十年ほど前。その日、私は当時所属していた大学でゼミをしていた。その途中、十四時ごろに、連れあいの「おさい先生」から携帯に着信があった。私のゼミがある日だということは知っているはずで、だから緊急の電話にちがいない。電話に出ると、いま曽根崎署におるねんけど、と言う。驚いて、どないしたんやと聞くと、痴漢に遭った。正確に言うと盗撮やけど。と言う。大丈夫か。うん、大丈夫。そうか、いまゼミの途中やけど、行ったほうがいい？ うん、来てほしい。

私はすぐに滋賀県の山奥にあるキャンパスを出て、大阪行きの新快速に乗った（いまから思えば京都駅から新幹線に乗って新大阪まで行けばよかった、そうすれば三十分以上短縮できただろう）。

たしかもう、夕方をかなりすぎていたと思うが、曽根崎警察署についたとき、おさい先生はまだそこにいた。受付で名前を名乗ると、何階にあるどの課かも忘れたけど、とにかく通してくれて、曽根崎署の古い建物の薄暗い廊下に、おさい先生が座っていた。

聞いてみると、こういうことだった。

おさい先生はその日、梅田にある古い雑居ビルのなかの貸し会議室で開かれていた研究会に出席していた。昼の一時ごろのこと、途中でトイレに行って個室に入ると、なにかが目の端にうつった。ふと見上げると、個室の壁は天井の手前で途切れていて、上の方ががら空きになっている。そこに、隣の個室からだれかの腕が伸びていて、その手に携帯が握り締められていた。そしてその携帯のシャッター音が響いた。

盗撮された、と気付いた瞬間、気がつくと個室を飛び出していて（まだそこに入ったばかりだったので服を着ていた）、腕が伸びてきた隣の個室のドアを外側から押さえつけて、痴漢が逃げられないようにした。

しかし、防犯ベルはトイレの入り口のほう、はるか彼方にあって、ドアを押さえたままでは手が届かない。ドアを押さえるのをやめてベルを鳴らしにいったら、痴漢が逃げてしまうだろう。一瞬迷っていたら、ドアがすうっと内側に開いた。内側に開くドアだったのだ。痴漢はそのドアの内側から鍵をかけていたのだが、観念してその鍵を開けたから、自然にドアが内側に開いたのだ。

なかにひとりのおっさんがいた。相手が女だから、逃げられると思ったのだろう。自分から鍵を開けたのだ。このままだと逃げられてしまう。

おさい先生は、咄嗟《とっさ》におっさんの顔面を殴った。

当時、彼女はダイエットを兼ねて「コアリズム」というエクササイズDVDを購入し、毎日熱心にやっていた。そのためにおそらく、体幹の筋肉が――コアリズムでいうところの「コアマッスル」が――鍛えられていたのだろう。

一発でおっさんのメガネが飛んでいき、おっさんはその場でおとなしくなった。

そのあと防犯ベルを鳴らしたら、まわりのオフィスで働いていた人たちがわらわらと出てはきたものの、何が起きているかわからず、ただぼおっと突っ立っている。

おさい先生が「そいつが痴漢や！　動けや!!」と怒鳴ると、やっとみんなで取り押さえてくれた。曽根崎署から警官がすぐに来て、盗撮犯はその場で身柄を拘束された。おさい先生も曽根崎署に行って、被害届を出すことになった。女性の警察官が親身になって話を聞いてくれたらしい。

被害の状況を聞き取られているときに、「犯人はこの男で間違いないですね？」と警察官が持ってきた写真の、犯人の顔は、包帯でぐるぐる巻きにされていたという。

おさい先生のブーツにもすこし返り血が飛んでいたが、警察官から「それキッチン用のアルコールできれいに取れますよ」と教えてもらった。

事情を聞かれてるあいだ、中年の刑事が何人か、わざわざその部屋にやってきて、姉ちゃん、痴漢殴ったんやて？　偉かったな！　正当防衛やから心配ないで！　と褒められた。押収された携帯電話には、何も写っていなかった。失敗ばかりしていたのだ。

そんなところに、ようやく私が曽根崎署に着いたのだった。痴漢を殴った、ということは、だいたい電話では聞いていたが、あらためて聞いたら、ほんとうに無事でよかった、逆ギレされて何されたかわからない状況だったのに、と思った。

でも、殴ったんや。

うん、メガネが飛んで、血だらけになってた。

曽根崎署の薄暗い廊下で、ふたりで爆笑した。

おさい先生は震えていた。

それからしばらく、半年ぐらい、駅やデパートやスーパーの公衆トイレを使うことができなくなっていた。あのときを思い出すと、怖くて使えなくなっていたのだ。

でも咄嗟に、自分が授業で教えてる女子学生たちが浮かんでん。もし学生が被害にあってたら、と思って。

そうか、そうやな。

私は咄嗟に拳を出したおさい先生のことを、心から誇りに思った。

あるいは、まだ緊急事態もコロナも何もないときの話。

京都の職場から、大陸横断鉄道の特急に乗ってはるばる大阪まで帰る途中、横のボックス席に座っていた四人ぐらいのひとが話していた会話。

そのひとりの若い女性が、以前、高槻のマンションの十階に住んでいた。隣には老夫婦がいた。夫も妻もとても感じのよいひとで、仕事をリタイアして夫婦で悠々自適、という感じだった。いつも廊下で会うとにこにこと挨拶をしてくれた。旦那さんは奥さんとほんとうに仲が良くて、いつも一緒にいた。

ある晩、寝ようとして電気を消すと、ベランダに誰かがいる。

十階なので、まさか人ではないだろう、と思ったが、怖くなって明かりをつけてベランダに出てみると、ベランダの柵の「外側」を、その旦那さんが握って、空中に浮くようにして、こちらの部屋をじっと見ていた。十階の高さにある柵をつたって、彼女の部屋のベランダまで来ていたのだった。

特急の車内は静まりかえっていた。たぶん全員が彼女の話を聞いていたのだと思う。

いやああ怖ぁあああ、と、同席していた友人が言った。そやろ怖いやろ。めっちゃ怖かったで。ほんでそのあとどないしたん。いやもうしょうがないから、奥さんに事情を話して、やめてもらうように言って。

いつのまにか引っ越しておらんようになってた。

そりゃそうやわな、もうおられへんわなあ。

廊下で出会ってにこにこと挨拶をしているとき、どういう気持ちで彼女のことを見ていたのだろうと思う。

部屋でだらだらと仕事をしていると、いろんなことを思い出す。

「緊急事態宣言」というものが出され、強制的に在宅ワークになり、ずっと家にいると、もともとオンとオフとの区別のない生活が、さらに区別のないだらだらしただらしないものになり、そうするとなかなか「寝る」ことのふんぎりがつかずに、いつまでも起きている。もともと、寝るということにはかなりの勇気が要る。意識を失うのが怖いのだ。寝るという決断を下し、寝るために風呂に入り、寝るための服を身につけて、寝るための部屋へ移動するのが怖い。億劫《おっくう》で、面倒で、重荷だ。とくに家から一歩も出ない日が続くと、もう何時になっても寝る「理由」がない。

つい酒を飲んでしまう。もともと家ではめったに飲まなかったのに、最近は毎晩のように、少しだけだが、飲むようになった。

もともと家では飲まなかったといっても、たまには飲むときもあり、そういうときは眠れないときが多い。けっこう飲んで、頭がぐるぐるしてくると、よくひとりでGoogleマップで知らない町に行って、ストリートビューでいつまでも歩いた。とくに「スナック検索」が好きだ。

出張に行くのはほとんど那覇と東京だけで、三十年以上もほとんど大阪から出たことがないのだが、それでもなぜか西日本の街は縁があって、だいたい行ったことがある。学会や研究会などもある。でも東日本はほんとうに縁がなくて、東京以外はほとんど行ったことがない。いまだに東のほうには慣れない。フォッサマグナを越えると気候も風土も植生も違う、別の国だなと思う。

だから、ひとりで夜中に酔っているときに見るのは、だいたい東北か北海道だ。どの街も、どこにも行ったことがない。どの街も知らない。

能代、というところでカーソルが止まる。のうしろ？　のしろ？　東北の、秋田県の、日本海に面した小さな街だ。そういえば、バスケで有名なんだっけ。

適当にマップを拡大して、検索窓に「スナック」と入力する。私はいつもこれをやる。実際に知らない街に出張に行くときもやるし、こうやってひとりで遊んでいるときにもやる。マップ上で「スナック」で検索すると、どんな小さな街でも、いくつかのピンが集中する区域がある。それが、その街のいちばんの盛り場だ。

能代《のしろ》はおおよそ、「柳町《やなぎまち》」というところが飲屋街らしい。小さなイオンがあり、その西側と北側に飲み屋が集まっているようだ。ストリートビューで降りていく。

大阪のミナミや新地、東京の銀座や赤坂でよく見るような、十階建てぐらいのスナックビルが並んでいるのではなく、平屋や二階建ての小さな民家のような建物が静かに並んでいて、スナックやバーや居酒屋の看板がついている。ほんとうに人が住んでいる民家もふつうに並んでいる。

少し歩くと盛り場はすぐに終わり、二車線の道路に出る。イオンまで戻ってから東側を歩くと、道の両側にアーケードのついた、小さな商店街になっていて、寿司屋や服屋が並んでいる。

どこもシャッターが多い。民家なのか飲み屋なのかわからない平屋が続く小さな街を、スナックの看板を読みながら、どこまでも歩く。すぐに盛り場からは出てしまって、普通の住宅街に戻る。小さな小学校がある。

「北羽新報社《ほくうしんぽう》」と書いてある小さなビルを見つける。日本の地方都市には意外にこういう地元紙が多くて、いまも元気に活動している。検索してウェブサイトを見る。バックナンバーで読めるニュースはどれも、地域密着すぎる内容で、とても、とても面白い。いつまでも読む。能代工業高校のバスケ部のコーチが突然退任した、という話がトップニュースになっている。

気がつくと二時間ぐらい過ぎている。

こういう感覚、こういう気持ちは、いったい何だろうと思う。どうして私はいつも、知らない街の知らない路地裏の、知らないスナックや寿司屋の看板に、これほど憧れるのだろうと思う。不思議だ。なぜこの街の路地裏の、小さな「スナック琥珀」や

「スナック777」や「浜小屋梅ちゃん」の看板を見て、こんなに胸が苦しくなるんだろう。

いまもこれを書きながら、実際にGoogleマップで、能代の柳町を歩いている。琥珀も777も梅ちゃんも、実際にそこにある。まわりの音が消えて、頭のなかがしんと静かになり、胸が苦しい。

この緊急事態宣言のもとで、私とおさい先生も在宅ワークになり、Ｚｏｏｍというアプリの使い方を覚え、授業も会議も院生の個人指導もぜんぶそれでやっている。だから、いつにもまして、大阪の街を散歩している。この一ヶ月で歩きすぎて足を痛めて、「足底腱膜炎《そくていけんまくえん》」っぽい何かになってしまったぐらい歩いた。

歩いて何をしているかというと、ずっと家を見ている。家、家、家。大阪はどこまでも家が連なる。窓、玄関、ガレージ、植木鉢、自転車。アパートの窓、マンションの窓。町工場の窓。そしてスナックや居酒屋。

大阪の街の、蒲生《がもう》や今里《いまざと》や住之江《すみのえ》を歩いても、いつも思う。ここで生まれてここで育って、ここで暮らしていた人生もあっただろうかと。日本海に面した東北の小さな港町をGoogleマップで歩いていると、それをさらに強く思う。ここで始まり、ここで終わった俺の人生もあっただろうかと。

しかしまた、こうも思う。もしそうやって、能代の柳町で生まれて育って、そこで暮らしていたとしたら、私はたぶん夜中にひとりで酒を飲みながら、大阪というまったく知らない街の、蒲生や今里や住之江という珍しい名前の街の路地裏を、Googleマップでいつまでも散歩しながら、ここで生まれてここで死ぬ人生もあっただろうかと思うにちがいない、と。

この感覚、この気持ち。胸が痛くなり、頭のなかが静かになる、この気持ち。マップで東北の小さな港町を覗いたり、なにも特徴のない、これといって変わったものもない大阪のただのふつうの住宅地を、足を痛めるほど何時間も歩き続けるときに感じるこの気持ちは、他者に対してのみ持ちうるものである。

もし自分がほんとうに東北の港町や、ただ歩いて通り過ぎるだけの大阪の住宅地のどこかで生まれ育ったら、そこは自分にとっては、何も感じない、ただのふつうの、自分自身でしかないだろう。

私たちは自分というものに対して、憧れを持つことができない。自分自身に憧れる、ということは、たんに実際に難しいというだけでなく、どこか「文法的に不可能」なところがある。私たちの脳はおそらく、そういうことが「できない」ようになっているのだろう。自分自身に対して、胸がざわつき、頭のなかが静かになるような、激しい憧れの気持ちを抱くことはできないのだ。これは自分が好きとか嫌いとか、そういうこととは関係がない。もっと単純な話だ。私たちは、いま現在の自分に憧れることは「できない」ように作られているのである。できるとすればそれはせいぜい、過去の自分や未来の自分に対してだろう。

私たちは、他人になりたいのだと思う。しかしもしそれが実現してしまったら、それは他人ではなくただの自分だ。他人のままで他人になることはできない。なってしまった瞬間にそれは自分になってしまう。

だから私たちは、この憧れの強い気持ちを、実現することができない。私たちは絶対に——それこそこれは「文法的」な事実なので、「絶対」という言葉を使ってもよいと思うが——その気持ちをわがものにすることができないのである。私たちはそういう生き物なのだ。どうしてかはわからない。ただそうなのである。

したがって、私たちの散歩には、終わりはない。私たちは永遠に満たされない憧れを抱きながら、西九条や江坂《えさか》や堺東《さかいひがし》や放出《はなてん》や布施《ふせ》を歩き続けるのである。

東北に行ったことがないと書いたが、一度だけ、福島に行ったことがある。福島大学の方からお招きいただいて、学生さん向けに、フィールドワークについての講演会をしたのだ。福島大学だから、福島空港だろうと、ほとんど何も調べずに伊丹《いたみ》から飛行機で行ったら、空港から街が遠くて驚いた。着陸するときに見た周辺の街並みが、家の構造も街の構造も、生えている植物の種類もまるで違うような、外国のような風景だったことをよく覚えている。

その講演会のあとで、その学科の方がたと飲み会になり、はじめて行った福島の街で、私は相当酔った。○時ごろになり、飲み疲れ、喋り疲れた私は、お先に失礼させてもらった。夜中の、福島市の、はじめて来た街の路地を、ひとりで歩く。まだ十一月だったが、大阪に比べると想像以上に寒く、私は凍えていた。

そこに「スナック愛」という看板がぼんやりと光っていた。ああ、ここに愛を見つけた。私はおもわず笑ってしまって、その店に入った。ママがひとりでいて、客はいなかった。まだ店やってますか？　もう閉めるところですけど、いいですよ。

ママは広東省《カントン》から来たと言った。広州市《こうしゅう》？　ううん、もっと田舎。ずっと田舎。何にもないとこ。

妹と一緒に日本に来たのが二十年も前で、妹はいまも東京にいる。大阪で働いたこともあるよ。

そうなんや。

ビールを飲みながらぽつぽつと言葉を交わす。三十分だけ、一本だけ飲んで、すぐに帰る。そのまま場所も忘れてしまって、もしまだ営業してるとしても、二度と行けないと思う。

ただそれだけの話だが、中国の、遠い街からやってきた姉妹が、それぞれ東京と福島で、こういう仕事をして、日々暮らしている。

福岡に出張したとき、同僚の教員たちに体調が悪いから先にホテルに帰りますと嘘をついて、ひとりで中洲《なかす》で飲み歩いた。ふらりと適当に入ったバーのバーテンの女性が沖縄出身で、米兵とウチナーンチュの女性とのあいだにできた子どもだった。子どものころは相当いじめられたという。シーバスリーガルのロックを注文したら、さしだす腕の手首がナイフかカミソリで切った傷だらけになっていた。

広島で研究会をしたとき、流川《ながれかわ》というところで適当に目星をつけて入った小料理屋のママから聞いた話。

福井で講演会をしたとき、たまたま記録的な豪雪で、一軒だけ開いていたショットバーで聞いた話。

金沢の古本屋カフェでたまたま会ったひと。

札幌の公園で抱き合ったどこかの犬。

大阪の街ですれ違う人びと。

街中を歩く、ということは、人の家を見ながら歩くということだ。どこまで歩いても家がある。人も歩いている。このひと月の在宅ワーク期間で、とにかくよく歩いた。ある日、大阪市内の、鶴橋のあたりを、五時間ほどかけて、公園やスーパーのベンチのコーナーなどで何度も休憩しながら、二十㎞ほど歩いた。わずか五時間でも、思い返せば、驚くほどたくさんの人びとと行き交っている。

家を出てすぐのところに小さな文房具屋さんがあって、近くの中学校の生徒向けだったのだろう、何十年も前から開いていたのだが、ついに最近、店主のおばあちゃんが体を悪くして閉店してしまった。

そのおばあちゃんが、ひさしぶりに開いた店の玄関の前で、近所の友だちと立ち話をしていた。

おとうさんがおってくれたらよかってんけどなあ。

何か、ちょっと大変なことが、めんどくさいことが、いやなことがあったのだろうか。旦那さんのことを思い出したのだろう。こんなときあのひとがいてくれたら、と思ったのだろう。

友だちのおばあちゃんもずっと頷いていた。

何があったんだろう、と思う。どんな旦那さんだったのだろうか。どこで生まれて、どこで働いて、どういういきさつでこの街のこの場所で世帯をかまえたのだろう。

そのあと、一時間ほど歩いたところにあった公園で、小学生たちが元気にブランコをこぎながら、

あんたなんか要らん子やわ、家出《いえで》しーって言われたああ。

と歌うように喋っていた。お母さんのあきれるような、笑うような、でもイライラした声が聞こえてるようだ。

鶴橋に近づいたころ、大きな国道の広い歩道を、前からおっさん（というよりおじいちゃん）がふたり、作業服で自転車をこぎながらやってくる。

でかい声でひとりのおっさんが言った。

あっちむいても、こっちむいても、コロナだらけになってまう。

ああ大阪やなあと思う。

このリズム感。

あっちむいても、こっちむいても、コロナだらけになってまう。

ならへんわ、と思わずツッコみたくなる。

このリズム感すごい。

あっちむいても、こっちむいても、コロナだらけになってまう。

口に出して言ってみてほしい。

そのあと、若いお母さんがひとりで自転車に乗って片手で携帯で喋りながら通り過ぎていった。

結婚生活があったんやから取れるもんは取らな、なあ。

同感である。

ほんとにそう思う。

そのあと夜になり、路地裏の小さなマンションの三階の部屋のベランダの窓が開いていて、なかで大勢でわいわいと飲み会をしている賑やかな声が聞こえた。
女性の声でこう叫ぶのが聞こえた。
そういうこと言うて、セックスしたらボロ雑巾みたいに捨てるんやろ。
爆笑する声が聞こえた。

わたしがいた街で

柴崎友香

一九九七年四月、大学を卒業したわたしは、産業機械の会社に就職した。場所は大阪市中央区西心斎橋《にししんさいばし》。カンテ・グランデアメリカ村店のすぐそばのビルだった。

就職氷河期のまっただなか、小説家になるからと大学三年になるまで企業で働くことを考えていなかったわたしは、急に始めた就職活動がうまくいくはずがなかった。何十社も落ちた上に、超買い手市場の企業側に理不尽な扱いを受けることも多かった。

唯一、役員面接まで残った会社は、面接前に十人ほどの学生を集めた部屋で一人ずつ順に家族全員の名前、年齢と会社名、学校名までみんなの前で言わせた。その上、狭い部屋で一対一の面接をした役員は、わたしの父親が勤める会社（同じ業界の小さい会社だった）を「この業界のことはなんでも知ってるけど、そんな会社は聞いたこともないなあ」と嘲笑し、二十分のうち十五分を得意先からかかってきた電話に出て「また今度ゴルフ行きまっかー、社長にはほんまかないませんわー」とどうでもいい話をし続けた。その間、電話機の本体は隣に控えている女性社員の膝の上に置かれており、女性社員は困ったような愛想笑いをわたしに向けるだけで最後までひと言もしゃべらず、入社したらこの地獄に行くわけやな、おっさんに電話機を膝に置かれて愛想笑いせなあかんのやな、というわけで、社長面接の連絡が来たが断った。「理由を教えてください」と聞かれて「行くわけないやろ、あほか」と言いたかったが、なんと答えたかは忘れた。

一般企業はやめて、小規模な事務所的なところで事務職にと思って学校の求人票を見て法律事務所に連絡をすると、どんな仕事か実際に見てもらったほうがわかると思うから三日間見学に来てください、と言う。行ってみると、もう一人同じ立場の女子学生が前日から来ていて、たまたま大学の同級生の幼馴染みだった。事務作業なども教えられたが、メインは所長である弁護士のお弁当を並べることだった。蓋はここ（そう！　蓋まで開けてやるのだ！）、お茶はここ。そして、健康法で飲んでいるという腐敗しているとしか思えない悪臭のする謎のスープを魔法瓶から注いで置くこと。どこかから電話がかかって来てその弁護士が出ると、スピーカーで事務所中にそのやりとりが流される。恫喝にしか聞こえない言葉は、法律的には正しいものかもしれないが、延々と聞かされると気が滅入った。さらに、職員の女性たちは、これまでに来たわたしたちと同じ立場の女子学生の悪口をずっと言っている。今の学生は非常識だ、就職への考えが甘い、先週のあの子もひどかった……。帰り道、もう一人の子と、二度と来ないようにしようと決めた。

個性を知りたいからリクルートスーツなんて着てこなくていいという言葉を真に受けて会場で一人だけ白いシャツ姿で目立ってしまったり（もちろん落ちた）、大手企業とは違ってウチは不採用の方にも誠心誠意ご連絡いたしますと言われたのに音信不通で連絡をしてみたら面倒そうに電話を切られた翌日に履歴書だけを速達で送り返されたり、こうして文章に書いて消化するくらいしか役に立たない経験ばかりが続き、わたしは就職活動を夏休みで一区切りにした。そもそも小説家になる予定なのだし、パートかアルバイトで小説を書く時間を確保する方向で考えよう。小説家になると決めているのに生半可に就職活動などしたのが悪かった、真剣なほかの学生たちにも申し訳ない。

しかし、そう思えたのも実家に住んで生活していけたからで、同級生や友人たちはこのときにいわゆるブラック企業（当時はそんな言葉もなかった）でも就職せざるを得ず、その後、体を壊したり非正規雇用を転々とするしかなくなったりした人（特に女子）が何人もいる。あの膝の上に電話機の会社の説明会で同級生にばったり会ったのだが、だいぶ後になって彼女がそこに就職を決めたと知り、とても複雑な気持ちになった。

夏休み以降に探しては受けた会社も全部落ち、一月の末に卒論を提出して、階段を下りていたら、同期の男子に呼び止められた。〇〇先生が就職がまだ決まってない人を探してるんやけど誰か知ってる？　あ、わたしわたし。と、そのまま、話を聞きにいった。七年ほど上の先輩が勤めていた会社を出産のために辞めるので、試験を受けたい人がいたら連絡してほしい、との内容だった。

紹介で条件がよくなるわけではなく、チャンスがあるという提示。わたしは就職課（といっても、小部屋に求人票のファイルが置いてあるだけだった。ほんの数年前までの公立大学は就職がなんなく決まっていたので、氷河期の状況にほとんど対応していなかった）へ行き、その企業の求人票を確かめた。産業機械。就職活動でも縁のなかった分野だった。職務内容は、一般事務、および社内報の作成。これは興味がある。給与や休日は平均的でそれなりにいい。でも、もう就職する気がなくなってるしなあ、一応、場所を確認しとくか、と見た住所は西心斎橋。カンテの近くやん。

そしてわたしは幸運にも、心斎橋のど真ん中、大好きなアメリカ村に位置する会社に勤め始めた。国立民族学博物館（みんぱく）と並ぶこの世でいちばん好きな場所、大丸心斎橋店まで徒歩五分。その隣には、村野藤吾設計のそごうもまだ健在だった。北海道物産展のときは、お弁当を食べていたグループの先輩たちと手分けしていくら弁当やかに弁当を買って食べ、セールの時期には日程表を細かくチェックして昼休みにも帰りにも買いに行った。

通勤は市バスだった。新歌舞伎座《しんかぶきざ》の裏のバス停から会社まで、アメリカ村の裏道を歩いて通った。入社一年目は、前年、一九九六年に京都府八幡《やわた》市の理髪店で中野会会長が襲撃された事件から暴力団の抗争が激化して京阪神は不穏な空気が続いており、この年の八月には新神戸オリエンタルホテルで山口組の宅見若頭が射殺された。通勤の途上にどこのかは知らないが組事務所があり、その前に二十四時間パトカーが常駐していて排気ガスでアスファルトが変色しているのを、毎朝横目に見ながら歩いていた。

仕事は十八時に終わって、残業もほぼなく、わたしは毎日寄り道をした。三年と九か月の会社勤めの間、どこにも寄らずにまっすぐバス停へ行ったのは四日しかない。その四回は、急ぎの用事があったか体調が悪かったかのどちらかだ。

今日はアメリカ村を回ろうか、心斎橋筋商店街を歩こうか、なにも買わなくても店に入らなくても、大勢の人がいる商店街を歩いているだけで楽しかった。一時期は、戎橋のゲームセンターで一人でクレーンゲームをやったり一人でエヴァンゲリオンのプリクラばっかり撮っていたこともあった。

歩き回るのが楽しかったのは、大学で人文地理学を勉強したことも大きかった。高校生のころは哲学をやろうと思っていたが、自分はどうも抽象的なことよりは具体的なことから考えるほうが向いているようだと思い、一浪後の年は美学や美術史を学べるところを受験した。入学した大阪府立大学総合科学部は、入ってから専門を選べ（文系で受験して理系に進むこともできた）、一般教養で取った都市地理学の授業があまりにおもしろかったので、そのまま人文地理学を専攻にした。

みんぱくやテレビの紀行番組が大好きで、子供のころに旅行しても遊ぶ施設や海や山ではなく屋根や玄関の形が違うことにばかり気を取られていたので、人文地理学と出会ったことは必然ともいえる。

出席した授業は、大阪の街の成り立ちを解説するものだった。碁盤目状の街に人が集まって商業が発展すると、街のまとまりが一区画ではなく、通りの両側になる（地図を見ると確かにそうなっている。さらに発展すると、一方向の通りだけでなく、そこに垂直な筋にも商店のまとまりが形成され、街の区画はさらに複雑になる。京都中心部はこの形）。そうしてできた「両側町《りょうがわまち》」である、道修町《どしょうまち》、淡路町《あわじまち》、備後町《びんごまち》、博労町《ばくろうまち》などは、東から順に一丁目、二丁目、と並んでいる。これは大阪城を中心として、大阪港へ向かっている。その東西方向の「通り」（土佐堀《とさぼり》通り、本町《ほんまち》通り、千日前通りなど）が近世大阪の中心軸で、当時は脇道であった南北方向の「筋」（御堂筋、谷町筋《たにまちすじ》など）が中心軸となったのは、近代に鉄道ができて、東海道の大阪駅と奈良・和歌山からつながる天王寺駅を結ぶようになってから……。

自分が今まで自転車やバスで移動し、歩き回ってきた場所がそんな歴史の上に形成されていること、つまりはここで生きてきた人間の意思が形となって表れているのだということに、わたしは言いようのない感動を覚えた。街を歩いて目に入るものすべてが、誰かの生きた跡、その積み重ねなのだ。

特に、大阪市営地下鉄御堂筋線の話には胸を打たれた。近代の大阪を大改革した關《せき》市長は、それまで中心だった谷町筋や堺筋ではなく、大阪駅、難波駅、天王寺駅をつなぐ御堂筋を中心にするため、道路幅を四十四メートルに拡げ、同時に地下には御堂筋線を建設した。地下鉄御堂筋線は、開通当時一両しかなかったが、将来十二両編成になっても使えるようにプラットフォームを作ったので、現在でもそのまま使える。駅はドーム屋根の広大な空間で、空襲のときは心斎橋駅にたくさんの人が逃げ込んだ。職員の判断で夜中に地下鉄を動かして、それに乗って大勢の人が逃げることができた。

何十年も前の人が将来を見越して作った道路と地下鉄と駅。その「将来」を、わたしは生きているのだと思うと、ますます、自分はこの街によって育てられている気がした。

ほぼ当時のままに残る心斎橋駅の高いドーム屋根と蛍光灯でできたモダンなシャンデリア、それを見上げながらエスカレーターを上り、改札を出ると大丸心斎橋店の入口がある。きらきらしたお菓子が並ぶ食品フロアのエスカレーターに乗ると、今度は、ウィリアム・メレル・ヴォーリズが設計したあの美しく華やかな大理石とステンドグラスの天井やライトが見えてくる。美しいものへの憧れと高揚が詰まった、わたしにとってそれは現実に存在する夢の場所だった。

人文地理学の授業では、過去の大阪の空中写真も見た。位置を少しずつずらして飛行機から撮影した空中写真を二枚並べて専用のレンズを覗くと、写された土地が立体的に見える。空中写真は戦前から数年ごとに撮影されていて、日本全土の写真が研究室には揃っていた。

戦後すぐの時期は、写真はアメリカ軍によって撮影されている。昭和二十二年ごろのその写真を、立体視用のレンズで覗いた瞬間のことが忘れられない。

よく知っている大阪の中心部、碁盤の目の街は、道路しかなかった。街区は空襲で焼き尽くされ、更地のようだった。ぽつぽつとバラックのような建物がある。爆弾が落ちた円形の穴がまだあちこちにある。現在は店が密集していちばん騒がしいはずの場所には、野菜が植えられている。大根の葉っぱみたいなのが並んでいるのが、はっきりと見えた。空襲があったことは当然知っていたし、焼け野原になってと聞いたこともあったが、それがどういうことなのか、そのとき初めて、その一瞬に、理解した。

わたしは、この焼け跡の、おそらく大勢の人が死んだ、爆弾の穴の、大根畑の、その上を毎日歩いているのだ。

卒論を書くために、大阪の今や昔の写真を集めた。空襲直後の写真も、たくさんあった。焼け残った大丸とそごうだけが、そこがどこだったかを教えてくれた。戦争が終わったとき、なにもなくなったこの街で、焼け残ったあの二つの百貨店の建物は、どれだけ大阪の人の希望になったやろう。

いつかこの感覚を小説に書きたい、とわたしは思った。

ここを歩いているわたしと、いつかここを歩いていた誰かが、会うことはないけれど、確かに同じ場所にいる、その感覚を。

わたしは、やはり大学時代に始めた写真を撮りながら、大阪を歩き回った。最初は一眼レフに白黒フィルムで、それからコンパクトカメラにカラーフィルムで、ポラロイドで、過去と現在を同時に見ていた。

大学を卒業する直前から、友人関係が高校時代の友だちに戻った。特に、ビートルズのCDを全部貸してくれて、六〇、七〇年代のロックや日本の映画やドラマを教えてくれたYと、よく会うようになった。同志社大学で大学院に進学し、アーモスト寮というところに住み始めた、ええとこやから遊びにおいでよ、と言うので、行って見ると、自分がイメージしていた学生寮とはまったく違う、煉瓦造りの洋館だった。

大丸心斎橋店と同じヴォーリズが設計したその建物は、同志社大学の敷地内、相国寺の門のすぐ前にあり、芝生の庭が広がる静かな別天地だった。男女混合の自治寮で、寮生たちは寮ネーム（学生っぽい悪乗りの下ネタなので具体的には書けない）で呼ぶことになっていて、寮に出入りするその友だちだか知り合いだかよくわからない人たちもよくわからない名前で呼び合い、そこではわたしは初めて、年齢や肩書きのわからない、本名さえもわからない人たちとの交流を得たのだった。

ちょうど、高校時代に仲のよかった、この連載の四回目で大阪城公園でわたしの家出を止めてくれた友人が、京都の大学を卒業して、町家をルームシェアして住み始めていて、わたしは、九七年の秋ごろから毎週末を京都で過ごすようになった。金曜日に会社が終わるとそのまま梅田から阪急電車で京都へ行き、アーモスト寮の空き部屋に泊まり（その後、寮生とつきあうようになってそれからはその人の部屋に泊まっていた）、日曜の夜に大阪へ戻る。Yがバンドをやっていて、京大の吉田寮のイベントに出るからということで手伝いに行ったり、自転車でうろうろしたり、桂枝雀のレコードをかけて宴会をしていたら飲み過ぎて友人に大変迷惑をかけたり、この時期が大学時代よりも学生みたいな、無意味で楽しい時間だった。

京都が楽しかった理由の一つは、街の中心部に大学が多くて、学生の居場所やイベントがそこらじゅうにあったからだった。大阪は、中心部に大学がほとんどない。学生運動の時代に学生が集まらないように郊外移転が進められたというのはどこまでほんとうかわからないが、大阪のたいていの大学は郊外の不便なところに位置していて、他大学の学生と交流する機会も少なかった。

関西は、京阪神の三つの都市のバランスで発展してきた都市圏だが、「京都で学び、大阪で稼ぎ、神戸で暮らす」のが理想と言われたように、街によって構造や住民の層に偏りがある面もある。わたしは京都で過ごすことで初めて学生文化を楽しむことができたのだった。

Yとは、大阪でライブにもたくさんいった。会社から徒歩五分の心斎橋クラブクアトロや大阪港のベイサイドジェニー。スピリチュアライズド、ジョン・スペンサー・ブルース・エクスプロージョン、ヨ・ラ・テンゴ、コーナーショップ、バーナード・バトラー、ステレオラブ、ティーンエイジ・ファンクラブ……。それから、別のライブ友だちとアタリ・ティーンエイジ・ライオットやソニック・ユース、ルー・リードも。わたしは背が低いのでライブハウスでステージを観ることは最初からあきらめていて、ライブは戦うものだと思っていた。どのライブに行っても必ず白人で同世代のちょっとぽっちゃりした男子がおり、絶対体当たりしてくるので今回は負けへんで、とか思っていた。ひと言もしゃべったこともなかったし、向こうはこちらを認識していなかったと思うが、大阪城ホールのスマッシング・パンプキンズでもすぐ近くにいたときは驚いた。今頃どうしてはるやろうか。

事務職会社員の生活は、ひと言で表すなら、楽だった。アルバイトもして、レポートや卒論を書き、就職活動もしなければならなかった学生生活に比べれば、お金も時間もあった。平日の夜と、大阪の家にいる土日に小説を書いた。

一九九七年。

北海道拓殖銀行が破綻し、山一證券が破綻し、連鎖的に大企業の倒産が続いた。会社で聞く話も、不景気な、暗いことばかりだった。

それでも、世の中全体は、以前の豊かな時代の資産でまだまだ余裕があったと、二十年以上経った今は思う。

夏は寸志だったが、十二月の始め、初めて賞与をもらった。金額を見てびっくりした。自営業だった家ではボーナスで何を買うという話もなかったし、わたしは夏にもらった寸志が賞与かと思っていて、世間で「今年のボーナスは」となぜニュースになんかなるのだろうと不思議に思っていた。そこで示される金額も、ある程度の規模の企業では平均かそれより少ないのに、自分の想像を超えすぎて意味不明だった。就職活動のときに求人票に何か月分と書いてあっても、なんのことかわからなかった。まさか、月給より多い金額をもらえるなんて、想像もしていなかったのだ。

職場で明細が配られ、周囲の人たちが、減った減ったと騒いでいる中、隙間からちらっと金額を確認したわたしは、これで？　減ったって？　と戸惑った。

家に帰って、賞与の額を報告すると、父親が非常に驚いた。父親より、入社一年目、しかも一般事務職で同期の男子とだいぶ差があったわたしのほうが額が多かったのだ。

東京にいて仕事で接する、「いい大学を出ていい会社で働いて」いて家族も大企業などに勤めているのが考えてみるまでもなく「普通」の人と話していると、ふと、そんな状況を話しても理解されないんじゃないかと思うことがある。わたしが「賞与〇か月分」を想像できなかったように、そうでない生活を想像できない人も多いのだろうと思う。環境でなんでも決まるわけではないが、身の回りのことがものごとを見るときの基準になりがちだし、それを越えて外を見ることは思うより難しい。わたしも、ごく限られた状況しか見ていないことを思い知らされてばかりいる。そうして、別の環境に接するたび、新しいことを知る広がりを得ると同時に、わたしは自分が場違いというか、心許ない気がすることがある。自分が文化施設がたくさんある大都市に生まれて、景気のいい時代だったから大学にも行けたことを振り返りもする。違う価値観や環境のあいだで、自分はなにを書けるやろうかと、戸惑い続けている。

小説家になるために就職したので、三十歳までに作家として生計を立てられるようになるために、三十歳までの七年を半分にした三年半は働いてお金を貯め、残りの三年半は執筆に専念しようと計画した。給与は半分を会社の社内預金へ天引きにし、実家にも数万円入れた。残るのはたいした額ではなかった。それでも、実家にいる自分にとってはじゅうぶんなお金だった。わたしは、初めてお金を自由に使えて、行動も自由になって、とても楽しかった。

最初の賞与で買ったミノルタTC－1で写真を撮り、カラーコピーして部屋に貼ったり（ウォルフガング・ティルマンス展を観た影響）、ポストカードにして友だちにあげたり、京都の大学の学祭で売ったりした。

カンテに毎日行けるやん！　と思って就職したが、一般事務職の給与では毎日カフェでランチできるはずもなく、十日に一回ほどの電話番（一フロアの社員が男女一人ずつ、昼休みに電話番として残り、代わりに一時間ずれた昼休みをとる）の日に行くことにしていた。

一九九八年、就職して二年目の夏、遅番の昼休みから戻ってくると、なんか電話あったで、と向かいの席の先輩男性社員からメモを渡された。「カワデショボウ」と書いてある。まず思い浮かんだのは、なにか注文したっけ？　そして、そういう仕事の関係先あったっけ？　だった。三月に「文藝賞」には応募していたが、会社の電話番号なんて書いた覚えはない。

わけがわからないまま、わたしはそこに書かれていた番号に電話をかけた。最終選考に残っていて、急ぎだから、勤務先の社名が書いてあったんで電話番号を調べたんです。

「ほんとですか！」

思わず、大きな声を出してしまった。先輩男性が何事かという顔でこっちを見ていたが、幸い、上司たちはいなかった。電話を切ってから、その男性社員にだけ事情を話した。すごいやん、みたいなことを言ってくれたと思うが、舞い上がっていたので覚えていない。帰り道は、ひたすら中村一義を歌いながら歩いた。

見えない方へ　見えない方へ　進んでくんだっ！　僕は
絶対　迷わない　十年前の僕も言いそうだ
成功と失敗　全部が　絶対　無駄じゃない　もう　全然すぐれないような日々も
絶対ウソじゃない　千年後の僕も僕だ
絶対アセらない　万年前の君も君だ

中村一義「主題歌」

（「永遠なるもの」も「犬と猫」も「金字塔」も、何曲も歌いながら歩きました。わたしの小説『主題歌』のタイトルはここからきています。）

一か月ほどして、今度は自宅にいるときに、電話があった。残念ながら受賞には至りませんでした。だけど、選考委員のお一人が「この人はまた書いて出してくると思うから、今回の受賞じゃなくてもいいと思う」とおっしゃっていたので、また応募してください。

それを聞いて、わたしはとてもうれしかった。「また書いて出してくる」。わたしが小説を書く人なのだと認めてもらえたのだと思った。たまたま書いてみた、というのではなく、何度も、書き続ける人だと。小説家から、そう思ってもらえた。

シナリオや漫画原作の賞に応募したことはあったが小説の新人賞に応募したのはそれが初めてで、それで最終選考に残った上にこんな言葉までもらえるとは、今まで小説を書いて生きていこうと決めていたのは間違いじゃなかったんだと思えた。

翌年の春、次の締め切りまでに書けなかったので応募しなかった。そうしたら、編集の人から電話がかかってきて、別冊で何人か新しい人に短編を書いてもらう企画があるんですが、書きますか、そうすると新人賞を受賞することはできなくってしまいますが。

わたしはとにかく、小説家として小説を書きたかった。商業誌に載って人に読んでもらうこと、そうでなければなにも始まらないと思っていた。だから、はい、すぐ書きます、と返事して、二日で十五枚の短編を書いた。それが「レッド、イエロー、オレンジ、オレンジ、ブルー」で、のちに『きょうのできごと』の一話目になる。デビュー作が雑誌に載っても、誰にも気づかれなかった。単行本が出ても（単行本の話をもらったとき、賞も取っていないし特に評判にもなっていない自分がまさか本を出せるとは思いもよらず、てっきりアンソロジーだと思っていて、途中で自分の本だと気づいてびっくりした）、やっぱり誰にも気づかれなかった。発売日に、会社の近くのOPAの七階に当時あった紀伊國屋書店に昼休みに行って、ほんとうに並んでいるのを確認してあまりにうれしく、エスカレーターの横で英会話教材のチラシを配っていた勧誘のおねえさんに、これわたしの本なんです、デビュー作なんです、と話しかけた。

会社に勤めているそのあと二年の間に、中編を二本書いて「文藝」に載った。

わたしが入社した翌年に商業高校から二人が経理部に入った以降は、本社には新規採用はなかった。わたしはいつまでも直接の後輩がいないまま、やたらと組織が改編されて部署の名前だけが変わって仕事内容は同じだった。

バブル崩壊、阪神大震災、企業再編による主要企業の流出と続く関西の経済では、明るい話を聞くことはまずなかった。経済新聞を開いても、リストラや経費削減などの文字ばかりだった。社内報でも、「乾いたぞうきんをさらに絞る」「ジャスト・イン・タイム」などの解説の記事を作った。文字はＷｏｒｄで流し込み、カットはカット集をコピーして切り抜く、アナログな作業だったが、自分には向いている仕事だった。

資料から紙面を作りながら、乾いたぞうきんをさらに絞ったら、ぼろぼろになるんちゃうん、と思っていた。無駄を減らす、という言葉は理解はできるけれど、そのフレーズばかりがなぜそんなにもてはやされるのか、わからなかった。経費で大きな割合を占めるのは人件費、だからとにかく人件費を減らしましょうとコンサルティングや人材派遣の会社から営業がやたらとあり、入社四年目には、初めて事務職の派遣社員が入った。

二度大きな希望退職の募集があり、親会社と銀行から新しい役員がやってきた。バブル期に一等地に構えた本社は、移転先を探し始めた。信頼していた人が次々と転職や退職していった。同じ部署でなにかと頼りにしていた先輩が結婚を機に退職すると聞いたとき、これ以上続けられない、と思った。それに、「仕事があるから」を小説が書けない言い訳にしたくない気持ちもあった。

二〇〇〇年の年末で、退職した。家事全般と店の事務をやるという約束で実家で暮らした。図書館に行ったり、テレビのミニドラマの構成のアルバイトをしたり、友人と遊んだり、そして小説を書いていたが、退職直後に出た二冊目の単行本もほとんど評判にならず、そのあとに掲載された長編は単行本にできない状態で、なんとなく宙づりのような日々だった。

とにかくわたしも、友人たちも、普段よく会う人たちは金がなかった。中高生のときみたいにどこに行くのも自転車で、人の家や公園で延々としゃべっていた。

Yの新しいバンドのライブがあるというので、数年ぶりに難波ベアーズに行った帰り。近くでそこしか開いていなかった焼き肉居酒屋に入ったが、肉を食べる金はなくて百五十円の冷や奴とビールだけを頼んだ。二階の席で店員もいなくて、隣の会社員の宴会が箸もつけずに大量に残していった皿を横目に、代わりに食べとこか、焼いたらばれるしあかんやろ、としょうもないことを言いながら、どうでもいい話で笑っていた。そんなどうしようもないできごとばかりが、当時のわたしたちの日々だった。

会社を辞めて一年近く経ったころ、『きょうのできごと』を映画化したいという映画監督がいると連絡をもらった。書店で手に取って、とてもおもしろかったので、と言われた。映画化ももちろんうれしかったが、それよりまず、わたしの本を読んでいる人がいるということがなによりうれしかった。ほんとうに自分の本を読んでいる人がこの世に存在する！

映画化の企画はうまくいくものばかりではないが、『きょうのできごと』は、無事に作られることになった。行定勲監督と「文藝」で対談し、制作発表があり、そこから、ようやく仕事が来るようになった。マガジンハウスの雑誌にエッセイを書いたり、インタビュー記事の連載も始めた。この前後から、東京にたびたび遊びに行くようになった。仕事もあったし、ちょうど仲のよかった友人が相次いで東京に引っ越して、泊めてもらうところもあったからだ。

そうして、やっと仕事も順調に回り始めた二〇〇三年。父親に癌が見つかった。末期で、手術もできない状態だった。母が仕事をしていることもあり、わたしはいったん仕事を中断して家事や父親の手伝いをすることにした。数か月は、抗がん剤の効果で日常生活には支障もなく、わたしは少しずつ仕事を再開したり、映画の試写を見に東京に行ったりもできたが、二〇〇四年二月には、年末から急激に体調の悪化した父が、いよいよ重篤な状態になり、入院した。入院したときには、今日明日がヤマですと言われたが、モルヒネの投与で痛みが和《やわ》らいだせいか持ち直した。

母は仕事が終わると病院に泊まり込み、昼間はわたしが病院へ通った。

映画の公開が近づいていて、取材やエッセイの締め切りが続いていた。病床の傍《かたわ》らで、本を読んだり原稿を直したりしていた。窓の外には、港が見えた。工業地帯の真ん中に取り残された、内港の船だまり。鉛色の濁った水面に放置された小型船。錆びついた鉄骨と倉庫、いくつも並ぶクレーン、その向こうに大阪湾岸の巨大な橋。わたしが生まれて暮らしてきたこの街の風景だった。

激痛を抑えるためのモルヒネで、父は意識はあったが、朦朧としていた。人が変わったようになることがあるから、と医師から言われたが、わたしは、抑圧がなくなったせいで今まで言わなかったことを言うようになったのだと思った。

あるとき、話がある、どうしても言っておかないといけないことがある、と言い出した。

そして、急にはっきりとした言葉を発した。

「おまえの自衛隊に関する考えは間違《まちご》うてる」

また別のときは、呆れたような口調で繰り返した。

「おまえは小説をわかってないからなー。全然あかんなー」

かわいそうやな、と思った。悲しいと言えば、それが悲しかった。

自衛隊に関する話なんて、何年もしていなかった。わたしが大学生になったあたりから、反論されたくなかったようで、父もあまり言わなくなっていた。どうせ左翼の自衛隊絶対反対なんだろう、とわたしのことを頭から決めつけていて、そのときイラクに派遣されていた自衛隊のことも一度も話した覚えはなかった。

この人、かわいそうやな、と思った。

自分と同じ考えで、自分の話を聞いてくれる素直な子供がほしかったのに、わたしがそうじゃない人間になって。自分が嫌いなわけのわからん音楽やわけのわからん映画を好む、ちゃらちゃらした場所で遊び回るような人間に育って。こんなはずじゃなかった、とずっと思ってたんやな。

父は、真面目にやっていれば報われるはずだと信じていた。我慢して、個人の権利なんてわがままを言わなければ、慎ましい、望んだ人生が送れると。それはときどき容易に、人生に躓《つまず》く人間やたとえば事故や犯罪の被害者を、真面目な自分とは違ってなにか非があったはずだと考えることに傾いた。それは、自分がやってきたことは正しいと信じたかったからなのだろうと、今は思うが、殺された被害者のことを悪く言ったり、被害や不平等を訴える人を大げさだと言ったりするのを、わたしは許容できなかったし、聞かされるのはつらかった。

ほかの父親と違って家事も子育てもしたのに、わたしが望んでいたようにならなかったことがどうしても受け入れられなかった、なぜかわからないと思っていたらしいのは、その後に他の人から聞いた父の言動でも明らかだった。

しんどかったやろうな。自分と子供は違う人間なのだと知っていたら、世の中にはいろんな考えの人がいてああいうのもこういうのもまあええかと思えてたら、死ぬ間際に、子供を否定する言葉ばっかり残さんでよかったのに。最後にそんなしょうもないことが言いたいことやったんかと思われへんですんだのに。

大学の確か三年生の終わりごろ、よく漫画を借りにいっていた東洋美術史の先生が、どういう話の流れだったかは忘れたけれど、こう言った。

親を哀れやと思うようになったら、大人になったということですよ。

入院から三週間後、父は死んだ。

映画が公開され、わたしは仕事が増えた。単行本が出ると、書評やインタビューが載るようになった。最初の二冊はそれぞれ一本ずつ小さなレビューが載っただけだったから(今でもそれはだいじにとってある)、二十年経っても本を出すたびにちゃんと本屋さんに並んで、書評を書いてくれる人がいて、そして読んでくれる人がいることが、奇跡的なことに思える。

二〇〇五年の十月に東京に引っ越して、もうすぐ十五年になる。

大阪にこのあいだ帰ったときは、大正駅近くの川には水上の飲食施設ができていた。そこから南へ下った対岸の造船所の跡地は現代アートの複合施設になって、中之島あたりにときどき登場する巨大なラバーダックは普段はここにいる。

大阪駅周辺はずいぶんと変わって、大阪に帰るたびに別の国に来たみたいと思う。梅田の広大な地下街でどこに行くにも完璧に最短距離と最寄り出口がわかっていたのに、今は右往左往している。

新しい大阪駅の建物は好きだ。光の差す巨大な屋根の下、人の行き交う姿があちこちから層になって見えるように作られていて、駅らしく、都市らしい風景だと思う。大丸心斎橋店の建て替えのニュースを聞いたときは、ほんとうに夜も眠れなかった。外壁や主要な装飾は残ると言われていても、建て替えが終わるまでの四年間、気が気でなかった。去年の三月に工事の覆いが取れて記憶の通りの外壁が見えたときは、御堂筋で泣いた。九月に完成した新本館を見たときには、ほっとした、というのがいちばん近い。

内装のパーツはレプリカになったところがあったり、保存できなかったりした部分も多かったが、それでもわたしが、大阪の人たちが、憧れ続け、だいじにしてきた百貨店らしいあの空間は引き継がれた。御堂筋側の外壁は煉瓦の一つ一つをビスで留めてほぼそのまま遺された。全部が元のまま残ればいちばんよかったけれど、これでヴォーリズのデザインが長く受け継がれればいいと思う。

八十年前に未来を思って作られた地下鉄御堂筋線の主要な駅は、昨年その歴史をまったく考慮しない安っぽい改装案が発表され、岸さんと署名活動をした。多くの人が賛同してくれて、当初よりはだいぶいいデザインになったが、戦前からの歴史を体感させてくれていた今までの雰囲気がどうなるかはわからない。

心斎橋駅をこの間通ったときは、まだかろうじて工事の足場が組み立て中で、蛍光灯シャンデリアもよく見えた。でも、この次に行くときは、違っているのだろう。シュレーディンガーの猫ではないが、実際に観に行くまでは、わたしの中ではまだあの天井なのだけど。

大阪を離れて気づいたことの一つが、数多く残る近代建築の素晴らしさで、六年ほど前からは「生きた建築ミュージアムフェスティバル大阪」が開催されて百か所以上の歴史的な建築から現代建築までを一般公開するイベントがあり、たくさんの人で賑わっている。大阪に住んでいると身近すぎて見過ごしていた場所を、いくつも教えてもらっている。

大阪で過ごした年月の半分、東京で十五年住んですっかりなじんだ今も、自分は大阪の人だという感覚が真ん中にある。大阪で育った人がみんなそうなわけではなくて、一人では大阪弁をしゃべれないわたしより断然大阪の言葉を話せたり親戚も代々大阪だったり、大阪の文化をよく知っている人だったりしても、大阪という場所自体にはもっとフラットに接している人はたくさんいる。大阪がいやで東京に来たという人も、たくさんいる。わたしはなぜこんなにも、大阪の街にこだわっているのだろう、勝手な思い入れを持っているのだろう、と思うことがある。

大阪にいる人からすれば、わたしは「出て行った人間」でしかない。いくら自分では、いつかは大阪に戻って暮らしたいと思っていても、今、わたしは大阪ではない場所に住んでいる。東京でも大阪でもないところに住んでみたいとも思っている。それでも、これからどこか別の街に住んでも、プロフィールには「大阪」と入れて生きるだろう。

なぜそうなのかは、やっぱり、大阪の街がずっと自分を助けてくれたからだ。大阪の街と大阪の友だちが、わたしを生かしてくれたから。

おわりに

柴崎友香

二〇二〇年十月の最終月曜日、わたしは大阪にいた。

新型コロナウイルスの影響で、二月にナンバーガールのライブを観に来てから、八か月半ぶりの大阪。そんなに長く大阪を離れていたのも、東京から出なかったのも、初めてだった。

大丸心斎橋店のウェブサイトの、いくつか店を回って商品を紹介するという広告記事の仕事で、大阪に行くのはずっと躊躇していたが、依頼をもらったころは新型コロナウイルスの感染者数も落ち着いていたし、大丸やし、ということで、受けることにしたのだった。

二〇一九年に建て替えの終わった本館のオープニングイベントに招いてもらって以来だが、そのときはゆっくり観ることができなかったので、あちこち回れるのはうれしかった。平日ということもあり、心斎橋筋商店街も人通りはかなり少なく、お昼どきのレストランフロアも静かだった。

近江八幡《おうみはちまん》の会社でヴォーリズとも縁があって、元の建物の照明器具を引き継いでつかっている和菓子の「たねや」や、二十年以上愛用している「ディーゼル」などをまわった。いつだったか、ディーゼルジャパンの本社が大阪だと知ったときは、あー、このなにか余分なものを絶対付け加えないと気が済まないアクの強いデザインは、大阪の人が好きそうやもんなあと納得した。

取材が終わってから、ディーゼルとたねやで買い物をし、天ぷら（練りもののほう）の大寅《だいとら》でうめやきを買い、大丸を出て、心斎橋筋商店街をひたすら南へ下った。毎日のように歩いていたころからある店もあるが、三分の二くらいは入れ替わってて、この角はなんやったかなあ、と思いながら歩いた。幅が広くなった戎橋から見えるグリコの看板は、いつのまにかネオンではなくのっぺりとした板状のものになっていた。道頓堀でも千日前でも街頭ビジョンでは「YES！都構想」のCMが延々と流れていた。十二月に閉店する生地の「とらや」の写真を撮り、高島屋の前まで出てなんば南海《なんかい》通りへ入り、昔と変わらず筆書きの新刊案内が掲げてある波屋《なみや》書房を通り過ぎ、堺筋のほうへ向かえば、今は飲食店がにぎやかに増えて「ウラナンバ」と呼ばれるようになったあたりに、美容学校へ通っていたときに曲がる目印だった地味で愛想のない家具屋がそこだけ時間が止まったみたいに変わらずにあった。

ｇｏｔｏなんとかで通常料金からだいぶ安く泊まれたホテルは、昭和の初期に松坂屋大阪店として作られ長らく髙島屋別館の事務所として使われてきた近代建築だ。今年、外資系の滞在型ホテルとしてリノベーションされたばかりで、キッチン付きの部屋は快適だったし、一階のアーケードやエレベーターホールも昔のまま残されていた。難波の中心から離れているので油断してるうちに周囲の飲食店は閉まってしまい、コンビニで肉うどんを買ってきて食べ、本を読んで早々に寝た。

朝、チェックアウトして黒門市場を十年以上ぶりに歩くと、角でおっちゃんたちが、ウーバーイーツどないでっかて言われてまんねん、と立ち話をしていた。「どないでっか」「まんねん」も、商業用大阪弁というか、日常会話では使わないのに大阪で商売をするとあっというまに身につくもので、その言葉を友人も仕事中は言うようになったのを思い出す。

雲一つない青空で、数年ぶりに乗った近鉄奈良線の生駒《いこま》へ上る車両からは大阪の街が一望できた。この風景は死ぬほど好きだ。

奈良に着いて、奈良公園の広大な公園と鹿を見ると、東京も大阪も人間のあれやこれやがしんどいし、奈良に住もかな、木ぃと鹿に囲まれときたい、という気持ちが湧いてきた。

極力移動しないように生活していた中で大阪での仕事を受けたのは、奈良市写真美術館の「妹尾豊孝《せのおゆたか》展」を観に行くためでもあった。卒論の資料を探しにいった大阪市立中央図書館の「大阪の本」の棚で出会って以来、わたしは『大阪環状線　海まわり』というその写真集を繰り返し眺めてきた。そこに写し取られた大阪環状線の西側、福島区、此花区、港区、大正区の光景は、まさに自分の見てきた場所だった。自分の家があり、通った高校があり、友だちの家がある。妹尾さんの写真は、そこに写っている一人一人にも、建物や看板にも、その前後が見える。この前にあったこと、このあとに起きること、それが連なった人の暮らし、人の暮らす街。写真の下のプレートには、その場面を説明するひと言と、地名だけが書かれていた。

展示室に入ったときはわたし一人だったが、しばらくして七十歳くらいの夫婦が入ってきた。これはどこかしら？　地名を見ても土地勘がないからわからないわね。話し方やたとえている地名から、おそらく東京から来た人なのだろうと思った。

わたしは、展示室の真ん中に座って、大正区の写真をじっと眺めていた。夫婦が、そこに立った。

「どんな街なのかしらね」

「この子、このあと川に落ちたんだってさ」

そこ、わたしの街なんです。わたしが生まれ育った街なんです。そのやたらと植え込みの木が伸びてるのはたぶん保育園の前の道をちょっと行ったとこで、柱がタイル張りの戦前からあるアパートって書いてあるのは十五年ぐらい前までは半分朽《く》ちてたけどまだあって、その運河の船で遊んでる子らはもしかしたら友だちの弟かも。よほど話しかけようかと何度も声に出しかけたが、結局はわたしは黙って座っていた。

その風景は、一九九〇年前後だが、木造の長屋や小さな商店の造形からもっと昔に見える。「バブルの喧噪から取り残された」とか「人情が残る」とか、そんなふうに安易に紹介されてしまうかもしれない。

違う。そんなわかったようなフレーズでは絶対にとらえられないもの、伝わらないことが、妹尾さんの写真には写っている。ここにはある。一人一人の生きている時間が、暮らしてきた場所が、確かにある。

それを、わたしは書きたい。

東京に長くいると、入ってくる大阪のことは「情報」になっていく。大阪に実際に帰って、街を歩いて、人が話していて、その中にいると、大阪やなと思う。難しいことも山積みだけれども、この街で人の暮らしは続いていく。

今は大阪市民でない、大阪に住んでいないわたしが、大阪の今についてなにをどう言うべきなのか逡巡し続けている。ただ、大阪がいろんな人にとって暮らしやすい街、生きていける街であってほしいと願っている。いろんな人が暮らすためのだいじなところを「無駄」と切り捨てないでほしいと思う。

「大阪」のことを書くのでなければ、共著という形でなければ、ここに書いたことは書くことがなかったかもしれない。大阪にやってきた岸さんがいて、岸さんが見た大阪のことが書かれて、それを読んでわたしが思い出すこともあって、また書いて……。わたしが二〇一七年に神楽坂《かぐらざか》でのイベントで岸さんに初めて会ったときには、東京に移って十年以上経っていた。わたしと岸さんは大阪で出会わなかったけれど、同じ時期に大阪にいて、どこかですれ違ったり、もしかしたら同じ映画館や店にいたかもしれない。岸さんがよく散歩してるあたりは、そこにもここにも友だちの家がある。地名を聞くたび、何組の誰々さんのとこや、と思う。何度もすれ違ったかもしれなくて、でも知らずに過ごしていて、それぞれが自分の暮らしを生きていて、そんな人の軌跡がいっぱい重なり合っている。それが街だし、わたしと岸さんはそんな大阪を共有していた。

だから、「自分の話を書きたかった」というのではなかった。四十年以上見続けてきた大阪を書くのに、たまたまその街で生まれた一人の人間をサンプルにして眺めてみようと思った。そのために使えるところだけ書いたから、それは端的に言うと暴力的なことかもしれないと思う。物事も人も、とても複雑でとらえきれないものなのに、ある一面を言葉で書く。ここに書いた「大阪」は、ほんの一部分のさらに断面でしかないのだ。『その街の今は』や『ビリジアン』や『わたしがいなかった街で』など、身近な大阪の風景を書いてきて、フィクションにしてもそうでない文章にしても、書くということは常に多かれ少なかれ力を持つことで、この仕事を始めて二十年が過ぎたけれど、書けば書くほど、おそれる気持ちは大きくなる。

それでも、なにかしら毎回書いたのは、誰かから見た断片を、自分の足で道を歩いて考えてきたことを、積み重ねることでしか街の全体はわからないし、東京で暮らしていて大阪のことは全然知られていないと思うことがたびたびあるからだ。連載中に読んだ大阪に縁のある人が、メンバメイコボルスミ11やナンバブックセンターや「CINEMAだいすき！」などもう今はなくて、昭和や平成を振り返る的な特集で取り上げられるほぼ形骸化した定番のものごととちがってほとんど語られることもない大阪のあれこれに、自身の記憶や経験を重ねて感想を伝えてくれたことも大きかった。そういうふうに、自分の書いたものが誰かにとってのひとつの場所みたいになるならそれでいいなと、このところ小説を書いていて、考えている。

自発的に旅行ができないわたしが、この数年間は仕事のおかげで十以上の国や街に行くことができた。東京も八戸もニューヨークもダブリンも台北もソウルもアラン島もモスクワも、どこも同じように好きだ。どこへ行っても、人の暮らしがあるところは好きだ。道端でほんの数秒だけ隣り合った人の存在を感じるのが好きだ。誰もいないベンチや階段にも、人間の感じが残っているのが好きだ。どうにかその日その日を生きている人たちが、歩く道、住む部屋、食べに行く店、立ち寄る本屋、待っているバス停、無数のそれらが集積して、その隙間に自分もいてもいい気がする、そんな場所が好きだ。そこで生きている人のことを考えるのが好きだ。

生まれた土地がその人に合っているとは限らないし、何歳になっても別の国や街に行ってみたらそここそが最良の場所になるかもしれない。たまたま生まれて育って、自分で選んだわけではないけれど、大阪で暮らしていなければ今のわたしではなかったし、これからどこに行っても、どこで出会った人にも、ここがわたしの街です、と言うだろう。

二年近くにわたって書き継いできた「大阪」がこうして一冊の本になりました。この本にこれ以上ないくらいすばらしい装画は、小川雅章さんの絵です。最初、岸さんからこの方の絵がものすごくいいとＳＮＳのアカウントを教えてもらい、どの絵もあまりにわたしにとっての大阪が描かれていて、子供のころにさまよっていた場所そのもので、そしてこの風景をこんなふうに描くことができるなんて、と衝撃でした。夢中で遡って見ていたら、見覚えのあるご夫婦の姿がありました。まさか絵を描かれたのが、何度も通って今でも食べたくて仕方ない担担麵の楽天食堂のご主人だったとは！　アメリカ村の大好きな場所としてこの連載の中でも書いていました。絵を使わせていただけて、無上の喜びです。

その絵を素敵な装幀に仕上げてくださった名久井直子さん。「東京の友だち」である名久井さんには東京のいいところをたくさん教えてもらったし、わたしの小説もエッセイも美しい形にして読者のもとへ届けてもらって、とても信頼しています。

そして、この連載を提案してくれた「文藝」編集長の坂上陽子さん。関西の同世代である坂上さんとも、原稿のやりとりをしながら大阪のいろんな場所やできごとを話し、どこかですれ違っていたかもと思うことが多々ありました。

いくつもの出会いと歩いた場所が、この本を支えてくれています。この本に関わってくださった方、この本を手に取ってくださった方に、心から感謝します。

文庫書きおろし

トニーのこと

岸政彦

天満。アクセントは「ん」だ。淀川の河川敷にも近い天八（天神橋筋八丁目）あたりから始まり、天六から、あいだにJR天満駅を挟んで南森町《みなみもりまち》まで続き、そのまま中之島へと真っ直ぐに抜ける天神橋筋商店街は、日本一長い商店街として知られている。その商店街のちょうど真ん中あたりにJR天満駅があり、その周辺のごちゃごちゃとした盛り場が天満と呼ばれている。

庶民的といえば庶民的なのだが、たとえば西成や新世界が「庶民的」と言われるのとはまた別の意味で、ほんとうに生活に根ざした、ふつうの、とくに際立った特徴もない商店街で、私にとってはそれは、釜ヶ崎でも道頓堀でもないふつうの大阪の良さというものを実感するきっかけになった街だ。大阪を知らないひとに説明するときにはいつも、「ただ長いだけですが」と一言添えているのだが。

いつまでも変わらない天満だが、それでもJR天満駅の周辺のごちゃごちゃしたところから「ぷららてんま」の市場にかけての路地はかなり変わってしまっていて、ハタチぐらいの学生さんみたいな若い子たちがスマホでぱしゃぱしゃ写真を撮りあう、今ふうの街になってしまった。それでも昔からある庶民的な地元民向けの店もまだまだ健在で、ようするに天満はいまだにただの、ふつうの、長いだけの商店街だ。

ときどき夕方の大阪ローカルのバラエティ番組でロケをしている。通りを歩く大阪のおばちゃんをつかまえて、いかにも大阪だなということをしゃべらせている。地元の高校生や中学生がチャリで通りかかる。夜になるとここを歩くひとはみんな酔っぱらっている。

いまは二〇二四年一月だ。本書の文庫化のためにこの原稿を書いている。本書を書いてから数年経つ。私、おさい、きなこ、おはぎの四人家族は、まず二〇一七年にきなこが十七歳で亡くなり、二〇二三年三月にはついに二十二歳九ヶ月まで生きたおはぎも亡くなり（そのことは新潮社から刊行された『にがにが日記』という本のなかで書いた）、いつのまにか二人家族になってしまった。

二十二年ぶりにおさいと二人きりになって十ヶ月ほど経つが、正直、何を話していいかわからない。おさいもちょうど大阪教育大学でテニュアトラックになることができて、仕事が急激に忙しくなり、私は私で本書が出た当時勤めていた立命館大学から京都大学に移籍し、慣れない職場で忙しくて消耗して、この冬は風邪ばかり引いている。ふたりとも、顔を合わすと、忙しいな、しんどいな、疲れたな、寝れないな、ばかり言い合っている。

人生は続く。

ＪＲ天満駅の周辺は学生みたいな若者でいっぱいになってしまったけど、それでもその南北に長くだらだらとけじめなく続く天神橋筋商店街は、人通りも賑やかで、歩きづらいぐらいひとがたくさんいて、安い店もアホみたいに多くて、でもいたって普通の、特徴のない、なにげない、飾らない、日常的な商店街で、だからたまに無性に恋しくなる。

二〇〇六年に就職して、二〇〇七年に天満からもわりと近いところに家を建てた。四十代もなかば過ぎたぐらいからは、仕事上の知り合いばかりが増え、逆に飲み友だちはいつのまにか減っていき、二〇一〇年ごろから私は、天六や天満、中崎町《なかざきちょう》あたりでひとりで飲むようになる。いまでは曽根崎や北新地にも行くようになったが、それでも何かあるといつも天満に戻ってくる。学生のときから数えて、もう、三十七年ぐらいになるだろうか。いまでも自宅が近いので、しょっちゅう飲みに行く。店もかなり交代しているはずだが、不思議とあまり「この街も変わったなあ」という実感はない。むしろ歩くたびに「変わらんなあ」とばかり思う。

良い街だ。

いまから十年か十一年か、あるいは十二年ほど前だから、二〇一三年か一四年ごろだろうか。関西ローカルの雑誌『ミーツ』だったと思うけど、ぱらぱらとめくっていたら天満に新しいバーができたと書いてある。「ラヴィーダ」という名前の、サルサとテキーラのバーだ。わいわいと楽しそうな写真が載っていて、たぶん喫煙だろうなとは思いながら、いちど行ってみようかなと思った。私は酒が好きだがタバコがどうしてもダメで、だから飲みに行くのはほとんど禁煙の店ばかりなのだが、でかい音でサルサを聴きながら適当にテキーラを飲みたいなと思ったのだ。そういう店が近くにあるのは、とても良いことだろう。

ラヴィーダは、何の特徴もない、ただただふつうの、でもごちゃごちゃと賑やかな天満の街の片隅の小さな雑居ビルの二階にあった。ドアをあけると大音響のサルサが流れていて、狭い店には、雑誌で紹介されたからか、ひとがあふれていた。小さなL字型のカウンターのいちばん隅、ちょうどキッチンに入るところに椅子が空いていたので、そこに座った。

トニーは身長はすこし低めだが細くてきりっとした体つきで、顔の形も頭の形も綺麗で、今ふうのツーブロックの髪型で、腕にはびっしりとタトゥーが入っていた。きらきらと輝く目はよく動いて、ずっと笑っていて、悪巧みをしているような、ひどいいたずらを仕掛けているような、そういう男で、見るからにIQが高くて頭の回転が早そうで、そういう「気のいい悪い男」だった。

どういう話をしたのかも覚えてないが、楽しかった記憶がある。喫煙の店だったが、それから何度もその店に通うようになった。

トニーという名前はもちろんニックネームで、本名はふつうの日本名の男だ。九州のある街の出身で、高校のときにサッカー、とくに南米のサッカーの熱狂的なファンになり、それでスペイン語を勉強したくて、大阪外国語大学——いまは大阪大学に合併されている——に進学した。そのあと大手の広告代理店に就職し、そこで営業成績が全国でもトップになり、武道館でおこなわれた全社の大会で表彰されたらしい。よくわからない。民間の大きな会社だと、武道館で表彰とか、そういうことがあるのか。

そのうち外資系の化粧品会社に転職し、語学力を活かして南米の担当になり、メキシコの支社で働いた。やがてそこも辞め、しばらくぶらぶらしたあとなぜか大阪にもどり、なぜかバーを開店することになる。

このあたりの話はすべて本人から聞いた話で、それもまとまって聞いたわけではなく、飲みながらぽつぽつと語られるのを聞いただけで、だから私の記憶も間違っているかもしれない。

ただ、九州から大阪に進学し、そのあと東京と南米で働いて、ふたたび大阪に戻ってバーを開店した、という話は、だいたいその通りだと思う。

大阪の街にはいろんなひとがやってきて、通り過ぎて、また戻ってくる。そしてまたいなくなる。

ラヴィーダでは店主のトニーだけでなく、いろんなひとに出会った。ダンサー、モデル、ふつうの会社員、ミュージシャン、何をしているのかよくわからないひと、アルバイトのひと、店員さん、ほかのバーのひと、何をしているのかまったくわからないひと。

何人か強く印象に残っているひとがいて、たとえばひとりの若い女の子は、大阪の高校を卒業したあとカフェの店員をしたり辞めたりまたしたりしていたが、英語もスペイン語もろくにできないのにある日とつぜんバックパックを背負って南米へと出かけて、気がついたら「サパティスタの本拠地」にいたらしく、ゲリラをかたどったかわいらしい小さなぬいぐるみをお土産に買ってきてくれた。もちろん、何かの政治的な意見を強く持っているひとでは、まったくない。ただ成り行きでそうなったらしい。

こういうバーに集まるひとたちというのは、基本的には大阪の盛り場の、水商売のアルバイトで暮らしてるひとが多くて、私はそういう気軽で身軽な人生がうらやましかった。もちろんそこにはいろいろなしんどさがあったのだが。

彼女は手作りのアクセサリーを作って売りたいという夢があり、メキシコから帰ってきてしばらくトニーの店を手伝ったあと、またふらりとワーキングホリデーでニューヨークへと行ってしまった。他にも、レッドブルか何かが主催するhip-hopのダンスコンテストで優勝した、というダンサーのひともいた。何度かそのダンスを見に行ったが、素晴らしいものだった。私はほとんどいちども体を動かしたことはないし、これからもないだろうが、YouTubeでダンスを見る、というのが、それ以来私の趣味のひとつになった。ひとに言うと、意外ですねと必ず言われる。

ある夜、トニーから動画が送られてきた。スペイン語で書かれた看板を見てたまたま入ってきたカナダ人と、たまたま入ってきたスペイン人が、たまたまふたりともフラメンコギター奏者で、店でそのままセッションになった。「いまこんなことになってます」というメッセージに驚き、私は興奮してすぐに店にかけつけたが、すでに演奏は終わり、ただだらだらと酒を飲む時間になっていた。

理想のバーだった。

英語もスペイン語も達者なトニーのおかげで、ラヴィーダではほかにもポルトガル人の建築家や、メキシコ人のタトゥーアーティストとも友だちになった。建築家とはいちど、ラヴィーダで飲みながら、「建築はただのハコか、それともアートか」という議論になったことがある。私は英語がほとんどできないのだが、酒が入ると議論に言葉は不要になるようだ。

タトゥーアーティストのハビエルはいまでも友だちで、私に「Profe Loco」というあだなをつけてくれた。スペイン語で「クレイジー先生」ぐらいの意味だろうか。あまりにも気に入ったので、ユニクロで大きくProfe Locoと描かれたTシャツを作って、NHKの「ネコメンタリー」という番組に出演したときに、それを着た。それを見た何人かの方がTwitterで「あのTシャツ何や」と不思議がっていた。

十畳か二十畳ぐらいの狭いラヴィーダの店の内装は、トニーが手作りでメキシコ風にしていて、なかなか凝ったつくりになってた。カウンターの壁にはテキーラがずらりと並んでいた。小さな窓を開けると目の下には天満の裏通りの、さびれた商店街。真下の一階はまた別の小さなショットバー、三階は小さなフィリピンパブと小さなスナック。四階より上がたしか家主のおばちゃんの自宅だったと思う。

二〇一三年、二〇一四年あたりは、毎週ラヴィーダに通っていて、そしてその数年は、人生でもっとも酔っぱらっていた時期だった。もうあんなに泥酔することはない。いちど、あれは何だったか忘れたが、お祝いか何かの時だったと思う。あの狭い店で、社会運動系のひと、研究系のひと、音楽系のひと、私の教え子だったやつ、その友だち、その友だちの友だち、なんでその場にいるのかよくわからないひと、などなどで集まって、いわゆる「どんちゃん騒ぎ」をした。トニーが小さなテーブルをフロアの真ん中において、テキーラのショットグラスを並べて大量に飲んだ。在日コリアンの友人には「このぐらいのテキーラ、日本人なら簡単に飲んでるで」と言うとムキになって飲み、コロンビア人の友だちには「このぐらいのテキーラ、ペルー人なら簡単に飲んでるで」というとムキになって飲んだ。途中でなぜか、在日コリアンの結婚式でよくやる「統一列車」をしようということになり、全員が前のひとの肩に両手を置いて一列になって行進した。体重が一三〇キロもあるコロンビア人がひとりずつ持ちあげてサバ折りをした。岸和田でだんじりを熱心にやってるひとが、楽しすぎるという理由で、途中で泣き出した。女子もたくさんいて、みんな泥酔して、そのときの写真はひどすぎて、クローズドのSNSにも貼れない。私も途中から記憶がない。酒と酔っぱらいと飲み会が嫌いなおさい先生がめずらしく最後まで参加していて、ふたりで歩いて帰ったのだが、歩いているあいだ私はいたって普通に受け答えしていたらしい。一切記憶がないとあとから知って驚いていた。

　そういう飲み会の中心にいつもトニーがいた。トニーの店なので当たり前だが、私たちはラヴィーダに行くというよりも、トニーに会いに行っていたのだと思う。ラヴィーダの外でもトニーとよく飲んだ。店が終わってから天満のまた別の、朝までやってる居酒屋で日本酒を飲んだ。そういうときにトニーは、いつもあの悪そうな笑顔で、客の女の子に手を出した話をしていたが、ある夜、真顔になって、きしどんみたいなお客さんが来るのが理想のバーです、と言った。「きしどん」は、連れあいのおさいが私をたまにそう呼んでいて、だから甥っ子や姪っ子や一部の友人まで私のことをそう呼ぶようになっている。トニーも私のことをいつもきしどんと呼んでいた。「メキシコ人のタトゥーアーティストや、hip-hopのダンサーや、大阪のフリーターの女の子が、大学の教授と一緒に飲んでる、そういうバーが夢だったんです」

ラヴィーダはだんだん、客が入らなくなっていった。私たち常連が騒ぎすぎたのかもしれないし、ほかになにか原因があるのかもしれない。水商売というものがよくわからない。間近で見ていて、水商売というものはこんなにも不安定なものなのか、と思ったことをよく覚えている。ただ、そういうときでもトニーはこまめに、店に来る客の女の子に手を出していた。不思議とそういうことが嫌味ではなく、また（自分の連れあい以外には）まったく隠さずにオープンにしていたので、みんなダメだなあとは言っていたけど、それでトニーの人気がなくなるとか嫌われるとか、そういうことはまったくなかったと思う。そういうことが大嫌いなおさいも、トニーだけは憎めんなあ、と言っていた。いちど、いちげんさんの、初めて入ってきた客の女の子と、店内でそういうことになってしまったことがあったらしい。私たちは呆れ果てたが、同時に、どうやったらその場で初対面の客とそうなれるのか、ということが不思議で仕方なかった。

いま思い出してもほんとうにバカな男だなと思う。どんな魔法やねん。

トニーと付きあったたくさんの女の子たちは「トニーメイツ」と言われていて、いちど私がラヴィーダのカウンターの真ん中でひとりで飲んでいたら、あとからあとからトニーメイツがひとりずつ入ってきて、両側に二人ずつ座って、私を入れて五人で飲んだことがある。友人から「オセロならひっくり返って岸さんもメイツになってますね」と言われた。

おさいと大阪の中津《なかつ》あたりを散歩していたら、偶然、正面からトニーがやってきたことがある。トニーは自転車に乗って、そしてそのころわりと（彼なりに）真剣に付き合っていた彼女も自転車に乗っていて、二台の自転車で、真ん中で手をつないで、道幅いっぱいに広がって、心から楽しそうに、満面の笑顔でこちらにやってきた。そして私たちに気がつくと、また楽しそうに笑いながら、そのまま通り過ぎていった。彼女も笑っていた。

上海《シャンハイ》雑技団やん、といって私たちは笑った。

人なつこい男だった。浮気をされる方の連れあいからすると、たまったもんじゃなかったと思うが。

ラヴィーダでよく飲んだ私の友人たちも、みんな真面目な連中で、自分たちの生活ではそういうことを一切しないやつばかりだったのだが、なぜかトニーがそういうことをすると、思わず笑ってしまうのだった。トニーは男同士でマウンティングすることもまったくなくて、ただもう純粋にひとが好きで、純粋に女の子が好きで、だからそういうトニー、陰気なところや陰湿なところが皆無で、明るくて快活でひとなつこく裏表のないトニーは、よくモテていた。小狡いところがなく、ほんとうに純粋に、自分が好きなひとのところにまっすぐに近寄るトニーには、ひとの警戒心を一瞬で解く魅力があった。

そのうちますますラヴィーダに客が入らなくなり、二〇一五年の正月に飲みにいったら、大晦日の年越しカウントダウンに客がひとりしか来なかったと、泣きそうな顔で笑いながら話していた。いちばん安い焼酎を一杯だけ飲んで帰ったらしく、オールナイトで店を開けた大晦日の売り上げが六百円でしたわ、とぼやいていた。私たちはげらげら笑った。そしてその年、階上に住んでいた家主のおばちゃんと、それまでにもさんざん揉めていたのだが、決定的に関係が悪くなった。私たち常連も騒ぎすぎたのだとは思うが、話を詳しく聞いているとほんとうに気の毒な、いちゃもんとしか思えないようなことを要求されていた。私も弁護士や司法書士を紹介したり、いろいろと相談に乗っていたのだが、結局トニーはその雑居ビルを退去することになった。とにかく客が入っていなかったので、終盤の経営はほんとうに大変だったと思う。会社員時代に貯めた貯金もラヴィーダで使い果たしていた。だからどこか別の場所で新しい店を開くわけにもいかず、要するにトニーは八方塞がりの状況だった。

いまこうやって書きながら思い出してみると、けっきょくラヴィーダに集まって飲んでいたのも、わずか数年のことだったんだなと、あらためて驚く。

やがてトニーはそのコネとコミュニケーション能力を活かして、ある大きな飲食店グループに雇われることになった。梅田を中心とした大きなエリアを任されてがんばって働いていたが、よくあのタトゥーだらけの姿で雇ってもらえたものだなと感心した。手の甲までタトゥーが入っていたのだ。手の甲だけでなく、両手の指にも、人差し指から小指まで、「t」「a」「c」「o」というタトゥーが入っていた。タコスが好きだったのだ。

昼間の仕事をしながら、トニーは同時に「パーティオーガナイザー」のようなことを始めた。デザイナーズホテルやレトロなビルを一棟まるごと借りて、何百人もの人を集めて、今ふうの、おしゃれなパーティを月イチぐらいで開催していた。私とおさいも二、三度行ってみたが、関西の「不良ガイジン」が集まるようなおしゃれなパーティで、なかなか地味な研究者夫婦には居場所がなくて、そのうち行かなくなった。何年かしてから、ひさしぶりに難波の古いビルの広いルーフトップバルコニーで開かれたパーティに参加したら、トニーはうれしそうに、その下のバーの店長の女性がめっちゃかわいいんですよーと、相変わらずのことを言っていた。

あの感じ。ああいうパーティに来るひとたち。hip-hopとかレゲエとかが好きで、美容師や水商売やそれに近い仕事をしていて、みんな横につながっていて、ときどきふらりとキューバやメキシコや沖縄に行ったり、小さな子どもにも今ふうのおしゃれな髪型や服装をさせたり、片手間に少しだけギターを弾いたり、家にＤＪブースやアナログレコード（ヴァイナル、とかいうらしい）のプレイヤーがあったりする、あの感じ。大阪の、流行ってる店はみんな知り合いで、だから自分の店が終わったらだれかほかの店にそのままなだれこんで、そうやってみんな商売を回していく。

こういうひとたちが梅田やミナミや天満の盛り場を回している。

でもそういうパーティはほとんど赤字か「トントン」で、だからなんでそんなことしてんのって聞いたら、楽しいからやってます！　と元気に話していたが、それでもやっぱりカネのことはしんどそうで、どうやったら儲かりますかねーと深刻な顔をしていた。

やがてその昼間の仕事も辞めることになった。詳しいいきさつは聞いていない。その頃になると私とトニーはあまり頻繁に連絡を取らなくなっていた。そのあとも何度か会ったが、名古屋かどこかが本社の、何をやっているかよくわからないけどいちおうアパレル関係の会社に就職した。そしてその会社は、ひどいブラック企業で、上司のパワハラもえげつなかったという。

二、三年してからひさしぶりにトニーから連絡があった。相談したいことがあるので会ってくれ、という。短いメッセージの文面からも、憔悴しきっていることが伝わってきた。

とりあえず自宅の近くのファミレスで昼間に会った。痩せて、疲れて、落ち着きなく、そわそわしていて、見るからにトラブルとストレスを抱えすぎてつぶれそうになっていた。聞くと、転職した名古屋の、何をやっているのかよくわからない会社で、ひどいパワハラに苦しんでいる、ということだった。そしてもうひとつ、パワハラだけではなくてこちらも深刻だなと思ったのが、毎朝出勤しても、会社で何の仕事をしていいかわからない、ということだった。それは要するに、いちおう営業として雇われて、形ばかり大阪支社と名乗っている、小さな小さなワンルームマンションのような事務所をあてがわれ、そこで「自分で仕事を作れ」と言われ、しかし経費や資金はなく、とにかくスーツを着て大阪の街をぶらぶらして、どこで何をしたらいいのかわからず、それでいて「結果を出せ」ばかり言われる、ということだったのだ。

すでにもう、かわいい女の子との出会いもなく、そういうことをする元気もなく、いつも酒と笑いと人びとの中心だったトニーは、見る影もなくやつれきって、青白く、自信を失っていた。あの悪巧みをしているようないたずらっぽい笑顔も消えていた。

とりあえず私はいくつかの評判のよい精神科や心療内科の医者を紹介した。トニーはすぐに診察に行って、薬をたくさんもらったらしい。そしてそのまま、九州の生まれ故郷の実家に戻り、半年ほど静養した。ブラック企業も辞めたということだった。

二〇二二年に大学院生さんたちを連れて沖縄のある離島に行った。そこで私の生活史調査を手伝ってもらったのだが、島に数軒しかない居酒屋で、内地から移住してきた若い女性がいて、一杯飲みながらいろいろ話をしたら、たまたまトニーの知り合いだということになった。大阪でパーティやってるひとが友だちで、と言うので、そいつひょっとしてトニーっていう名前じゃないですか、と聞いたら正解で、なんでトニーさん知ってるんですか！　いやそっちこそ！　という会話から、いろいろトニーの噂話になり、私は数年ぶりにその場でトニーにメッセージを送ると、すぐに返事があり、沖縄で〇〇ちゃんと会ってるんですか⁉　なんで⁉　と驚いていた。〇〇ちゃんめっちゃ良い子ですよね！　好きだって伝えてください！　と言われ、相変わらずバカだなあと、私は笑った。彼女と、いつかまた大阪でトニーと飲もうね、という話になった。

その年の暮れにトニーから連絡があり、タトゥーアーティストのハビエルがメキシコから大阪に来ているから飯でもいきましょう、と誘われ、天満でトニーとハビエルと、おさいと四人で飲んだ。その店であれこれ近況報告をしながら飲んでいると、ふとハビエルが、何を言ってるのかよくわからない話をしだした。ハビエルは早口で、ネイティブのスペイン語はなかなか聞き取ることが難しい。訛りもあったのかもしれない。トニーだけでなくおさい先生もスペイン語がペラペラなのだが、やはりハビエルが言っていることがわからない。

しかしなぜかスペイン語がひとこともわからない私が「いやそれはこういう話ちゃうか?」と通訳したら、日本語がわからないハビエルが「Sí! Sí!」とうれしそうに言った。

メキシコシティの地下鉄に乗ってると、その車内で、とつぜんある男が手に持っていた瓶を床に叩きつけて割った。男はTシャツを脱いで上半身裸になって、その割れたガラスの破片の上で「でんぐりがえし」をした。そしてまわりの乗客にチップを要求した。要するに彼は、そういう大道芸人だったのだ。そういう話だった。

私たちは笑った。

それがトニーと会った最後になった。

その頃からぼちぼち、パーティのオーガナイザーとしての仕事に復帰して、そのパーティのお知らせがFacebookなどで流れてくるようになって、ああトニーも元気にやってるんだなと思っていた。

二〇二三年の三月、二十二年以上を一緒に暮らした最愛の猫（おはぎ）を失ってから二、三週間経ったころだろうか。共通の知りあいから、トニーさんが急に亡くなりました、というメッセージが来た。なぜか私は、ああそうか、という、なにか腑に落ちたような、納得したような感じがした。名古屋で電車に飛び込んだそうです。そうですか、お知らせありがとうございました。お葬式は○日後、大阪の○○でおこなわれるそうです。わかりました、こちらでも友人に連絡しますね。お葬式も必ず行きます。

ラヴィーダでいつも一緒に飲んでいた連中に連絡を回した。ハビエルにもLINEでメッセージを送ったら、だれかからすでに聞いていたらしかった。

トニーの葬式の日は、しばらく疎遠だったやつにも会えて、ひさしぶりにラヴィーダの同窓会みたいになった。葬式には、トニーの家族と親戚、そして私たちを含めた身内のような友人たちが集まった。あれだけ大阪で大きなパーティをいくつも主催していたのに、すこし寂しい式だった。

トニーには息子が三人いた。中学生と小学生だ。息子の話は何度もトニーから聞いていた。仲の良い親子だったようだ。式の最中ずっと、長男が次男と三男の肩を抱き、体をふるわせて泣いていた。連れあいの方は、いちどだけお会いしたことがあったのだが、変わらず美しいひとだった。

棺桶のなかのトニーには白い布が被せられていた。お顔はお見せすることができません、と言われた。白い布の下のトニーは、ちょうど中型の犬ぐらいの大きさになっていた。電車に飛び込んだらこうなるんだな、と思った。

式のあと、ひさしぶりに集まったラヴィーダの仲間で飲み会をした。たまたまその日に沖縄からも別の友人夫婦が遊びに来ていて、みんなで焼肉に行ったあと、私が自宅の近所に借りている仕事部屋で、遅くまでたくさん飲んだ。

文庫書きおろし

わたしのいる場所

柴崎友香

二〇二三年十二月四日、わたしは約一年ぶりに大阪にいた。

この『大阪』の単行本の「おわりに」で、八か月半ぶりの大阪、そんなに長く大阪を離れていたのは初めてだったと書いているから、さらに長く、大阪にいなかったことになる。

コロナ禍に入ってから、大阪に帰ったのは片手で数えられるくらいだ。しかもそのどのときも、仕事や用事だけでとんぼ返りの短い時間だったから、この四年のあいだ、わたしはほとんど大阪にいなかった。

わたしは大阪にいない、ということが、東京に移って以来、自分にとって「東京にいる」ことよりも大きく意識されることだった。わたしは長らく大阪にいなくて、大阪にいない時間のほとんどを「東京にいる」けれども、自分が「東京の人」とは思えないままで、それでも十八年も住んでいれば「東京で生活している人」ではある。

二〇二三年十二月の前に大阪に帰ったのは、二〇二二年十二月だったが、そのときもイベントと前後の食事会だけの日帰りで、実家にも帰らなかった。

その前が二〇二二年八月で、そのときは高校の同級生四人に会うためだった。会う日程を決めた五月か六月ごろには、新規感染者数は落ち着いていて何年も会っていない友人ばかりだったからゆっくりごはんを食べてたくさん話そうと言っていた。それなのに、夏に向かって急激に状況が悪くなった。梅田あたりの店でなく友人の家で集まることになったけど、そのうちの一人は病気療養中の家族がいたから差し入れだけ持って来て帰らないといけなかった。

わたし以外は四人とも子供がいて、赤ちゃんや二、三歳のころに会ったことのあるその子供たちはもうみんな高校生だったり受験生だったり大学生だったり働いたり結婚したりしていて、彼らの成長がわたしが大阪に「いない」時間を表している。わたしたちがごはんを食べていると、帰宅した友人の子供は、ベビーカーに乗っていたりサッカー部だったりしたのに、わたしたちを気遣う大人のしゃべり方で街作りに興味があることや勉強をしていると話してくれ、わたしが大阪の建築のイベントで関わっている先生のことも知っていた。

友人が作ってくれたごはんを食べて、もうすぐ門真《かどま》にらぽーととコストコができると教えてもらった。

ともかくも、いわゆる「コロナ禍」の四年くらいのあいだに、わたしは大阪にいなくて、「いない」ということはほんとうにその場所から離れてしまうことなのだと、二〇二四年のわたしはわかりはじめている。

「大阪」の連載が始まったのは二〇一九年の春で、そのときの「大阪」とわたしの距離とは、今は全然違っている。単に遠いとか感覚が薄れたということでなく、一度言葉にして書いて表したことで、自分の中に混沌と巡り続けていたものが、少し違った角度からも考えられるようになってきた。身近な人のことについても、そうかもしれない。

大阪に帰ると毎回浦島太郎的な、もっと自分の感覚に近い言葉をあげるなら幽霊みたいな感じになる。自分のことを馴染みのある土地をさまよう幽霊みたいだと思う。わたしがいなくなったあとで時間が過ぎて、子供は大人になり、新しい子供が生まれている。それは当たり前のことで、わたしがいなくても大阪にはなんの影響もないし、そうやって時間が先に進んで行く大阪にわたしは安堵する。

東京にいて接する情報の大阪は、ステレオタイプな「大阪」イメージと、特に万博の話が進んでからはあまり歓迎されないニュースばかりで、というのは自分の狭い世界の偏りかもしれない。自分の体が大阪に行って大阪の人と話せば、東京で知る「大阪」とちゃうやんとすぐに思うけれど、そんなふうにギャップがあることに対してもう長いこと大阪にいないわたしは、どこにいる誰なんやろなあ、と思ったりする。

二〇二三年の秋に阪神タイガースが優勝した。

京セラドームが地元のわたしとしてはオリックスも優勝したのがすごいと思うけども、東京にいるとプロ野球の話題が出ることがそもそも少なくて、なんか阪神が優勝するらしいということしかわからなかった。

なんやかんやごたごたした気分がわたしの中にはあったけども、阪神が優勝した日に道頓堀に飛び込んだ人の劇的な一瞬をとらえた写真は、あまりに幸福感が満ち溢れていて、二〇〇三年に阪神が優勝しかけたときにどこの店に入っても誰もが「ほんまに優勝するんやなあ」というそわそわしたよろこびをかもし出していて楽しかったのを思い出した。

二〇〇三年の優勝が決まった夜、飲み会をしていた友人たちと堀江《ほりえ》のほうから道頓堀沿いに東へ戎橋に向かって歩いていった。御堂筋には機動隊を乗せる青いバスみたいな車両がずらっと並んでその先は人で溢れていて靴が落ちていたりして、向こう側にはとてもじゃないけど渡れなそうだった。

御堂筋の車道までぞろぞろと人が出ていて、西側の側道を北へ歩いていくと、向かいから来た若いにいちゃんたちのグループが「自分ら阪神ファーン？　おれらも阪神ファーン！」とかなりの上機嫌で叫んできて、みんなが楽しそうでよかったなと思った。あのにいちゃんたちは今はおっちゃんたちになって今回の人混みの中にいたやろうか。

あのとき下柳剛《しもやなぎつよし》の大ファンだったわたしは優勝パレードを見に行き、御堂筋の歩道からようやくパレードの車が見えたと思ったら下柳は反対側に乗っていて、こちら側で手を振っていた伊良部《いらぶ》秀輝《ひでき》の照れくさそうな顔ばかりよく覚えている。

二〇〇三年の秋は、『きょうのできごと』の映画の撮影が終わって公開を待っていて、わたしはやっと仕事の依頼が来るようになり、父親はがんでもう何か月生きられるかわからなかった。それから二十年経って、わたしは阪神の選手の名前を一人も知らない（今の監督が岡田でその前は矢野が監督やったのは知ってる）。

それから二十年後の二〇二三年十二月、岸さんとのトークイベントとその打ち上げを終えて、味園《みその》の近くの店を出た。イベントが終わる時間が遅かったから、もう真夜中を過ぎていて千日前は静かだった。

雨が降っていたし、タクシーに乗ろうと高島屋に向かって歩いていったが、ロータリーがなくなっていちめんにタイルが敷き詰められていた。そこにいるのは工事と警備の人だけで、SNSで物産展みたいになってる画像は見たけれど、昼間はここが賑わっているのか賑わっていないのか、知ることはできなかった。道路と横断歩道と街路樹とバス停とタクシーのりばといろんな要素でできていた場所が、一面のタイルになっているのを見ただけだった。

タクシーが拾えなそうなので、薄暗い南海通りを戻って千日前通りに出たら、そこは思い描いた通りに数台のタクシーが待っていて、わたしはまだこの街のことがわかるのだと、少しだけほっとした。

乗ったタクシーは堺ナンバーで、雨が降ってよく見えなかったから曲がる角を間違えて一方通行にはまり、近所をぐるぐる回ってしまった。

「すいません、たぶん、次の角で曲がれると思うんですけど」

酔っ払い客の頼りない指示に、運転手さんは苦笑いしていた。

「お客さんの家がどこか、わたしにはわかりませんからねえ」

「そらそうですよねえ」

わたしはどこにいる誰なんやろうか。

た。本町あたりでは少なくなったとはいえまだ問屋の名残りの店がいくつもあり、そういえば東京ではこういう店ってどこにあるんやろう日暮里とか浅草橋にはあるかもしれへんけど行ったことないなと思いながら歩いて、心斎橋に近づくにつれて外国からの観光客が多くなり、大丸のあたりからは観光客向けのドラッグストアやキャラクターの店がほとんどになった。そこにあるのは流通する「大阪」のイメージで、だけどもう何十年も前から大阪は「大阪」のイメージをなぞっているからこれが大阪でもある。観光地はどこもそうなのかもしれないし、「インバウンド」を掲げる日本が全体的に「日本」のイメージを何回もコピーしてテーマパークとかレトロな街並みのセットみたいなフードパークっぽくなっていく。

コロナ禍で東京からほとんど出なかった四年のあいだ、渋谷の映画館の特集上映に何度も通った。

渋谷はこの十年でそれまでの渋谷だった風景がことごとく消滅して高層ビルがどんどん建って、街のシルエットがかなり変わった。桜丘は街ごとあとかたもなく消し去られて高層ビルになった。渋谷の「谷」を囲むように次々高層ビルが建った地区の間にお皿みたいなのを載せてつないで、道玄坂の下に行かなくていいようにする計画が進んでいるそうだ。

渋谷駅からその映画館に行くのに、最短距離は山手線の高架沿いの王将の前を通る路地で、線路の下を抜けると元宮下公園だった商業施設になる。

いちおう公園ですと言うための屋上パークがある建物の一階には、日本の各地方の名前を冠した飲食店街がある。東京のあちこちに増えた見かけだけ大衆居酒屋風の店で、ビールケースを模したプラスチック製の椅子が並べてある（ビールケースを模して作りましたとわざわざ書いてある）。

コロナ禍まっただ中のオープンからしばらくは誰もいなくて、今は外国からの観光客でいっぱいで席が空くのを待っている人でごった返すそこを、映画を観に行くたびに往復する。「近畿」と看板のあるところに「西成酎ハイ」というメニューが書かれているのを、毎回「おまえ、なめてんのか」と心の中で毒づく。文化的盗用とかオリエンタリズムとかダークツーリズムとかなんて言うたらええんやろなと思いながら、イミテーションの地方文化で飾られた、でもわたしが歩いているこの場所は渋谷だし、ここにいる人はバーチャルではなく生きていて、わたしもその一人だと思う。

半年ほど前に古書で買った小野十三郎の詩集『大阪』を、ようやく開いた。

SNSで誰かが大阪維新の会の批判に関連して小野十三郎はとっくにそんな大阪を言葉にしていたと書いていたのを読んで気になって探して買った。

その投稿になんて書いてあったか詳細は忘れてしまったし、この詩集のことではなさそうだと思って、それを探すのはやめた。そして初めて読む詩集としてページをめくっていくと、詩に書かれている風景はわたしが知っているのと同じ大阪だった。

南西部の工場の風景。環境の悪い工場で働く人々。あいだに挟まれている写真も、工場や工場の機械だった。小川雅章さんが描いているのと地続きの場所にあった大阪。おさめられているのは一九三〇年代から一九五〇年代、ということは戦争を経験した時代の詩。今では差別的な言葉も繰り返し書かれていて、それは現代の感覚とはかなり違っているしわたしには受け入れ難いが、うしろの見返しの推薦文に中野重治が「戦時中はこの部分は伏せ字にされた」と書いているのは差別に対する配慮ではなく隠したいことだったからだろう。

小野十三郎が大阪の人だということはぼんやり知っていたけども、小野十三郎がわたしの知っている大阪を詩に書いていたことはよく知らなかった。

わたしが子供のころにはすでに、大阪は「大阪のイメージ」をなぞっていて、大阪文化といってあげられる名前や作品はかなり限られた同じものばかりだった。

大阪で育ったわたしは、「大阪と言えば」なステレオタイプばかり受け取って、わたしが通った大阪府立大学と後に合併する大阪女子大学の先輩である河野多恵子や富岡多恵子のこともろくに知らないで作家になった。先日、難波辺りの地図を検索していたら折口信夫が浪速《なにわ》区の生まれであると知って驚いた。うちから難波に自転車で行く途中のとこやん。

でも、そんなものなのかもしれない。大阪で暮らしていれば大阪のことを求めたり探したりしなかった。

銀座を歩くと、あっちでもこっちでも新しいビルを建てている。ヨーロッパ系のハイブランドの店の前には外国からの観光客の行列ができている。

東京の中心部のさらに一部分でだけ、次々に新しいビルが建つ。

投資ファンドっていうやつなんやろうな、と工事中のビルに掲示されたカタカナが並ぶ会社名を見て思う。投資なら儲かりそうなところに建てるわけで、当然、都心の限られた場所に集中する。

二十三区内でさえ、立地のいいわずかな場所以外は、商店街の店も少なくなってきた。コロナ禍でチェーン店も次々撤退し、SNSを見ると「このあと何の店ができるんだろ。○○が入ってほしい」と好きなお店や希望する業種を書いている人は多いけど、そこにはなんの店も入らない。今まではすぐに次の店が入っていた駅の近くでも長いこと空いたままだ。

お金はどんどん真ん中に集まって、その真ん中は小さい円になっていく。

東京に引っ越してよかったと思うことの一つは、お金がここに流れ込んでいると目の当たりにできたことかもしれない。東京に住んでみなければ、そうは言ってもそれぞれにがんばってるし、それぞれにしんどさもあるやろうし、みたいに思ったままだったかもしれない。それだけではどうにもならないこと、別の層での構造を考えないとあかんのやな、と思うようになった。

もちろん、東京に住む人がみんな豊かなわけではない。格差はそこここで広がっている。世帯年収が高くても生活に余裕はないという話もよく聞く。

何層にもなっている「東京」という場所の、どこかの「東京」にそれはあって、その東京とこの東京がどう関わっているのか、住めば住むほどつかめなくなる。

二〇二五年に予定されている万博のことをどう思っているのかと聞かれることが増えた。「大阪の人として」どう思うのか、と。

東京オリンピックと同様に開催そのものに反対で、信じられないような莫大なお金を他のことに使ってほしい。というのは、大阪の人でなくても思うことだ。

開催場所に近いという意味で「地元」としてわたしが言えることは、海上の埋め立て地で渡れる道が二か所しかなく交通手段もほとんどないのにどうやって会場に行くのか、インフラもまだ整わない場所で絵空事のような膨大な人数を集めることができるのか、まったく実現可能なことには思えない、ということ。そこへ人の生活とはかけ離れた桁のお金をつぎ込むのは、どういう仕組で可能になってるのか教えてほしいということ。

裁判になるとのことでその部分についてはここではひとまず書かないことにするが、飲み会に後輩芸人が若い女性を集める話は以前からあった。テレビ番組でよく共演している芸人たちが女性たちを集める苦労話や性行為に同意しなかった女性に暴言をあびせるエピソードを何年も前のテレビ番組で「笑える」ネタとして披露する動画がインターネット上で拡散した。ほんの数年前にはこれがテレビで放送されても「笑い」でしかなかったことや、今回のことで証言した人を貶《おとし》める言葉がSNSに書き込まれたりすることや、若い女性を集める役割だった人たちがわたしと同世代であることなどが、あまりにもいたたまれないつらい気持ちで、動揺が続いた。

その場の空気というか、ある人を持ち上げてそのために別の人に圧力が向かう人間関係の在り方は、容易に想像がついてしまう。

女性を部屋に呼ぶということでなければ、似たような、その場で力を持っている人に対して周りの数人が先回りして、より下の立場の人にあれこれ求める場面は、直接見てきた。大阪でも東京でもほかのところでもあったし、どの年代でも形を変えつつ常にあったことだろうけれど、それにしても最初に名前の上がった後輩芸人たちが同い年だったことに、考え込んでしまった。

「大阪」の本にこのことを書くのはどうなんやろうと思うけれど、この本ではわたしがどういう時代を生きてきたかを書いてもいるから、その時代とか世の中みたいなものってなんやったんやろうと、考えてしまう。

二〇二四年一月一日。

仕事と、十月から続いているガザでの虐殺や日本の中でのあれもこれも、とても新年を祝うような気持ちになれなかった。今まではそうは言ってもなんだかんだでいちおう用意してきた最小サイズの鏡餅も年賀状も飾りもお節もなにもなく、いとこが送ってくれた餅を食べてポッドキャストを聞いていると、ゆらりと床が傾くような感覚になった。

天井から下がる電灯が揺れ、床の揺れも続いているので地震だと思う。この揺れ方は遠くで大きな地震が起きたときの揺れ方だ。緊急地震速報が鳴る。テレビをつける。

アナウンサーが緊迫した声で津波に注意を呼びかけている。

最初は震度六弱と表示されていたのが、七に変わった。

震度七！　それがどんな事態なのか、一九九五年の震災以来、わたしは身に染みてわかっていた。

それなのに、丸二日経たないうちにNHKですら新番組の宣伝番組になった。あきらかに予想される事態と被害の報告にギャップがあるのは、状況が把握できていない、情報が届かないからであって、それだけ甚大な被害であるということは、一九九五年一月十七日の早朝にやっと探し出したラジオから聞こえてきたのが「高松では落ちてきたもので一人がけが」という声だったあのときに思い知らされたことだった。その後に起きたいくつもの大災害や大事故からそのことがわかっている人は多いはずなのに、現地の情報が乏しいままテレビの報道があまりに縮小されて、もどかしいばかりだった。

交通が悪いところだから仕方がない、というような言葉をSNSで見るたびに、一極集中の政策が、東京からだけ情報が発信されてきたことが、どれだけ東京の真ん中以外のところから資源も人も失わせ、真ん中にいる人の想像力を失ってきたか、考えずにはいられなかった。そして、だんだんと増えていく被害の情報に、一九九五年の震災のときに、日に日に増えていった死者や被害の数字を思い出して、つらい時間がじりじりと経った。

テレビで報道が少なくなったからＳＮＳをひたすら見ていた。四日、七十二時間を超えて八十代の女性が倒壊した家屋から救助されたというＮＨＫニュースの投稿を見た。

その動画を再生した。

オレンジ色の制服のレスキュー隊員と水色の制服の救急隊員が、壊れた家から担架で女性を運び出しているところだった。

「おかあさん、ようがんばったね！」

「だいじょうぶやからね」

それは、わたしにとってよく知った言葉の響きだった。

彼らの背中には「ＯＳＡＫＡ」「大阪市消防局」の文字があった。全国から消防や警察や自衛隊が支援に駆けつけていて大阪だけを特別扱いするわけではない。

ただ、わたしにとってはその声も文字も、とても懐かしく、救われるものだった。

解説

西加奈子

２０１９年の12月から3年間、カナダのバンクーバーで暮らした。渡航してすぐにコロナ禍になり、それが落ち着いたと思ったら乳がんと宣告された。「コロナ」とか「がん」とか、そういった大きな出来事にフォーカスすると嵐のような日々だったが、その間にはもちろん、静かな日常があった。私はその日常の中で、東京では得られなかったような平穏を得ていた。自然の近さや、多様性を徹底的に尊重する姿勢、ポルノめいた広告を見かけない街並など、私の平穏にはさまざまな要因があったが、大きかったことのひとつが、女性たちが話す英語が、関西弁に聞こえたことだった。

イヤリングを褒めてくれた時は、「それめっちゃええやん」だったし、泣いている子供を慰めてくれた時は、「あんた人参食べるか？」だったし（飴みたいに！）、抗がん剤治療でぐったりしている私を励ましてくれた時には「しんどいやろけど、やったろな！」だった。

私は彼女たちに、優しくて気さくでちょっと雑でおせっかいな「大阪のおばちゃん性」を、間違いなく感じていた。そしてそれはもちろん、私が勝手に脳内で変換していたもので、つまり私は「大阪」を心から求めていたのだと、後になって気づいた。

本書は、大阪で生まれ、東京に引っ越してきてもうすぐ15年になるが、未だ「東京出張中」の感覚でいるという柴崎友香と、他県で生まれ、だが「出会ったときから、この街に片思いをして」移り住んできた岸政彦による、往復エッセイである。互いの記述に喚起されることで、言葉は緩やかに、そして確かに、まるで川のように繋がってゆく。それぞれが、きっとここで初めて書いたであろう記述を読むことが出来るのも、きっとこの形態のおかげだ。

自ら選んだ街に住んでいるからか、岸の方が、「大阪とは何だろうか」、そう俯瞰して思考していることが多い印象を受ける。社会学者である岸の「大阪」は、おおらかな輪郭を持って浮かび上がり、その輪郭の縁に暗部や複雑さが存在していることも公正に書いている。正直であることを自分に課し、「あらゆる記憶がすべて曖昧」であることを隠さない岸の筆致は少しシャイで、だがひらかれている。

一方で柴崎は、大阪のことを、「生まれて三十年間住んでいたからといって、知っているわけではない」と断りながら、「わたしにとっては、大阪を書くことは、自分の生きてきた時間と場所と、関係のある人を書くことに、どうしてもなってしまう」、そう断言している。柴崎の描く大阪は、半径1メートル、もしかしたら1ミリから始まっている。細部まで覚えているその記憶力（それがのちに変換されたものであれ）は驚くべきものだが、柴崎は決してそれを誇ろうとはしない。無駄な装飾がなく、真実を確実に掬い取ってゆくその言葉は、ただ誠実に、読者に差し出される。

ここに、すでにもう、「それぞれの大阪」が存在しているわけだが、二人に通底していることがある。それは、「大きなもの（大きなストーリー、と言うべきか）」、つまりなんとなく読み映えがするドラマティックな物事や出来事の間にある、だからきっと歴史から取りこぼされるであろう日常を眼差していることだ。

例えば「港へたどり着いた人たちの街で」の中で柴崎は、主に「関東の落ち着いた住宅地に住む人」がいう「工場」のイメージと、自分の持つ「工場」のイメージが違うことを書いている。工場が実家である友人が乗ってきたトラックに大きく書かれた社名、ガラス戸の向こうで金属を削る同級生のお父さんとおじいちゃん、おが屑のにおい、鉄を削るにおい、機械油のにおい。「工場」という言葉に代表される、巨大な建造物、それに伴うおそらく莫大な利益、などというような「大きな話」ではない、地べたに根づいた工場の姿がそこにある。

一方で岸は、「1995」を、1955年ごろの戦後復興がひと段落した話から始めている。二十年ごとの日本を記述し、1995年の阪神・淡路大震災の年に至るわけだが、岸は、その歴史的な事件のあった年、日本に何が起こったのかを書くことにフォーカスするのではなく、市井の人々が何をしていたかにページを割いている。ここでもやはり、「何も確かなことを覚えてない」と吐露しつつ、岸が出会った人がどんなことを話していたか、岸自身がどんなことを感じながらあの日に至り、そして何を見たのか、彼らの生活がどのようなものであったのかを、訥々と書く。

あのとき住んでいた部屋、押さえていた本棚、かじりついていたテレビ、そういうものすべてに、「生活史」がある。

記憶していることを書く、ということ以前に、著者二人には、自覚的かそうでないかは別として、元々「大きなもの」を警戒する身体感覚が備わっているように思う。東京が語る文脈からこぼれ落ちた大阪のカルチャーを語る柴崎も、「共同体的なものをロマンティックに描くことを、自分に禁止している」岸も、「大きなもの」ばかりが太字で残ってゆくこの世界に、ずっと、危険なものを感じ取ってきたのではないだろうか。太字の陰にある小さなもの、ささやかなもの、ささやか、とすら呼べないもの、時には醜いもの、恥ずかしいもの、とにかく「それ以外」として歴史から廃棄されるしかなかったものものに、二人は何度も、ほんとうに何度も、視線を向ける。

違う。そんなわかったようなフレーズでは絶対にとらえられないもの、伝わらないことが（中略）ここにはある。一人一人の生きている時間が、暮らしてきた場所が、確かにある。

二人は、一人ひとりの生きている時間を書いている。二人は、暮らしを、そしてそれが営まれる場所を書いている。二人は、街が大きな「街」という固まりなのではなく、一人ひとりの人生が、そして暮らしが集積している場所であることを知っている。そして二人はその場所、数えきれないほどの人の人生と暮らしがあったその場所に、自分が今いることを思う。今私たちがいるその場所は、かつて誰かがいた場所でもある、一見当たり前のようなそのことを、でも私たちは、そう、例えば柴崎の小説を読むまでは、忘れていたのではないだろうか。

いつかこの感覚を小説に書きたい、とわたしは思った。
ここを歩いているわたしと、いつかここを歩いていた誰かが、会うことはないけれど、確かに同じ場所にいる、その感覚を。

その誰かの中には、いつかの自分もいる。やはりそれも、実は当たり前のことだけれど、やはり岸がこう書いてくれるまで、少なくとも私は忘れていた。

三十年前に歩いた淀川と同じ場所を、今でも歩いているということに、心から驚く。空間的には同じ場所を、三十年という時間が流れていることに驚く。そして三十年前と同じ私がそのまま存在して、三十年後も同じ場所を歩いている、ということに、ほんとうに驚く。

柴崎も、岸も、大阪という場所で、何度も、何度も、過去の自分と出会ってきたのだ。それはもちろん、現実の世界ではあり得ないことだったとしても、それでも、本書は、もう一度あの時の、あの瞬間の自分に出会い直すための書であったと思う。私たちはこの本で、柴崎が、そして岸が、過去の彼女たちと出会う瞬間に、何度も立ち会ってきたのだ。

今、二人が愛した「小さな大阪」は、なくなりつつある。「大きな大阪」の物語のために、二人がほとんど切実に慈しんできたもののは、淘汰されてゆく。すでに無くなったものもあるし、これから破壊されてゆくものもある。

失われたものに手を伸ばし続けている物悲しさが、だから本書にはある。そして同時に、いや、それ以上に、何かとても贅沢な、満たされた気配が漂っている。

それは彼らが、大阪という街を、自分たちのものにしているからだろう。失われたからこそ、奪われてしまうからこそ、その景色は、その時間は、彼女たちの記憶の、心の中にだけ存在するものになる。心の中にあるものは、誰にも触れない。誰にも奪えない。「自分たちだけ」のものを持った人は贅沢だ。世界が均質化され、ほとんど同じことを体験させられ、そして共有を促される現代にあっては、なおのこと。

私にももちろん、私だけの「大阪」がある。その「大阪」の大半は、もう現実にはない。例えば私を慈しんでくれたおばちゃんの一人は、最近亡くなってしまった。でも、私の中にある限り、それは永遠に残り続ける。バンクーバーで私を励ました「大阪」も、きっと私の心の中にあった、私だけの「大阪」だ。だから強かった。だから力をくれた。

もちろん、あなたにもあなたの「大阪」がある。あるいは、あなただけの街がある。あなたがそれを思い出す限り、あなたがそれを見つめ続ける限り、それは存在するのだと、本書は告げてくれているのではないか。そしてそれは、太字を避ける二人が、唯一大きな言葉として、あなたに差し出すものなのではないか。あなたの街は、永遠に、あなただけのものだと。

本書は二〇二一年一月に小社より単行本として刊行されました。
JASRAC 出 2401845-401

大阪《おおさか》

二〇二四年 四 月一〇日 初版印刷
二〇二四年 四 月二〇日 初版発行

著 者 岸政彦《きしまさひこ》／柴崎友香《しばさきともか》
発行者 小野寺優
発行所 株式会社河出書房新社
〒一五一-〇〇五一
東京都渋谷区千駄ヶ谷二-三二-二
電話〇三-三四〇四-八六一一（編集）
〇三-三四〇四-一二〇一（営業）
https://www.kawade.co.jp/

ロゴ・表紙デザイン 粟津潔
本文フォーマット 佐々木暁
本文組版 株式会社キャップス
印刷・製本 中央精版印刷株式会社

Printed in Japan ISBN978-4-309-42093-6

きょうのできごと　増補新版

柴崎友香　41624-3

京都で開かれた引っ越し飲み会。そこに集まり、出会いすれ違う、男女のせつない一夜。芥川賞作家の名作・増補新版。行定勲監督で映画化された本篇に、映画から生まれた番外篇を加えた魅惑の一冊！

青空感傷ツアー

柴崎友香　40766-1

超美人でゴーマンな女ともだちと、彼女に言いなりな私。大阪→トルコ→四国→石垣島。抱腹絶倒、やがてせつない女二人の感傷旅行の行方は？映画「きょうのできごと」原作者の話題作。

ショートカット

柴崎友香　40836-1

人を思う気持ちはいつだって距離を越える。離れた場所や時間でも、会いたいと思えば会える。遠く離れた距離で“ショートカット”する恋人たちが体験する日常の“奇跡”を描いた傑作。

フルタイムライフ

柴崎友香　40935-1

新人ＯＬ喜多川春子。なれない仕事に奮闘中の毎日。季節は移り、やがて周囲も変化し始める。昼休みに時々会う正吉が気になり出した春子の心にも、小さな変化が訪れて……新入社員の十ヶ月を描く傑作長篇。

ビリジアン

柴崎友香　41464-5

突然空が黄色くなった十一歳の日、爆竹を鳴らし続ける十四歳の日……十歳から十九歳の日々を、自由に時を往き来しながら描く、不思議な魅力に満ちた、芥川賞作家の代表作。有栖川有栖氏、柴田元幸氏絶賛！

寝ても覚めても　増補新版

柴崎友香　41618-2

消えた恋人に生き写しの男に出会い恋に落ちた朝子だが……運命の恋を描く野間文芸新人賞受賞作。芥川賞作家の代表長篇が濱口竜介監督・東出昌大主演で映画化。マンガとコラボした書き下ろし番外篇を増補。

著訳者名の後の数字はISBNコードです。頭に「978-4-309」を付け、お近くの書店にてご注文下さい。